FAVELOST
(the book)

Fausto Fawcett

FAVELOST
(the book)

martins fontes
selo martins

© 2012 Martins Editora Livraria Ltda., São Paulo, para a presente edição.
© 2010 Fausto Fawcett.

Publisher	*Evandro Mendonça Martins Fontes*
Coordenação editorial	*Vanessa Faleck*
Produção editorial	*Danielle Benfica*
Preparação	*Denise Roberti Camargo*
Revisão	*Alessandra Maria Rodrigues da Silva*
	Flávia Merighi Valenciano
	Paula Passarelli

Dados Internacionais de Catalogação na Publicação (CIP)
(Câmara Brasileira do Livro, SP, Brasil)

Fawcett, Fausto
 Favelost : (the book) / Fausto Fawcett. – São Paulo :
Martins Fontes – selo Martins, 2012.

 ISBN 978-85-8063-042-8

 1. Literatura brasileira I. Título.

12-04631   CDD-869.9

Índices para catálogo sistemático:
1. Literatura brasileira   869.9

Todos os direitos desta edição reservados à
Martins Editora Livraria Ltda.
Av. Dr. Arnaldo, 2076
01255-000 São Paulo SP Brasil
Tel.: (11) 3116 0000
info@martinseditora.com.br
www.martinsmartinsfontes.com.br

PREFÁCIO
||||||||||||||||||||||

omen est omen. Quando Fausto Cardoso adotou, em abril de 1977, o cognome *Fawcett* em homenagem à musa Farrah Fawcett, parecia avisar aos seus futuros leitores: "Derramarei sobre vocês a gosma transparente do futuro que já chegou! Cozinharei vocês na minha calda irônica, sarcástica e doce!". Fausto, com seu nome goethiano, manipula todas as potências de um criador ambicioso. E *Favelost* emerge, aqui, como sua síntese mais perturbadora.

O texto de Fausto – este, mais do que os outros – é sempre épico, fluido, delirante. Só que o seu épico é voltado para um futuro que mergulha no hoje; a sua fluência é a das imagens técnicas que se dissolvem em nós; e o seu delírio é uma lucidez feita de argúcias contemporâneas. *Favelost*, ele diz. Algo como uma crônica mordaz de tudo o que se passa nos mapas urbanos.

Há uma poesia lisérgica nos incisivos planos que projeta e comentários agudos sobre a vida abaixo dos "céus explorados, mas vazios". Há muita desilusão na pena líquida de Fausto, mas também uma exaltação extática diante das diluições do agora. Fawcett trabalha sobre uma espécie de magma contemporâneo: imagens, simulacros, distorções, programações... Mas tudo é filtrado por um humor hipnótico e divagante.

Favelost: Rio-São Paulo, Júpiter Alighieri, Eminência Paula... São cenários de uma guerra futura? Sobretudo *flashes* de guerrilhas no agora, instantâneos de um tempo que devora a si próprio. Será um mangá disparatado este *Favelost*? O que é certo é que Lolita o folheia negligentemente, sob o olhar cúmplice de Nabokov.

José Thomaz Brum
Rio de Janeiro, 3 de junho de 2012.

1

Peruas desgarradas, *socialites* encrencadas queimam joias e batons caríssimos numa fogueira em frente ao pavilhão de negociações imobiliárias onde muita gente está comprando casas portáteis, *kitchenettes* que são montadas em qualquer lugar com toda a infra necessária. Coisas da inexorável e claustrofóbica sustentabilidade. Peruas desgarradas, patricinhas cheias de convicção dissoluta, cientes de sua missão de estar no mundo a serviço do princípio do prazer egoísta motivado por sentimentos exclusivistas de pseudoaristocracia rapinante que deixam essas deliciosas arrivistas de rara sagacidade, de perfumado maquiavelismo insinuante, sempre a postos no que diz respeito a, digamos, melhorar espertamente de vida. Algumas se sentem canonizadas de tão ricas e tão mimadas desde o berço, gerando aura de sofisticação e pernóstica desatenção ao que não é do seu meio – hábitat – de vida. Outras têm cacife de existência sofrida, *pedigree* de superação da miséria, milhagem de dificuldade no terrivelmente épico mundo cão da sobrevivência, o que dá uma garra extra, bônus a mais pra sua missão. Outras são médias na classificação social, mas sempre com a reza do vou-me-dar-bem-nem-que-seja-fazendo-neném – de capital –, vou sair dessa mediocridade nem que seja fazendo do meu corpo altar da mais agressiva e boçal sensualidade envernizada com duas ou mais camadas de intelectualidade universitária, mente refinadamente sã em corpo gostosão. Vou mudar de vida pobre ou classe mediazinha cheia de dignidade normal tipo resto de luxúria e sobra do que os muito ricos têm (não pequenos ou médios ricos, mas bilionários, donos do planeta, gente com mais de dez bilhões de dólares na conta), gente que realmente importa, e não a multidão de zumbis esforçados na gincana social cheia de algemas psicológicas, cheia de implantadas tradições depauperadas. Zumbis vagando por ruínas da História achando que são gente só porque têm sentimentos, assim como outras fantasmagorias que habitam o assim chamado cérebro. Pra elas, tudo de certa forma já foi feito, e a História navega em velocidade de cruzeiro festivo, cheia de atualizações do que já foi sentido, feito, inventado. Como elas gostam de dizer, são meras customizações dos básicos instintos, dos hábitos, amores e necessidades desde sempre. É preciso mudar pra que tudo continue na mesma. Achando que são gente só porque... Zumbis atravessando ruínas, imersos na semiescravidão do mundo cão da sobrevivência, não importa em qual divisão. Na divisão especial de multimilionários razoavelmente estabilizados, quase sócios daquela elite de mais de dez bi, mas que, mesmo assim, podem, como qualquer um, cair do seu pedestal diante de algum *tsunami* econômico. Primeira divisão mais ou menos rica, a segunda classe plenamente média, a terceira classe meio c ou d, enfim, o pessoal do crédito como dignidade de inclusão, inserção no mercadinho da esquina mundial, são os existencialistas pré-pagos. O crédito precede a essência. Da quarta divisão pra baixo é tudo semipré-pago cheio de superinformalidade de teor temporário em ritmo de terceirização, quarteirização, e com subautonomias de bicho solto sem muitos vínculos precisos, sejam eles de emprego, de família, ou de identidade psicológica ou documental. Em Favelost, toda essa multidão fica à vontade devido à enorme oferta de ocupações e intervalos cheios de entretenimento entre as ocupações. Tudo é muito rápido em Favelost. E as peruas *socialites* arrivistas, patricinhas rapinantes, *gossip girls* de cuspe caríssimo, encarnações femininas e bucetílicas da grande entidade cafajeste do hinduísmo emergente, Nanvalinada, filha de Shiva e Kali, segundo os especuladores do comércio de ações místicas. Super *gossip girls*. Sempre rezam a oração do vou-me-dar--bem. Algumas, realmente psicopatas, de um carisma totalmente sedutor; outras apenas se vingando da vida ou de si mesmas; outras meras marias--passa-por-cima-das-outras. Maria-champagne, Maria-tatame, Maria--chuteira, Maria-porão (as austríacas ou todas aquelas que são trancadas em porões por anos), Maria-passa-por-cima-das-outras... Fugindo da modorra conformista da vida dura sem perspectiva de luxúria, de grana alta, de súbitas viagens caprichosas pra qualquer lugar, de fodas num estalo de grelo, de apostas de ligações perigosas, de reinos improvisados, de palácios a serem abandonados etc. Elas têm uma missão: a opção pela vida de risco fácil e constante sempre à beira de uma confusão, humilhação, prisão ou até assassinato. Mas a reza "vou-me-dar-bem" é usada como fala catastrófica, e não como ilusão de que isso vai melhorar alguma coisa. Vou-me-dar-bem--demais-da-conta (financeiramente, decorativamente, sexualmente, maternalmente, catastroficamente vou me dar bem demais da conta) até estourar o ego e cobrir de flores legistas o Jardim do Éden. A missão das patricinhas rapinantes, das *gossip supergirls*, é mais forte do que a da mãe, a da menininha, a da gregária cidadã que existe dentro delas. Monjas da futilidade, da nobreza furiosa das decadências, das devassidões, do sacrifício do compromisso com a pseudosserenidade da felicidade classe média ou dignidade – resto-de-açúcar-fica-quieto dos pobres ou mesmo do respeito de *status* alcançado pelos que enriqueceram no trabalho duro. Não. Elas querem muito mais, do alto de seus sentimentos refinadamente parasitários. Estão em missão a serviço do princípio do prazer egoísta. São devotas dos sobrinhos do patológico, a saber: euzinho, eguinho e myselfzinho. Isso não impede que a mãe, a garotinha, a decente cidadã cooperativa exista dentro delas, só que em menor intensidade e subordinada à missão. Não impede que elas sejam, digamos, humanas humanisticamente, cristãmente, psicologicamente falando. Ninguém fica vinte e quatro horas imerso numa única vibração de personalidade, num único modo de temperamento. Todos nós obedecemos ao esquema subjetivo que tem amor, ódio e rotina como palavras-guia no que diz respeito ao metabolismo dos humores, das psicologias, dos hormônios afetivos. Amor e ódio como gêmeos intrínsecos e que podem ser traduzidos por impulsos agregadores e desagregadores presentes em nossos corações cheios de derivações, como solidariedade, compaixão, altruísmo, camaradagem, consideração, cumplicidade por afinidades e semelhanças de temperamento e visão de mundo, respeito, reconhecimento, amizade, admiração, amor incondicional cristão-humanista, maternidade, paternidade, sentimento filial, ternura, pieguice, desapego libertário, descompromisso lúdico, perdão, cooperação, cuidadoria, comunhão, prestativa aproximação, atenção, parceria, endorfina da benevolência etc., no caso do Amor Agregador. No caso do Ódio Desagregador, é barbárie solta, barbárie direcionada, planejada, racionalizada civilizadamente, mesquinharia, ambição desmedida, rapina, crime, inveja e todos os outros pecados, autocomiseração, sordidez, *bullying* de todos os tipos, prazer em destruir, prazer em humilhar, traição calculada, traição inevitável, competitividade sem freios, desvio de caráter, falha de caráter, cobiça de rapina, rancor, paixão trágica e catastrófica, nenhum caráter, fraqueza sórdida que gera inveja mórbida, canalhice, cafajestagem, vociferação intermitente de verdades constrangedoras anuladoras do próximo, maldade meia-boca, violência gratuita, complexo de Caim e Abel, rivalidades destrutivas entre irmãos ou melhores amigos que se consideram irmãos, amizade aniquilada pelo fogo amigo, vingança do tipo mafiosa que pode demorar anos, mas chega de repente, maldade da ironia sarcástica que apunhala e pode ou não virar tumor de vingança que não acontece nunca e fica pantanosa, cheirando mal, totalmente acumulada como bala subjetivamente mal alojada corroendo o outro por dentro e gerando ressentimento bomba-relógio; fora os ressentimentos de recalque social-financeiro, derivações do Ódio Desagregador, fundamento no coração de todos etc. Esse amoródio fica diluído num metabolismo de ocorrências hormonais, revezamentos de humores e oscilações de bem-estar, mal-estar ou apenas estar no mundo, na civilização, dentro de si mesmo todos os dias e noites. Muita inércia, muito automatismo de preocupação, responsabilidade de trabalho e de família, muito vácuo de dispersão no dia a dia, diluindo e fragmentando os amoródios. A não ser nos fanáticos, nos abnegados, nos que têm uma missão fundamentalista. A não ser quando algum sentimento está muito acumulado, fervendo há muito tempo na mente que acaba explodindo a panela de pressão do coração encurralado, insatisfeito. Fundamentalismo repentino. Nelson Rodrigues e Shakespeare são cabeças de chave no mapeamento dessas explosões trágicas de desencontros, de confrontos afetivos que caracterizam a comédia humana. Fundamentalismos repentinos. Monjas do esculacho extravagante do consumo bilionário. O espírito lúdico de teor *naif* cheio de romantismo singelo e compaixão piegas é de radiação fraca no coração das patricinhas vorazes. Desabam de vez em quando, mas que ninguém saiba dessa queda de energia, pois a missão é clara. Alguém tem que fazer o serviço pseudoaristocraticamente sujo de olhar as multidões como massas de manobra malfeita. *Socialites* encrencadas cremam batons caríssimos. Bolsas de preço exorbitante crepitam entre joias absurdas. Grã-finas aspiram com vontade a fumaça da fogueira, pois as bolsas, as joias, os batons contêm substâncias alucinógenas e anfetamínicas conhecidas como Hulkvuitton, que as deixam com os olhos verdes e totalmente imbuídas de prazer e vontade de humilhar os que não têm o que elas têm. Essas fogueiras de luxo crematório de frente pro pavilhão das negociações de moradia portátil são uma maravilha sinistra que dura pouco mais de cinco minutos, como se fosse uma gigantesca e rápida chama de *crack*. Uma dúzia de quinze grã-finas de várias gerações queimam joias e batons de grife hiperexclusiva só pra aumentar o seu tesão de consumo, exibicionismo e esnobação agressiva, delícia de patologia *socialite* que provoca inveja em muita gente. E elas aspiram a fumaça e têm visões das grandes referências da futilidade sábia e canonizada ou escrota inspiradora de pisadas de salto alto no coração da humanidade – essa corja que precisa ser sacudida pelos esnobes que precisam ser sacudidos e mortos pela corja que precisa ser sacudida pelos Exclusivos cheios de pseudoaristocracia ou por elites cravando a meritocracia (venha de onde vier, pobre ou rico) no coração da multidão. Elas veem imagens saindo da fogueira-*crack* de joias e bolsas caríssimas, e elas veem Imelda Marcos, e elas veem Paris Hilton, e elas veem a suprassuma sacerdotisa Maria Antonieta, a padroeira de todos os desperdícios luxuosos, das vitrines hipnóticas e majestosas, padroeira de todos os preços altos, de tudo o que é caro e profundamente desnecessário (apesar dos questionamentos que essa reputação vem sofrendo com novas pesquisas e estudos revelando facetas menos fúteis dessa musa austríaca). *Gossip girls* de várias gerações. Algumas foram *habituées* de paraísos fiscais e rivieras criadas especialmente pra elas em várias partes do mundo. Fora os condomínios flutuantes conhecidos como protetorados da riqueza infinita. Peruas exorbitantes cheiram fumaça de *crack* luxuoso em frente ao pavilhão de negociações imobiliárias. Depois elas vão realmente distribuir brioches de vitaminação concentrada pra crianças esparsas em Favelost. Depois que passa a ressaca de filantropia, elas acendem outra fogueira de bolsas (são muito ricas e muito muito milionárias) e voltam à sua missão de dissipação perfumada, dissolver o ego em compras, em luxo, em rezas de exaltação ao amargo *far niente* que as obrigou a engolir sapos e aguçar a perspicácia de entendimento maquiavélico das psicologias alheias para manter seus privilégios existenciais. Patricinhas fundamentalistas, peruas desgarradas, arrivistas *socialites* de família anônima queimam bolsas caríssimas e joias absurdas em frente ao pavilhão das residências portáteis. Batons de exclusividade são cremados oferecendo alucinações de Antonieta Hilton e muita vontade de tripudiar, botar pra quebrar na esnobe atitude em relação aos que não têm o que elas têm. Pisar com salto alto no coração da humanidade, corja medíocre que precisa de humilhações pra ser sacudida. As peruas encrencadas e deliciosas sabem disso, afirmam essa condição. Do jeito delas, é claro. Por isso elas são monjas que renegam tudo e abrem mão da normalidade por uma missão, e é isso o que elas fazem, se jogam na maníaca postura do nariz mais empinado, tendo como contraponto tradicional a filantropia do briochismo de caridade entre uma ou outra fogueira sofisticada. Afinal de contas, todo o onguismo, todas as *swats* de assistência social, com suas unidades de pacificação e especialização em intermediação de conflitos dentro e fora das pessoas, têm, de certa forma, raízes cosméticas nos chás beneficentes das dondocas de outrora. O que era função de dondoca virou *hip-hop* de Periferismo. O que interessa é que as Hulkvuitton são uma coqueluche em Favelost.

2
||||||||||||||||||||

No gigantesco hangar onde se comercializam casas descartáveis, residências pré-fabricadas de caráter portátil, milhares de pessoas se acotovelam comprando materiais de construção inéditos saídos dos fornos de pesquisa da engenharia molecular e suas nanosurpresas. No meio da multidão consumidora de efemeridades, um cara dos seus cinquenta anos circula tomando conta da malta, observando se alguém vai sair do prumo, da dinâmica que é marca registrada da Mancha Urbana. Seu nome é Júpiter Alighieri, e ele é capataz de Humanistas. São nove horas da manhã. Primeira hora das vinte e quatro que ele tem para se encontrar com outro capataz de Humanistas, Eminência Paula. Os dois estão com um chip assassino implantado nos seus corpos e precisam dar uma trepada pra reverter a função do aplicativo e, além de sobreviver, ganhar uma capa de blindagem sob a pele. Nove e cinco. Júpiter observa a multidão no hangar das residências descartáveis. Ele faz parte de uma legião de gente preparada por uma firma chamada Intensidade Vital, firma internacional de supletivo existencial. Pega rapaziada misantropa, em colapso de relação com o mundo, e oferece serviços de ascese, de agulhação do ego, levando a pessoa a encarar situações de risco, de desgraça, de doenças terríveis, aprendizados tecnológicos servindo de cobaias para experiências, enfim, preparando essa rapaziada pra ser soldado universal da Intensidade Vital, capataz de Humanistas em Favelost. Júpiter Alighieri precisa encontrar Paula, Eminência Paula, outro capataz da Intensidade Vital, firma que inocula chips assassinos em quem sai pra trabalhar em Favelost a fim de fazer um último teste de sobrevivência. Os dois já tiveram um caso e têm que se ajudar através da paixão que sentiram – que ainda sentem – um pelo outro. Apelar pro arquivo afetivo. Amor de misantropia mútua. Cruzando as multidões da Mancha Urbana com dispositivos internets camuflados em bússolas do século XVII, eles vão se comunicando no Twitter enquanto tentam chegar à antiga fronteira Rio-São Paulo, agora ocupada, anulada pela multidão de Favelost, pela pororoca imobiliário-industrial da megalópole. Onde era Queluz estão instaladas as Torres Cartesianas onde funcionam escritórios e firmas de empresas digitais, audiovisuais, controles variados. Nas Torres Cartesianas estão instalados gigantescos painéis *full time* de controle e edição do que acontece na Mancha Urbana. Mais edição do que controle, mais edição do que qualquer outra coisa, já que ficam às voltas com as imagens geradas por milhões de microcâmeras movidas a bateria de curta duração, circulando soltas em Favelost, captando aleatoriamente tudo. Microcâmera flâneur é o que mais tem na Mancha Urbana. Nas Torres Cartesianas, os ascetas da edição, abnegados da montagem ininterrupta, da equalização dos fatos. Mandam ver no seu ofício, cortando, montando, desmontando o mundo na Mancha Urbana. Corta a ocorrência. Cola o fato ali. Freeza o *close* na esquina. *Zoom out* na radiografia de rua, na tomografia de bolso, na ressonância de laje. *Mash up* de Google Maps. Mapas dos corpos, mapas das doenças nos corpos, mapas neurológicos feitos a distância, mapas de encontros de negócios, mapas de encontros de executivos, xadrez de detalhes das ocorrências humanas sendo pesquisados e cadastrados nas Torres Cartesianas. Abnegados da montagem ininterrupta, anacoretas das simulações em cabines sofisticadíssimas. Simulação de voo, de cirurgia, de sexo, de assassinato, de passeio espacial, de pressão atmosférica ou submarina, de eremitas das simulações e dos reflexos adicionados pelos games, videogames. Antigamente se falava em reflexos condicionados, pavlovismos fascinantes, arrepiantes. Experimentações comportamentais, condicionamentos disciplinares. Agora são reflexos adicionados. Experimentações comportamentais feitas com simulações agulhadoras de reações, de sentidos em alerta contínuo. Games, videogames parece dizer uma entidade *Playstation*, para a qual esses pesquisadores trabalham. Homens e mulheres enerdizados ao máximo. Games, videogames de penúltima geração injetados na superfície dos braços, pernas, coxas, injetados na assim chamada mente. Sacerdotes do Grand Theft Auto e navegadores anfetamínicos ficam ligados trabalhando, quer dizer, testando por dias dezenas de novidades e antiguidades no infinito universo dos hiperfliperamas. Torres Cartesianas. Como se fossem uma imensa e eterna feira de tecnologia, de equipamentos com *stands* de teste em todos os andares, atraindo todos os curiosos, fanáticos e realmente geniais garotos e garotas muito a fim de se entregarem a esse sacerdócio algorítmico. Como se fosse hábitat dos *hackers* oficializados, *mod squads* da engenharia eletrônica, desenhistas de software, *trainees* de pesquisadores de processamentos, gerentes de comportamento, gente da Intensidade Vital de olho nos soldados universais, capatazes de Humanistas que usam câmeras-papagaio, ou seja, câmera no ombro filmando direto todas as ações, tudo o que eles fazem. Câmera 360° ininterrupta. Fazem companhia pras milhões de câmeras flâneur. Algumas sobem como besouros ou pousam como moscas nas pessoas, que as enxotam pensando ser gremlins de tara registradora. Microcâmera gremlin. Gremlin com lente flâneur. Microcâmera flâneur. Nove e quinze. Júpiter no meio da multidão aplica no braço, com uma pistola de vacina, a adrenalina do general Patton, adrenalina preservada em tonéis de substâncias criogênicas. Adrenalina do grande general da Segunda Guerra. Adrenalina pra acelerar sua missões.

3

Em Favelost, as indústrias e mini-indústrias de manipulação atômica da matéria são presença chula na paisagem de arquiteturas desencontradas, superpostas e labirínticas. O fato é que as ciências vão cada vez mais fundo nos tijolos, nas vigas de sustentação, nas fundações microscópicas, invisíveis das matérias orgânica e inorgânica. Átomos, genes, bactérias, vírus, fungos, protozoários, frames, bites, sinapses, neuroconexões, elétrons, fótons, quarks, bósons; a manipulação da matéria virou uma espécie de alquimia *prêt-à-porter*, transmutação vulgarizada, sem o charme dos processos de individuação, ou seja, os alquimistas passavam por uma mutação no espírito que era efeito colateral da tentativa de obtenção da pedra filosofal ou do elixir da longa vida. Passavam por uma decantação pessoal enquanto transformavam metais inferiores em ouro. Agora a tabela periódica foi totalmente sacudida e ficou insidiosa. A tecnociência levantou a poeira das, até agora, consideradas imutáveis propriedades dos elementos. As intervenções científicas na instabilidade e estabilidade dos átomos desses mesmos elementos mudaram tudo. Água, ar, terra e fogo? Carbono, enxofre, hidrogênio, tungstênio, metais, gases, terras? Propriedades físicas e químicas, massas atômicas, desinências, desinências. Os elementos agora são outros totalmente imprevisíveis graças aos trabalhos realizados nas mini-indústrias de manipulação das matérias orgânica e inorgânica, e isso se faz sentir no hangar das construções descartáveis, residências portáteis. Gente comprando tubos de aço maleável, tijolos de vidro inquebrável que, ao contato com certa maisena transgênica, se multiplicam vertical ou horizontalmente, tubos de conexão feitos com células-tronco adultas, pele humana servindo de argamassa peculiar para as casas descartáveis etc. Processo alquímico de decantação pessoal? Mergulho na introspecção procurando algum âmago de conhecimento e ligação com a grande manifestação divina e transcendente que envolve o planeta? Toda essa conversa molemente mística deu lugar ao irresistível e irreversível processo de transformação de qualquer material – matéria em ouro de utilização veloz visando resolver algum problema ou se inserir rapidamente no ringue dos mercados de competição científica, de patentes etc. Por todo canto da Mancha Urbana, ouve-se o sussurro de Lavoisier turbinado num trocadilho: "nada se perde, nada se cria, tudo se *Transformer*".

4
||||||||||||||||||||

No Twitter privado camuflado numa bússola do século XVII em linha direta com Júpiter, Eminência Paula vai mandando seus caracteres, que são cabala criptografada com palavras de conjunção, declaração amorosa. Só assim o Twitter funciona. Com declarações feitas em caracteres amorosos cheios de subliminaridade criptográfica que dão um tom cabalista à twittagem. E ela diz, situada num lugar onde poderia ter existido Guararema ou Taubaté, ou Jacareí, quem sabe Lagoinha. Ela vem do lado São Paulo do Paraíba do Sul, ele vem do lado Rio da Via Dutra. Ela manda a mensagem "Meu verbo é o teu, o teu verbo é o meu, Júpiter da Intensidade Vital, veterano do ego dissolvido, dissecado, destruído, agora monitorado como pulsação perturbada, mas cheia de visão norteadora. Meu coração é bomba-guia da tua presença. Tô chegando, meu amor. Follow me." Nove e quarenta e cinco da manhã da primeira hora das vinte e quatro que eles têm pra se achar. A loura filosofal atravessa a multidão que se aglomera numa feira de comércio misturado onde se encontra de tudo no que diz respeito a ciberneiras e organicombos. Sacos plásticos comestíveis em todas as mãos. Máquinas que viram outras máquinas de aspecto mínimo, e a liquidação é constante em Favelost. Máquinas mínimas que se transformam ao menor toque em máquinas maiores. Nanotravessuras da interação digital. Eminência Paula.

5
||||||||||||||||||||

A nanotecnologia surgiu pra acabar com a poluição industrial. Pra Grande Indústria não fazer fumaça, não consumir tanta energia, enfim, veio pra mudar o esquema de produção. Não apenas fabricar invisíveis máquinas de interferências orgânica e inorgânica, mas principalmente contribuir para o desenvolvimento sustentável de tudo no mundo. Mas humanos são humanos, malucos infantis, competitivos, errados, fracos, equivocados, autoenganosos e cheios de energia amorosa, produtiva e criativa batendo de frente com todas as impossibilidades e tragédias que os cercam. Humanos são humanos e têm a metástase, quando o câncer começa a se espalhar pelo corpo, como referência do que acontece quando certos processos são postos em andamento. Células se multiplicam indiscriminadamente e acabam matando o organismo. E assim aconteceu com a tal da sustentabilidade, virou um pesadelo, já que a infinita rapina do ser se tornou sustentável, e máfias surgiram desabaladas como as eólicas, por exemplo, traficando ventinhos localizados e minitufões de dez minutos, traficando bactérias usadas pra limpar a Baía de Guanabara e o Tietê, pra limpar manchas de óleo no alto-mar, bactérias essas que eram pervertidas, alteradas, desvirtuadas da sua função de limpeza ecológica, sustentável, e passavam a servir a outro tipo de limpeza – a limpeza homicida de humanos. É a sustentável rapina do ser. Isso fica nítido no comércio agressivo que acontece no hangar das residências descartáveis. Claustrofóbica sustentabilidade. Sustentável rapina do ser instalada no mundo todo, mas principalmente em Favelost. Por quê? E o que é Favelost? Onde fica? Como surgiu? Por que este nome?

6
||||||||||||||||||||||

A verdade é que depois de várias crises econômicas mundiais; depois da tentativa de levar o assim chamado livre-mercado sustentado por customizações de democracia pro mundo todo pela utopia neoliberal de teor religioso bem messiânico; depois do 11/09, principalmente aos países focos de terrorismo. De Reagan a Bush. Depois dos Estados Frankensteins gerados pela globalização, sendo a China o melhor e mais grandioso exemplo. Depois das heranças das Revoluções Inglesa, Americana e Francesa; das tentativas modernizantes de se criar um novo homem via comunismo totalitário ou nazismo; depois de todos os liberalismos, anarquismos, monarquismos e absolutismos, era preciso um novo tipo de franquia social que desse conta da efervescência da atualidade onde a mão quase invisível do mercado coloca suas mãos em cima da mão, às vezes pequena e sutil, às vezes escancaradamente pesada, do Estado, e ambas são cobertas pelas patas cabeludas das hienas mafiosas, dos submundos, dos comércios movediços. Um mundo onde as culturas deixam de ser cartões-postais estanques (como na verdade nunca foram) – de mentalidades patrióticas, nacionalistas traduções de étnicas identidades de tradições, hábitos, usos, costumes, crenças monolíticas – e passam a ser bombas, minas terrestres prontas a explodir debaixo dos pés de qualquer um. De repente do nada que oculta tudo as manipulações de samba, forró, jongos de mambos e cuduros, rumbas, tangos, lundus; da arquitetura; das artes biológicas; do *tsunami* de textos diários colocados à disposição em livros e revistas e jornais, digitalizados ou não, textos entre textos formando palimpsestos inesperados; manipulação de línguas ditas mortas devidamente ressuscitadas sorrateiramente em forma de gíria urbana; das ciências computacionais que geram *gadgets*, quinquilharias, aplicativos, dispositivos, brinquedos digitaloides; do *rock*; de antigas e recentes tradições musicais africanas, orientais, balcânicas; da música clássica; dos videogames; dos gigamen; das gigawomen; das danças folclóricas; dos esportes oceânicos; dos quadrinhos de adolescentes no interior americano, nas trincheiras afegãs, nos escritórios refrigerados da avenida Paulista, ou nos laboratórios biológicos, ou nos iglus de exposição imobiliária na Islândia; enfim, do nada pode surgir um outro tipo de utilização pra qualquer tradição graças à digitalização mundial, graças à dnalização mundial. Promiscuidade destrutiva criando. Migração de técnicas e mitologias. Muito além de qualquer antropofagia. O que tem de cultura polonesa na comida do Chile, o que tem de detalhe romeno numa nova concepção de rituais espíritas em Brasília, o que tem de xamã indígena servindo de assistente de laboratório farmacêutico ou biológico, o que tem de influência havaiana nas pistas de *skate* da zona norte carioca não é fácil, e o que dizer das interpretações da obra do grupo de *rock* Metallica pelas bandas das polícias militares?

A mistura acelerada dos três níveis de cultura: o canônico humanista baseado em leituras e formador de todos nós em termos de emancipação, domesticação do ser humano. O das velhas culturas desplugadas e oraloides, base de mentalidades étnicas e dos folclores. E o hiperurbano eletrificado, publicitário, massificado, eletronizado, digitalizado, enfim, plugado, apenas corroborou o que sempre existiu de forma mais lenta, mais refém do tempo – o nomadismo de tudo no que diz respeito às manifestações culturais. Mais do que nunca, graças às poluições, propagações, promiscuidades, proliferações, pornografias, contaminações, toda hora rola um curto-circuito antropológico que vira sucesso de mídia, gigantesco viral na internet ou na televisão. Mania repentina. O que era moda agora é viral. Uma cultura entra em extinção? Logo, logo, ressurge, porque as antigas civilizações sempre voltarão em forma de gíria. Gíria babilônica, etrusca, otomana, assíria. Lazarizada. Vira site na web. De baixo pra cima ou de cima pra baixo... Sem compromisso com verdades de nacionalidade ou etnia. Apenas porque acontece. Não precisa ficar batendo no peito sou isso, sou aquilo, em termos de nacionalidade, porque já é óbvio de onde você pegou suas mais constantes referências. Não a afirmar de forma dogmática, claustrofóbica. Apenas ir além dela, com a ajuda dela. Mas realmente não é bem assim que acontece, porque a humanidade é o que é: paradoxal, contraditória e ambígua, cheia de entrelinhas, interstícios e intersecções governadas pelo hormônio do imponderável, daí que quanto mais se espalha o Exu da Híbrida Vulgarização de tudo via popular manipulação e divulgação digital, comercialização incessante, absolutismo traficante.

Cada vez mais surgem fundamentalismos desafiando através da patologia étnica, religiosa, consumista, erudita, boçal, ou seja o que for, essa inexorável situação de curto-circuito antropológico, ou seja, tudo ao mesmo tempo agora junto e misturado movido por incessantes motivos comerciais e inebriantes motivos sensuais, sensoriais, mentais inesperados. Os famosos Mentais Inesperados como átomos desviantes, como genes desperdiçados, como moléculas errantes, os Mentais Inesperados é que mandam no mundo da cultura atual. Sempre mandaram, mas agora turbinados por consumismo e mercantilismo insinuante, motivados por competições de eufórico estresse. Tem que acontecer de qualquer maneira. Esta é uma das guerras atuais muito bem ambientada em Favelost: a dos que não aceitam o paradigma que norteia todas as camadas de pensamento hoje em dia pra sempre, o da Complexidade Inexorável de tudo nos obrigando a ficar sempre alertas pra iminência. Os das anticomplexidades adeptas do xiitismo preto no branco, defensores de culturas fechadas sem contaminações *versus* os Integrados no Apocalipse Diário de Favelost.

7

As Igualdades, Fraternidades, Liberdades estão perturbadas pelos novos mandamentos do Humanismo Encurralado: a Velocidade, a Instabilidade e a Precariedade, fora a Brutalidade dos fatos e existências. Segundo estudiosos, a Humanidade já foi predominantemente Teocêntrica, já foi predominantemente Antropocêntrica, agora é agressivamente Tecnocêntrica. Já foi totalmente dominada por deuses e pelo Deus único, já foi dominada por sonhos utópicos da deusa Humanidade e seus progressos baseados na predominância da Grande Razão e dos sonhos utópicos de administração positivista visando ao alívio das dores do mundo via máquinas e gerenciamento dos temperamentos. Agora é dominada, agora vive no que os especialistas estudiosos das épocas humanas chamam de Período Neurolítico. O mundo, as nossas emoções, as nossas psicologias, os nossos entendimentos, conhecimentos totalmente perturbados, estimulados, intermediados pelo Midiasaurus Rex espalhado, fragmentado, miniaturizado, portatibilizado, implantado dentro de nós a partir dos celulares, combos de *laptop*, aplicativos cutâneos, neurodispositivos de armazenamento e centros de comunicação cheios de senhas, códigos, e o que somos agora? Midianfíbios que cabem em pochetes. Metade humano--orgânico, metade informação de código DNA, informação nervosa de eletricidade cerebral passível de ser lida e manipulada, transferida depois de captada digitalmente. Metade primata, metade aparelhagem. Animáquinas de códigos. Mergulhados no dia a dia da vida humana de contato sentimental, fricção afetiva, e no dia a dia da vida humana de teor virtual, fricção intelectiva. E o couro das duas vivências comendo, se corroendo, se completando, se desaforando. No meio deles, o bom e velho mundo cão da luta pela sobrevivência de cada dia, mundo cão da luta por comida, por habitação, por trabalho. Mundo cão da luta pela obtenção e manutenção razoável das rações afetivas, como sexo, família, amizades, autoestima, amor-próprio, catarses e devaneios de distrações. Entre o dia a dia da vida humana de contato sentimental e o dia a dia da vida humana de teor virtual, o mundo cão da luta pela sobrevivência... Teocêntrico, Antropocêntrico, Tecnocêntrico. Essas três fases da caixa de energia mental estão em vigília de revezamento dentro de nós como jurisprudências filosóficas e emocionais em guerra eterna... Quantas vezes o mundo é gravado, filmado, reproduzido, inventado, digitalizado, pesquisado todos os dias? Os sentimentos nunca foram mesmo nossos. Sempre foram ficções de personalidade implantadas por tradições ou comercialização de tradições. Eternas adaptações a pesadelos e sonhos de gincanas sociais, e é o que é a vida social na maioria das vezes. Mitologias de moralidade e conduta. Cenourinha de esperança, chicote de estímulo, açúcar de diversão – recompensa, delírio de fantasia romântica de religião saciando as dopaminas que nos fornecem sensação de infinito e de absoluto, focinheiras da lei pros instintos e impulsos, pros desejos desagregadores. O básico antropológico de qualquer sociedade. Todo sentimento, comportamento, tem sua versão audiovisual, literária, e agora gostamos de delegar o armazenamento, a busca, a existência das nossas vidas introspectivas às aparelhagens. É sensacional o exorcismo constante e instantâneo que fazemos de nós mesmos todos os dias. Não basta o trabalho como ocupação distraindo o ego, não basta o entretenimento, digamos, tradicional (festas, TV, bar, estádios), as vidas agora são *commodities* a serem exploradas não no sentido de mera apropriação, mas no sentido de um departamento do entretenimento, departamento do Midiasaurus Rex. Somos midianfíbios hoje em dia pra sempre... Quais são os recursos humanos mesmo? Pois é, a mão às vezes sutil, quase sempre pesada, do Estado, a mão mais ou menos invisível do mercado, as patas das hienas mafiosas. Como está a Cultura Humanista e suas pistas para o refinamento humano, a saber, artes plásticas, literatura, música, cinema, que, junto às folclóricas manifestações, têm que enfrentar, adaptar-se, conviver com a selvageria suculenta que há cem anos, pelo menos, toma conta de tudo através das massificações audiovisuais, dos negócios da tecnocultura urbana de presença violenta? Tecnocentrismo, Teocentrismo, Antropocentrismo. Por ocasião da guerra, no interior desse trinômio (os duelos de dualidades que guiavam os pensamentos, as mentalidades tipo isso ou aquilo deram lugar às colisões de trinômios), é que um lugar como Favelost deve existir. Por absoluta necessidade dos até agora chamados países e das corporocracias é que existe um lugar como esse. Uma superaduana de todos os comércios movediços, uma válvula de escape para a claustrofobia de sustentabilidades e modelos de desenvolvimento empacados, num mundo atormentado por pacifismos, fascismos da vida saudável e milenarismos de terceira. Gigantesco entreposto de experimentações humanas, de todos os projetos tecnológicos paralelos e semioficiais coadunados com as oficialidades. Babilônia dos apocalipses festivos, assassinos e produtivos. Sempre existiram territórios desse tipo, mas muito bem protegidos por esquemas de fronteiras ou localização difícil, ou ainda incrustados em estados falidos em países asiáticos ou africanos totalmente francoatiradores a serviço de tudo em termos de negociata. Paraísos fiscais, intersecções territoriais europeias, protetorados financeiros etc. Sempre existiram e existirão lugares assim, só que Favelost vai além. A partir do momento que se instaurou o novo paradigma do ser humano necessário para as novas dinâmicas do mercado (seja lá o que for isso), dinâmicas essas que são dinâmicas das nuances psicológicas, as pessoas, seus temperamentos, personalidades, identidades psicológicas devidamente cadastradas, passaram a ser capturadas e consignadas a produtos, serviços e manuais de motivação empreendedora. As pessoas sempre estiveram consignadas umas às outras, gerando afetos e desafetos, como demonstram todos os escritores, filósofos, psicanalistas, psicólogos, dramaturgos etc., mas agora elas também estão consignadas a serviços e sondagens de consumo, elas também são *commodities* nas dinâmicas de mercado. E quais são as dinâmicas de mercado? Mentalidade de curto prazo, aperfeiçoamento constante do seu ofício ou mudança constante de profissão, recusa a criar raízes (ter a famosa história de vida contada numa narrativa linear cheia de dor e tempo e superações e readaptações, enfim, toda a gama de vastas emoções e pensamentos imperfeitos. Todas as maleabilidades, flexibilidades, plasticidades presentes na mitologia do funcionamento cerebral, do funcionamento psíquico. Famosa história de vida contada numa narrativa linear de especialização e realização numa única profissão, num núcleo familiar e numa razoável rede de amizades de fé, coleguismos, redes de passatempo, de lazer, de bar, de igreja, seitas de convívio digital ou não aguçando o impulso agregador). Os departamentos do consumo terrestre (consumo bilionário, consumo rico, consumo classe média, consumo mafioso, consumo dos remediados, consumo dos pobres e até o microconsumo dos despossuídos, rapaziada lúmpen que vive boiando no fundo do poço social. Ralé de bicho solto tipo vírgula engasgada nas falações sociais) vão se provocar, vão se confrontar, vão se namorar, precisando cada vez mais de lugares como esse, lugares de negociação solta, faroeste barroco em termos de confusão humana, tensão urbana, e o Brasil, tendo São Paulo e Rio de Janeiro como óbvias carrancas, saiu na frente devido às características bagunçadas do país desde sempre. Muito informalismo, instabilidade, capitanias hereditárias, patrimonialismos, verniz ralo de civilização democrática, liberal, republicana ou capitalista. O Brasil é um abismo que nunca chega. Paiol de vertigens e desequilíbrios que nunca fodem o país, nunca o jogam na bancarrota graças às ilhas de competência, é claro, mas também nunca o deixam deslanchar de acordo com algum receituário de mercado, de organização política, judiciária, legislativa, executiva decente. Abismo que nunca chega. Apesar de todas as forças do atraso, o flerte do país com o progresso é inegável nos últimos sessenta anos (industrialização, programações sociais, constituição, democratização, investimentos em educação, saúde etc.), mas também é inegável que falta muito pra se alcançar alguma massificação desse progresso em virtude da corrupção, da incompetência, politicagens mafiosas ou não mafiosas, desleixo interesseiro, restos de autoritarismos coronelistas e capitanias hereditárias camufladas nas leis, falta de prioridade para projetos educacionais, científicos e tecnológicos, falta de reformas jurídicas, políticas e fiscais, falta de capitalismo e modernidade. É preciso ressaltar também a mitologia em torno das raízes vira-latas do país, que remontariam ao período colonial como ponto de partida da tragédia de uma nação sem força de personalidade, meramente explorada e sugada por outras. A mitologia do complexo de vira-lata começa a ser desmentida com as evidências de que já havia no Brasil Colônia uma classe média formada por comerciantes, bandeirantes etc. fazendo o dinheiro circular aqui dentro sem sair fora tão automaticamente. Essas evidências começam a mudar, a mexer com a tal mitologia do país, imerso em exploração/extração paralisante, estagnadora. País vira-lata, incompetente de terceira categoria, país, como se diz por aí, cronicamente inviável. Dizem até que o Brasil não ganhou visibilidade de emergente no cenário mundial por seus méritos, e que esses Brics não passam de uma grande jogada de bancos (o nome foi dado por um funcionário do Goldman Sachs) pra especular as possibilidades do Brasil, da Rússia, da Índia e da China no quesito investimentos. Todo esse papo é guiado por piradas teorias da conspiração misturadas com algumas pertinências advindas da crença de que toda essa anarquia cultural mundial, essa propagação promíscua, diluição, fragmentação digitaloide portátil e voraz de todas as ditas manifestações culturais nacionais, sublinhando, embrulhando pra presente uma mutação nos círculos de poder mundial (leia-se o perturbado império americano e seus consortes europeu e japonês), é só um biombo, uma camuflagem para o tal poder mundial (seja lá o que for isso) continuar com quem sempre o exerceu, oligopólios e corporocracias transnacionais há muito tempo mandando nos pedaços da Terra. Será que México, Brasil e Índia têm cacife pra meter o pé na porta das esferas de liderança militar tecnológica, financeira e, principalmente, liderança geradora da mitologia de poder e de progresso que guia os tesões nacionais e ambições governamentais pelo mundo? Talvez só a China mesmo possa mostrar serviço nesses quesitos, já que histórias sobre império não lhe faltam, catástrofes de dinastias e comunismo também não. Dragão vivido e adormecido pronto pra soltar fogo no universo dos estados-nações em negociação, afirmação, decomposição. Mas está imerso em precariedades, como tudo neste mundo, e voltando pra historiazinha do questionado estigma de vira-lata do Brasil. O certo é que o problema sempre esteve aqui, no fogo amigo das forças do atraso-politicagem, corrupção e incompetência. O poder público é público mesmo ou é privado? Classe média colonial escancarando que não existe complexo de vira-lata, mas sim a constatação de que o vira-lata é que é complexo. Apesar disso tudo, ufanismos existem e, apesar deles, o Brasil ainda é um estranho, perigoso e fascinante abismo que nunca chega. Só num *Bric-à-brac* desses poderia surgir a primeira e inevitável Favelost. Conurbação majestosa de duas metrópoles siamesas. Rio Paulo de Janeiro São.

8

A Mancha Urbana, fenômeno de estimação de todos os estudiosos da humanidade atual. Fenômeno de estimação dos antropólogos e de todos os estudiosos como os ainda assim chamados artistas e todos os especuladores sobre as mutações na raça humana e na matéria que a cerca. Favelost é o contrário de Canudos, ou do Contestado, ou da Comuna de Paris, ou da Pedra do Reino, ou de Christiania na Dinamarca, ou qualquer outra utopia advinda dos sentimentos de pureza humana, do messianismo cristão celerado, da fantasia de que todos nascem bons e são deformados pela sociedade, mantra dos fofos existenciais e dos esquerdofrênicos cafajestes do *imagine all the people* em geral querendo revolução que passa por cima do primado das leis. Eles dizem que se há injustiça é porque o aparato das instituições é mera camuflagem pros ditos poderosos (linguagem esquerdofrênica por excelência), e não serve pra nada, daí que é preciso revolucionar violenta e barbaramente... Favelost é a confirmação do capitalismo como emoção de empreendimento dentro de todos e da desconfiança, da suspeita em relação ao ser humano, reiterando a civilização como repressão da fera com consciência. Qual o quadro panorâmico de disputa no que concerne às ordens de arranjo social? O individualismo americano *versus* o cidadão mimado pelo estado de assistência social europeu ou o Frankenstein do comunismo de resultados capitalistas da China? Mais os *Bric-à-brac* de Rússia, Índia e Brasil... A prioridade será sempre a do pensamento conservador: mudanças sorrateiras e o primado do negativo operante. De olho nele pra valorizar qualquer ação positiva. O que vier é lucro.

Não confundir com desesperança deprimente que paralisa tudo, tipo oh vida oh azar. A vida não vale a pena etc. Muito pelo contrário. Mesmo porque a esperança uniu a ciência e a fé religiosa a partir do momento que neurogeneticamente se descobriu a função desse famoso sentimento motivacional. Gerar entusiasmo de perspectiva ajudando a planejar bem longe. Tática de sobrevivência da Evolução. Nada milagroso. Nenhuma fé é milagrosa. É o que deve ser.

9

Favelost é uma Mancha Urbana que liga São Paulo ao Rio de Janeiro, no território do Vale do Paraíba às margens da Via Dutra. Rio Paulo de Janeiro São. De Barra Mansa a Taubaté, de Volta Redonda a Pindamonhangaba, todas as cidades sucumbiram à invasão de todos os espaços pelos projetos industriais, empresariais, invasão de milhares de pessoas à procura de ofertas de serviços remunerados rapidinho, uma vida de lucro a curto prazo em Favelost. A nova franquia social. Depois das Revoluções Inglesa, Americana, Francesa. Depois do nazismo, comunismo, absolutismo, anarquismo, liberalismo (no fim das contas, todos eles se sobrepõem híbrida e insidiosamente nos interstícios dos estados mais ou menos inseridos nas democracias de mercado pelo mundo), depois disso tudo uma nova franquia de festa humana, de batalha por afirmação social, existencial, acontece às margens da Via Dutra. O Vale do Paraíba surge novamente como polo muito além do econômico. Polo de concentração civilizatória, capitalista no seu mais alto grau. Território de convergência dos estados, das ciências, das indústrias, das empresas, das máfias e firmas mundiais de negociação e investimento paralelo. Território de convergência de tudo em *off*. Favelost.

10
||||||||||||||||||||||

A Mancha Urbana brasileira tem esse apelido porque um grupo de garotos bilionários, filhos da elite tecnofinanceira terrestre (mais de vinte bilhões de dólares na conta), rapazes e moças fanáticos por seriados, principalmente *Lost*, resolveram aprontar quando souberam que, depois da última temporada, um filme tipo saga em três capítulos seria feito, e a ação não deveria acontecer numa ilha, ou deserto, ou labirintos de cavernas, e sim numa favela misteriosa, abandonada e cheia de surpresas. Uma favela condenada por motivos desconhecidos. O nome da saga? Favelost. Daí os bilionários fundamentalistas acharam o projeto uma heresia, pois o que saiu das interações TV/internet, acionando clubes de decifração na web (nova versão da Maçonaria, Illuminati, Rosacruz, Ku Klux Klan, Templários, Thules etc.), deveria evoluir para uma continuação sim, mas direto na internet, sem passar sequer pela televisão aberta. O que dizer então do cinema por aí? Maçonaria é Maçonaria mesmo nesses tempos de redes sociais explícitas e incessantes... Estudiosos das interações entre produtos de mídia e comunidades da web, fundamentalistas de *Lost* revoltados com a heresia, resolveram sabotar tudo, tocar o terror, sequestrar os atores (que seriam outros) e jogá-los grogues, drogados, num lugar faveloso de país *Bric-à-brac* emergente. E assim foi feito. Numa operação inteiramente twitteira, eles conseguiram em vinte e quatro horas pegar todo mundo, dopar e seguir num avião particular para o Brasil, para a majestosa conurbação de megalópole, entre Rio e São Paulo, cheia de ocupações desordenadas, calculadamente desordenadas, cheias de arquiteturas improvisadas, numa alternância de construções disparatadas pontuadas por arranha-céus de aparência futurista cafona (como qualquer futuro imaginado cheio de tecnoascéptica ou tecnoimunda sociedade). Espelhados, marmóreos, fumês. Apenas aparência de favela camuflando não se sabe o quê. Nenhum carro pode entrar em Favelost, pois suas ruas são estreitas. É uma Mancha Urbana com cara de metrópole medieval. Ruas estreitas pra facilitar as camuflagens de tudo. De dia é indústria genética, de tarde é curso de imersão em línguas ditas mortas, tipo aramaico ou latim, imersão de cinco horas, de noite é cabeleireiro de caranguejeiras inchadas, é boate subterrânea pra terceira idade cheia de geriatrixes. Sobrevoando baixo a Mancha Urbana, jogaram a rapaziada no Vale do Paraíba, deixando-os realmente perdidos às margens da Via Dutra, no ambiente rarefeito da megalópole. Deixados em várias localidades de Rio Paulo de Janeiro São. Em pontos que antigamente se chamavam Aparecida, São José dos Campos, Cruzeiro, Resende, Volta Redonda, mas que agora, engolidos pela Mancha Urbana, são apenas lembranças em placas amassadas. A notícia correu solta, já que a paisagem urbana é totalmente *bregarunner*, numa mistura de favela, cortiços, prédios espelhados subindo de repente, cheio de fumê e mármore, além de hangares, contêineres e sucatas gigantescas, servindo de moradia precária ou simplesmente estilizada (não se sabe o que é e o que não é rico ou fodido em Favelost. Não dá tempo de conferir. Tudo muda muito rápido, formando uma massa de habitações insólitas). Com a fusão fundiária e as casas portáteis, os problemas de moradias afetadas por perigos climáticos, afetadas por ilegalidades e falta de infraestrutura habitacional ficaram quase que completamente anulados em Favelost. Fusão fundiária foi a solução encontrada para que se liberasse o solo, o uso do solo para as mini-indústrias, laboratórios, indústrias de interferência geológica, parques de experimentação da terra disponível. Fusão jurídica das propriedades particulares e estatais com as propriedades das mini-indústrias de Favelost. O saneamento deixou de ser básico e tornou-se variado, com diversos tratamentos de esgoto e lixo sendo oferecidos e experimentados pela população em cada perímetro de quarteirão. Soluções químicas de reciclagem de fezes e urinas *in loco*, sem encanamentos ou qualquer coisa que o valha. Em alguns pontos, túneis cheios de canos levando para alguma bacia de magma os restos orgânicos. Em outros, máquinas transmutadoras de merda, mijo, vômito, excreções e porcarias em energia, em novos materiais etc. Metástase da sustentabilidade. Tráfico de excrementos reciclados. Residências insólitas. Já que essa é a paisagem e os atores abandonados eram do seriado-filme Favelost, o nome colou, e a megalópole Rio-São Paulo ganhou esse apelido, que traduz muito bem o que acontece nessa civilização à beira do Paraíba do Sul. Às margens da Via Dutra, sob o signo da Precariedade, Instabilidade, Velocidade. Território imprescindível para as intenções do comércio e da vazão empregatícia e tecnocientífica mundial. É preciso lembrar que, devido à ignorância, mas também ao entusiasmo em incorporar anglicismos, a população em geral falava a palavra Favelost meio que apertando a tecla SAP Renato Aragão e mandando ver Favelós ou Favenós, Favelalost ou Faltaumposte, e essas pronúncias acabaram fazendo companhia ao neologismo, que mistura português e inglês. Misturou-se dando um tom mais enigmático ainda pra tudo. Favelós. Projetos científicos, ocupação sorrateira do Vale e da Via Dutra por firmas e empresas de experiências. Isso já estava ocorrendo, mas sem uma denominação uniforme. Mas, quando o apelido Favelost pegou, as empresas e mini-indústrias também assumiram a palavra como título para o grande projeto de arregimentação de pessoas carentes jogadas por aí, pessoas comuns rejeitadas pelo mercado, profissionais de meia-idade descartados, vagabundos a fim de uma grana rápida, flagelados sortidos, as mais variadas vítimas de tragédias, tipo desabamentos, incêndios, enchentes, gente que ficou à deriva depois de uma cacetada da natureza aliada ao desleixo das assim chamadas autoridades governamentais ou simplesmente irresponsabilidades oficiais gerando hecatombes e muitas vítimas à deriva. Arregimentando donas de casa de conveniências alteradas, índios *vips* da antropologia picareta, turistas de catástrofes, gente que adora passear, visitar territórios destruídos por tragédias ou lugares de insalubridade social, trabalhadores de vários serviços, operários de tudo, toda a população terceirizada, autônoma demais da conta, informal por natureza, diarista com força, temporária por vocação. Arregimentação de multidão brancaleone ou não. Serra Pelada, Arca de Noé, Caixa de Pandora, qualquer uma dessas expressões poderia nomear a Mancha Urbana Rio-São Paulo, suas idiossincrasias e aventuras características. Nas esquinas tortuosas e humanamente poluídas das grandes cidades brasileiras, em cada esquina de grande cidade brasileira, existe um Mefistófeles entregando papeizinhos, aliciando pessoas para as maravilhas de Favelost. Em cada esquina digital da web existe um Mefistófeles aliciando pessoas para Favelost. Eles caçam pessoas que sofrem de insatisfação crônica, de ambição vaga mas violenta, náufragos existenciais sem perspectivas sociais, mas muito a fim de alguma coisa mais excitante que a meia-bomba oferecida por ONGs ou empreguinhos de carreira incerta, no que diz respeito a galgar parâmetros, subir rápido. Cansados de ser exemplos choramingantes de superação. Insatisfação crônica. Essa turma é a prova cabal de que existem fomes de viver impossíveis de serem saciadas pelas promessas de felicidade à disposição nas atuais gincanas sociais. Não tem democracia nem conquista humanista nem um fundo de conforto social de tradição assim gregária, bem-estar de sociedade equilibrada que segure, obstrua ou camufle a estranha luz que emana da eterna indagação de Mefistófeles: "Tá tudo bem mesmo ou tem alguma ambição enjaulada no seu coração?" Para essas pessoas, e são muitas, o mundo não é o bastante. *Quantum of Solace*.

Com essa rapaziada mais amiúde em termos de oferta social também são atraídos, arregimentados, convocados ao léu ou depois de um estudo detalhado, gênios indomáveis, garotas dane-se, indivíduos foda-se, marrentos *neuroyeah*, sociopatas brilhantes, rapaziada qualificada mental e intelectualmente, mas com sinapses de conexão gregária, resposta emocional empática para o convívio humano totalmente zerada. Dão muito trabalho, mas são muito úteis se inseridos num esquema de produção temporária. Favelost. Superâmago de pesquisas entre Rio e São Paulo às margens da Dutra. Todo tipo de indústria inédita e fábrica velha. Como já disse um filósofo, "a feira se espalhou em demasia". Todos guiados pelos centroavantes da novíssima industrialização, a Neurociência, a Robótica, a Genética, a Engenharia Molecular, além das Ciências Computacionais, que são o coringa digital por trás de tudo.

11
||||||||||||||||||||||

Quatro empresas se destacam em Favelost: a Nanocréu, avançadíssima nas pesquisas de velocidade de transmutação molecular da ainda chamada matéria, velocidade dos desvios atômicos. Departamentos de velocidade um, dois, três, quatro e cinco dão o tom das pesquisas. No ramo da genética, a Bio-Ser é a que comanda e faz muito sucesso com seu *slogan*-mandamento: "Por uma humanidade gostosona". Atacar todas as deficiências, mesmo que temporariamente, livrando aleijados de todos os tipos de carma temporal da superação. Revezamento no dia a dia. Enxergando numa parte do dia, noutra não, andando de dia e de tarde, de noite não. Mas pelo menos não fica imobilizado esperando milagres, vai aos poucos alcançando a boa e velha autonomia corporal, sensorial, mental etc. O tempo é o inimigo. Esse aspone da morte que, por sua vez, é secretária do caos primordial e mãe de todos os sentimentos. Por uma humanidade gostosona, juntamente à Neurotaurus, formam uma dupla-conglomerado científico de dar gosto no que diz respeito a enfrentar as dificuldades fisiológicas, clínicas da multidão. Neurotaurus, superempresa de manipulação cerebral, aventuras de mapeamento mental, transplante de hemisférios, prestadora de serviços neurocientíficos neurogenéricos, recombinações neurológicas, desvios de sinais neurodorsais, regenerações, vasculhamento de sinapses, tudo visando acelerar, incrementar os gatilhos, as conexões da nossa arma cognitiva, do nosso armamento visceral principal. Incrementar os gatilhos neuronais pra um melhor desempenho com próteses e fiações nanométricas de efeito surpreendente em doentes ou saudáveis no que diz respeito ao funcionamento do cérebro-mente-resto do corpo. A quarta empresa de sucesso popular avassalador é a Robonança, em que gerações de robôs, máquinas, androides, sucatas biônicas autorreguláveis e autorreprodutivas são testadas e aperfeiçoadas. Robôs feitos com os mais diversos materiais. Robôs efêmeros movidos por sopro ou semipesquisado soro. Golens humanoides, cibernetagens a granel espalhadas pela Mancha Urbana. Todas essas empresas camufladas em vendinhas, quiosques, barzinhos sórdidos triplex, almoxarifados de farmácias, lojinhas de bugigangas, padarias de iguarias, *playgrounds* de mini *sex shop*, cortiços improvisados em fábricas, escolas, ginásios que são depósitos de gente afetada por catástrofes ou sinistros, fábricas, escritórios, empresas, mini-indústrias, serviços de ofertas de serviços, de noite é emergência de hospital, de manhã é garagem de genomas, de tarde é bordel pra mercenários e mercenárias. Enquanto se discute o pega pra capar dos modelos sociais econômicos dos Estados Unidos com o estado reduzido, individualismo empreendedor e competitivo gerador de prosperidade e riqueza, mas cheio de rombos e dívidas, ou o europeu, que mima com voracidade previdenciária seus cidadãos e acaba atrasando a gana industrial, a prosperidade do consumo, a produção de riqueza. Ou ainda o modelo chinês, com seu socialismo de capitais, comunismo de resultados mercadológicos, socialismo ditatorial com metas capitalistas. Ou os estados sul-americanos esquerdofrenicamente patéticos, e os africanos, na maioria falidos, mas que servem pra experimentações variadas. Alguns asiáticos que são semiestados, quase países, ou estão à beira de algum colapso. Fora os Brics e os Piigs (estes são países cheios de problemas de contribuição para o desenvolvimento da unificada Europa: Portugal, Irlanda, Itália, Grécia e Espanha). Enquanto rolam essas discussões, uma velhinha no interior de Goiás dá uma graninha singela, que esconde num chão batido da casa, pro neto que vai pra Favelost tentar participar do alvoroço humano e tecnológico da nova franquia social. Enquanto o Brasil se preocupava com corrupções, balanços econômicos, estatísticas trabalhistas, epidemias advindas das insalubridades, Favelost acontecia. Não é uma comunidade mística ou contestadora anárquica do que rola, do que acontece na irreversível mercantilização, comercialização de competitividade em tudo. Não é nenhum conservante de alguma dignidade religiosa-industrial-classe-média. Também não é nenhum território de supersecreta e confidencial operação tecnológica. Favelost não é Canudos, não é o Ferrabrás, não é Los Alamos. É mais do que tudo isso. É Favelost, isso é o que é.

12

Torres de material hidráulico, totens ferrosos cobrem o que foi outrora a entrada para Barra do Piraí. Agora é apenas uma localidade de Favelost. Grande Rio e grande São Paulo também foram engolidas pelos milhões de pessoas e ocupações imobiliárias que constituem a Mancha Urbana da megalópole Rio Paulo de Janeiro São. Versão mundana de um barato místico. Olhar de algum terraço a grande Mancha Urbana e sentir a insignificância, como se estivesse de frente pra um deserto, ou pro oceano do alto-mar, ou na estratosfera debaixo do cosmos, grande cosmos. Sentir a grandiosidade esmagadora de uma paisagem artificial, que é monumento à nossa vida de trabalho e invenção. Não tem santo, ave-maria, orixá ou divindade. A megalópole é a máxima entidade. Pedir licença e beijar a mão de sua majestade escancarando a humanidade. Megalópole-cidade. As vidas são fragmentos de intensidade à deriva nessa bomba de ocorrências que é a vida na cidade megalópole. Cidade onde as pessoas são vetores obscenos de urgência, e a gente nunca sabe muito bem o que vai no coração da multidão. Versão mundana de um barato místico. Insignificância e iminência.

13

Obeliscos feitos com material hidráulico, monumentos da obsolescência operária inibem a visão de quem tenta ver a antiga entrada para Barra do Piraí. De frente para os obeliscos ferruginosos, cheios de alicates, chaves inglesas, chaves de fenda, canos gigantescos, parafusos aos milhares, de frente para esses monumentos ferrosos situados numa das centenas de clareiras que pontuam a paisagem medieval de futurismo caduco (como todo futuro e futurismo) de Favelost um homem grita: "Me tire deste estado sólido, me tire deste estado sólido! Não consigo voltar pra casa, não consigo sair daqui, não aguento este pique, meu coração não aguenta este deboche comercial dos afetos, este ápice contínuo, estes testes constantes, estes empregos rápidos seguidos de limbos, este sistema nervoso híbrido que é oferecido em cada esquina, em cada beco. Titânio, balas alojadas que se dissolvem no corpo contendo filmes ou frases sábias enroladas na pólvora do ferimento que logo será curado. Não aguento, eu sou humano-humanista. Não sou o que vocês querem nem o que vocês conseguem. Como vocês conseguem? No princípio eu estava eufórico com Favelost, até que enfim minha condição de mais ou menos fodido nesta vida mexicana vai melhorar, vou pro ambiente mega-sena de Favelost, onde se trabalha rápido em várias atividades e a grana é rápida e tudo funciona de todo jeito. A gente fica sem trabalhar uns três dias, depois trabalha outros três. São turnos porque tem muita gente e porque a oferta de novas oportunidades é estressante. Como vocês conseguem? Eu não consegui surfar nesta avalanche de vida agulhada, não consegui responder ao chamado da tecnociência e ser uma cobaia de novas perspectivas pro corpo humano, essa carcaça obsoleta. Não consegui, como vocês conseguem?" Pergunta o mexicano com camisa cheia de desenhos de sombreiros. Ele segue mostrando os estigmas que ele tem nos pulsos. São celulares que são acionados com sangue. Computador de DNA baby. Mas devido ao estado de nervos dele os celulares estão sangrando, estão vazando como estigmas (as marcas dos pregos no corpo de Cristo que volta e meia aparecem em carolas pelo mundo sangrando à toa) nos pulsos. Ele reclama e pede arrego. Amarelou diante de Favelost. É aí que se aproxima Júpiter Alighieri, o capataz de

Humanistas. Afasta o público que cercou o desesperado mexicano. Ele levanta o homem que agora chora copiosamente enquanto seus estigmas celulares sangram detonados. Júpiter ergue a figura pelo colarinho da camisa cheia de sombreiros coloridos, puxa o cara com força e diz: "É isso que tu quer querendo, ou sem querer que tu quer isso, mexicano? Vai ficar dando alteração corrigível com coma induzida na mão ou realmente tá sentindo desconforto no coração e agonia mental devido às exigências e diversões da vida em Favelost? Tu é ou não é um favelost? Tá com sistema nervoso híbrido, veio da Cidade do México, uma puta duma metrópole terceiro, quarto mundo semiemergente, vem do país que já teve o homem mais rico do planeta. Cidade do México. Mega-aglomerado bem entupido de tradições perturbadas, submundos a céu aberto, tu veio de lá, portanto tá acostumado com o ranço da avalanche de poluição humana, pornografia psicológica, tudo à mostra em divulgação, tá acostumado com a proliferação de produtos, vírus, doenças, curas, crimes, proliferação de tecnologia dentro e fora das pessoas, promiscuidade de ciência com comércio e arte, pancadaria traficante dando ao México ares de estado quase falido, tu tem boa referência pra chegar e gostar daqui, se sentir bem aqui, precisar de um lugar como este. Estou te dando uma chance, mexicano, que tem celular nos pulsos, que tem estigmas de celular sangrando. Nokia Stigmata Nokia Stigmata. *How do you feel* pergunta o longínquo Pink Floyd de dentro do coração atômico de alguma mãe. Melado vermelho nos pulsos. Qual é a tua? Tá querendo sem querer ou quer mesmo sair desse estado sólido? Tu sabe que este é um desejo único, e o gênio da deletagem vai te atender. Tu sabe, não sabe?" E o mexicano balança cabeça chorando e dizendo: "Me tirem deste estado sólido. Eu não aguento mais ficar aqui, mas também não consigo voltar pra casa. O disjuntor do meu coração desarmou, e estou sem lugar no mundo. Não quero mais ser cobaia, não quero mais me entreter tanto, não quero mais sentir muito tudo a meu redor. Minha voltagem emocional é meramente humana. Pensei que ia ser fácil, mas não vou conseguir fazer parte da nova franquia social, e digo que não tem psicologia, psicanálise, psiquiatria ou afetos familiares que me salve. Eu sou como todo mundo, meio-termo-classe-média, que só quer ser feliz, e não um dínamo de força motriz rumo à mutação incessante. Mas eu tentei e agora é como se tivesse voltado de uma guerra, não vou me adaptar a um mundo de voltagem baixa, mas não aguento a alta voltagem de Favelost. Os limbos de ternura, de pacata singeleza e amizade, as crianças e as famílias que ficam em rodízio já não bastam pra me satisfazer. Eu só quero a tal perspectiva de felicidade implantada há muito tempo na gente. Eu quero ser um parasita do tempo, ganhando, lambendo sofregamente cada experiência, sofrendo, ralando, me sentindo vivo no revezamento das emoções ruins e boas e nos confortos oferecidos pela comunhão com o mundo, e aprender a baixar a bola do ego com os desconfortos dos sofrimentos deste mundo. Quero ter história pra contar, de vida pra contar, dizer que tantas emoções eu vivi, mas num ritmo diferente, tipo normal, porque em Favelost o tempo finalmente foi humilhado pelo homem (como já disse a antropóloga Paula Sibilia, desde o relógio medieval essa batalha vem sendo travada, mas, em Favelost, o que o dr. Fausto de Goethe e o Prometeu dos gregos queriam, bem a mistura do que os dois queriam, aconteceu). Prometeu queria simplesmente o fogo dos segredos de poder dos deuses, mas com limitações, pois existem coisas que só dizem respeito a Deus, ou aos deuses, ou ao grande mistério dos infinitos, que fica batucando nas paredes dos nossos lobos laterais e frontais. O fogo com limites. O poder circunscrito 'O que Fausto queria' era, no linguajar filosófico do funk, quebrar tudo, fazer barulho além da conta, deixar tremendamente nervoso o bagulho do seu espírito. Noutras palavras, queria o poder sem limites, o poder sem fronteiras, o conhecimento além do conhecido. Queria passar um cerol no cordão umbilical da divindade e da ciência até então constituída e ir muito além mexendo e mexendo e mexendo com todas as manifestações das matérias visível e invisível. Ambição de se querer ser mais do que se é move o um por cento gigantesco que diferencia o *sapiens* de todo o resto animal. Em Favelost, Prometeu deu o primeiro combate, mas quem saiu com a bola dominada, líbero de todas as ambições humanas, foi o dr. Fausto e sua tradição iniciada na Alemanha (sempre ela) do século XVI (Renascença sempre à espreita). O que Fausto Prometeu ninguém esqueceu. Superar o que somos programados pra ser, querer tudo numa catástrofe de delícia perigosa, ir além do que se é arrogantemente é a grande motivação de sentido pra vida, uma das grandes pelo menos. A partir do católico relógio medieval, que de certa forma inventou o controle de comportamentos, do tempo dentro das pessoas. Agora a tara é tentar dobrar o tempo à vontade do Homo Zapiens. Trocar tudo toda hora como quem troca de canal assumindo o controle remoto da vida. Eu só quero ficar vivo em confronto com a morte e não ficar cinicamente, ceticamente vivo na imortalidade oferecida em Favelost. O contrário da vida não é a morte, mas a imortalidade, e eu ainda não tô preparado pra ser vampiro ou *highlander* prisioneiro das repetições sentimentais pra sempre instauradas como senha no coração e na mente. Eu vim pra cá porque eu era ambicioso mesmo, era pra lá de marrento e arrogante em termos de cobiça provedora e disse pra minha esposa, que estava grávida, vou lá, pego uma grana, incorporo algum implante, carimbo meu corpo com uma marca de empresa e saio desta vida lenta, eu disse pra ela. Daí que trago grana e bem-estar pra nossa felicidade sonhada rolar. Mas eu agora pirei como se estivesse numa guerra. E é uma guerra maníaca o que rola em Favelost. Diz pra mim, não é uma batalha num coliseu de feiras técnicas? A ciência como uma fera solta, a religião como uma besta trôpega, a filosofia como uma cafetina de jurisprudências. O trabalho que antes tinha mitologia de dignidade e sustento aqui é um passatempo experimental, pois todos são uma espécie de faz-tudo. São obrigados a fazer de tudo em constante mudança de aprendizado, cursos de imersão de três dias, três horas, três minutos, até no máximo três meses. Aqui a geração de riquezas é constante e sem direção. O mercado é onisciente, onipresente, onipotente. A experiência é um detalhe e não uma configuração de sentimento da vida como ela é. Os humanos encarados como ensaios mamíferos rumo a não se sabe o quê. Essa frase é assumida como um mandamento social. Ensaios movidos por surtos eróticos de comunhão e/ou rapina em relação ao outro. Digo isso, mas também estou tomado, fascinado, contaminado pela avalanche Favelost e realmente acredito que não dá pra escapar do fato de que o mundo é Favelost, queremos Favelost, desejamos Favelost, e o nosso gozo contemporâneo é totalmente Favelost. Avalanche irreversível, não estou te aguentando. Estou de coração e mente partidos sem ter cola psicológica pra juntar tudo de novo. Tô totalmente como Hamlet, espremido num ser ou não ser sem volta. Vácuo autodestrutivo. Não aguento esta vida-game. Sou fraco pra Favelost. Sou tenso demais pra voltar pro México, pra minha família. Me tire deste estado sólido. Já mandei dinheiro pra minha mulher e meu filho. Boa grana de Favelost. Agora me tire deste estado sólido, porque a agonia é grande, e o sangue tá vazando dos estigmas celulares".

14

Júpiter Alighieri, veterano da Intensidade Vital, dá uma cusparada no nariz do mexicano dizendo antes: "Tu é fraco, mexicano, tu é fraco pra Favelost, mas será útil liquidificado, ou gasoso, ou em forma de bola eletromagnética." Deu uma cusparada anestesiante no nariz do mexicano, que caiu parando de berrar. Caído no meio da maré de gente. O capataz de Humanistas fura com caneta-tinteiro cheia de ácido sulfúrico o corpo do mexicano, depois pega o celular equipado com sugador de miasmas e captura a fumaça que sai do mingau ralo e corrosivo que era um mexicano. Mas ele vai continuar em forma de pesquisa. As multidões continuam andando e fazendo o que têm que fazer em Favelost. O veterano continua andando depois de dar uma olhada nas torres ferruginosas cheias de chaves de fenda e parafusos perto de onde existia uma entrada pra Barra do Piraí, totalmente humilhada pela grandiosidade da azáfama imobiliária e demográfica de Favelost. O nome-senha-carimbo de denominação guerreira dele é Júpiter Alighieri. Ele é um capataz de Humanistas, capitão do mato sem cachorro, em que se metem muitas pessoas em Favelost. Ele toma conta da corja mergulhada em acesso de neurastenia, tomadas por ataques hamléticos. Ele vai andando, atravessando a multidão sob o luar que se torna gigantesco através das lentes de aumento descomunais que ficam em vários quarteirões da Mancha Urbana apontadas para lua cheia a fim de que todos vejam chineses e americanos dividindo o terreno baldio de pesquisas astronômicas que é o nosso satélite. Júpiter vai andando, enquanto no ritmo, na batida e no *groove* da sua mente rola a consciência do fluxo:

15

"Meu nome é Júpiter Alighieri, quer dizer, nesses últimos tempos, nesses últimos seis, sete anos assino esse codinome, essa senha de identidade emocional: Júpiter Alighieri. Já assinei Bruce Lido quando me entregava às pancadarias, hedonismo, voluntariado e boemia pesada na minha juventude Copacabana. Vivia às voltas, entregue mesmo a uma cidade imaginária chamada Millerhenry, capital da Bukowskaya, ou Sacanaja, capital da Esbórnia. Capitais e países que só existiam na minha cabeça bêbada entregue a amores e provocações e ajuda de altruísmo agudo a quem precisasse, além, é claro, de muita vagabundagem pelas bocadas de Copacabana, mais precisamente no Lido, praça do Lido, posto 2. Isso até perder minha grande amiga e namorada e tudo o mais, que eu definiria, numa forma bem cafona de romantismo, como o sol em volta do qual meu planeta Copacabana Rolling Stone girava. A loura conhecida nas quebradas dos anos 1970 na região do Lido como Samantha, a vedete feiticeira, uma referência à loura do seriado de TV, *A Feiticeira*, por causa da sua semelhança com a atriz Elizabeth Montgomery, e porque ela, a mãe e a filha, que moravam juntas, pertenciam a uma linhagem de vedetes dançarinas e eram chegadíssimas a estudos esotéricos, macumbas, bruxarias e decadentismos de frente pro Lido. Eu, nos meus 21 anos, era um apaixonado admirador daquela loura cascuda de olhar milenar, gostosona, cheia de iniciativa pra vida. Ela com 39 anos, a mãe com 59 e a filha com 20 eram um exemplo da peculiar, deliciosa e desconcertante fauna humana de Copacabana. Habitavam um amplo apartamento no posto 2 com vista lateral da praia. Eu adorava aquela família, que transformou um apartamento num *bunker* sensual macumboso. Três coristas de estirpe, conhecidas como Endora, Samantha e Tabatha, personagens do tal seriado. Endora Vedete, Samantha Vedete e Tabatha Vedete. A mãe tinha sido vedete no Cassino da Urca e no Hotel Serrador nos áureos tempos da Cinelândia. Samantha era corista de transatlântico, e a inspiração pra inventar suas cenas de dança, canto e *striptease* vinha de rituais de sacrifício asteca, danças de exorcismo africano e da mitologia de oferta sedutora de garotinhas virgens para um minotauro mastigador de raízes anfetamínicas e alucinatórias existente no folclore asiático. Minotauro exilado na Mongólia. Minotauro mongol. Espiritismo sensual, quer dizer, elas tinham um quarto de empregada lotado de rádios velhos e TVs velhas empilhadas num altar que elas ligavam na hora dos rituais de chamação espírita. Terreiro improvisado no quarto de empregada abarrotado de TVs, rádios valvulados, radinhos de pilha ligados pra facilitar a visita *ghost* de imagens e falas de cortesãs do século XIX pra cá. Esoterismo *hardcore* ao som do piano nervoso de Jerry Lee Lewis e de Little Richard pra Samantha Vedete. Era o que ela gostava de ouvir, além de muita gravação de macumba e discos de percussão e batucada instrumental. Vamo chamá, vamo chamá. Endora Vedete, a mãe, continuava atraente nos seus 59 anos e mantinha relacionamentos avulsos com uns três, quatro senhores que apareciam por lá. Mas tinha muitos fãs jovens, que sonhavam em manter um romance movido a vertigens de idade, vertigens etárias com ela. Gostosona vivida. Desde os anos 1940 no batente do *bas-fonds* artístico. Se dizia um ser recreativo de passagem pela bola Terra. Sua Bíblia era *A Doutrina Secreta* de Helena Blavatsky, de quem era fã total e com quem se identificava pelo gosto por comidas gordurosas, ciência, filosofia e religião, entrelaçadas num combo, num módulo único tipo nó górdio de conhaques, charutos, ervas, fluência em idiomas, sexualidade na pressão etc. O som de Endora Vedete era ópera. Não entendia nada, mas gostava de comprar a esmo qualquer uma nas lojas de disco e botar bem alto na hora dos rituais. Aquelas vozes voando nos ouvidos dela pareciam fantasmagorias agudas acariciando a válvula de escape da transcendência no seu cérebro. Endora Vedete, Samantha Vedete, Tabatha Vedete. Apartamento entupido de fotos delas em ação nos palcos. Fotos do pai de Samantha, um caixeiro aventureiro e viajante, contrabandista de bem com a vida. Sumiu do mapa e mandava notícias através de cartas chegadas de vários países e localidades, contendo no envelope algum talismã esdrúxulo de religião ou de costume local. Vedetes *forever*. Crazy Horse *come on*, Ziegfeld *come on*, Carlos Machado *come on*, Walter Pinto *come on*, Moulin Rouge *come on*, Sargentelli *come on*. Samantha Vedete. Meu grande amor do posto 2. Passou pelo Moulin Rouge e filiais de Crazy Horse no Mediterrâneo e em terras árabes. Às vezes, dava uma prostituída de leve no circuito *jet set* europeu pra ganhar um bônus rápido. De leve. Foda secreta com um ou dois milionários, glamouroso michê de verão em Mônaco. De leve. Tinha uma filha que parecia ter saído de uma pintura pré-rafaelita, ruiva de corpo esculturalmente sardento e olho puxado, fruto de um relacionamento de Samantha com um chinês de circo paraguaio. O visual da pele branca sardenta com o cabelão ruivo e os olhos puxados cor de gude cinzento claro levou ao apelido de Índia de Fogo. Acabou contratada por um grupo de vanguarda das artes plásticas que a transformou definitivamente na Índia de Fogo, marca registrada das obras performáticas desse grupo. Corista vanguardente, pois entornava bem. Tabatha Vedete. Seu som era *soul funk*. James Brown, Al Green, Otis Redding e companhia com Clara Nunes correndo por dentro. Percussão macumba e ferro na boneca de terreiro. Morava com o namorado fotógrafo de polícia no apartamento. Imagens forenses pelo quarto do casal. Tudo isso em meio ao *art déco* do Lido. Meu amor Samantha Vedete e seu delicioso lar *bunker* de hedonismo esotérico. Só que um belo dia achei as três figuras esquartejadas, assassinadas, estripadas. O namorado de Tabatha chegou junto comigo. Fatias de carne espalhadas pelo apartamento cheias de pregos, facas e agulhas de tricô. Garfos e facas espetados nos pedaços de corpos. Aí virei um buraco negro de ódio. Entrei pruma seita de vingadores inconformados com crimes bárbaros tipo não tem essa, não vou superar, não quero justiça, não vou fazer camiseta com a foto do meu filho ou da mãe e fazer passeata. Vou é ser anacoreta, ermitão da dor vingativa saciando o ódio detonado por isso. Vou me transformar num alucinado pastor balístico, sentindo o que os mitólogos chamam de prazer de Marte, prazer de Áries, prazer de ver sangrar o inimigo ou o fraco. Vou sangrar os vagabundos descompromissados com o social, enfrentar os monstros descompromissados com o social abençoando os facínoras malucos ou os simplesmente mal-educados abusados com balas marcadas com a língua dos Rolling Stones, a cara de uma loura com olhar--fodeu, o calçadão de Copacabana e o escudo do meu time, o Fluminense. Balas com insígnias dos meus quatro pontos cardeais de animação mental e estética. Balas especiais. Abandonei a família, arrumei um bico na oficina de um amigo meu pra ter alguma grana (fiquei pouco tempo e comecei a pular de uma atividade semimarginal pra outra, ocupações temporárias, contravenções, bicos, bicos) e liguei o foda-se e me entreguei à eliminação de minha cidadania, do meu senso de responsabilidade. Me tornei máquina de matar bandidos perigosos e todos os porras-loucas da criminalidade gratuita. Além de marrentos mauricinhos ou boçais suburbanos e motoristas bêbados que atropelam e matam pessoas distraídas nas calçadas como se estivessem jogando boliche com os corpos delas. Súbitos *strikes* terríveis. Esses sempre foram os meus preferidos pra torturar. Buraco negro de ódio. Me comportando como um Monge Darth Vader perscrutando todo o Dark Side possível. O lado negro de todas as pessoas. Olhando cada uma como uma bomba-relógio que acha que tem na responsabilidade, na cuidadoria paterna ou materna, no trabalho e nas redes de amizade uma blindagem segura pra fera. Mas basta um esbarrão, um desentendimento, um comentário malfeito pra bomba-relógio das frustrações, ou recalques, ou ressentimentos, ou implicância geral ou específica com alguém, ou alguma situação, explodir. Basta uma faísca de desencontro afetivo para que antigas amizades abram a tampa do estranhamento assassino, pra tudo virar cinza saída da mão alheia posta no fogo do inferno-são-os-outros. Pesadelos de ambiguidades e contradições afetivas vagando como fantasmas no coração da mente, e eu passei a assinar Batman de Dostoievski, porque sempre achei que Dostoievski escreveria a melhor das aventuras do homem morcego, que é cheio de mitologia amargurada, comum nos subterrâneos das cartas que o grande russo escreveu. Batman de Dostoievski. Fiquei nessa dos 35 aos 45 anos, regado a uísque e conhaque, transando com louras e ruivas, que me lembravam Samantha, ou Tabatha, ou até mesmo Endora. Dor vingativa.

Transando com mulheres que me lembravam as três e presenteando-as com coisas que eu roubava de quem eu matava. Depois de matar muito e saciar o Darth Vader do meu Dark Side, de saciar o bafo de onça negra que mancha o caráter com o sangue da vingança feroz e decidida, depois de quase morrer de tanto beber e comer apenas salgados frios ou picanhas que eu carregava no bolso por dois ou três dias, resolvi abandonar o Batman de Dostoievski, identidade emocional de uma época. Então li num jornal o endereço de uma firma chamada Intensidade Vital, uma empresa que oferecia serviços de imersão social a pessoas sofrendo de misantropia pesada ou sentimento mercenário inquieto em relação e reação a tudo ou simplesmente cheias de implicância antissocial radical. Vento Rimbaureste batendo direto. Eu obviamente tava nessa, e me inscrevi na Intensidade Vital não por medo de cair direto no fosso e na fossa da misantropia, mas porque eu sou curioso e gosto de encrencas. A Intensidade Vital tinha esse nome porque oferecia um catálogo de vivências, digamos, intensas que sacudiriam qualquer humano paralisado por melancolia, luto ou desencontro desistente com a vida. Catálogo de vivências que serviriam como ascese, um treinamento pra dissolver, destruir, lapidar, dissecar o ego. Vivências que sacudiriam qualquer humano. Desde cuidar de doentes terríveis, como esclerosos motores ou crianças desmembradas, corroídas por enfermidades raras, passando pelas clássicas provas de resistência física marcial sem moleza pros veteranos e veteranas. A firma só tinha duas turmas: subvinte e overquarenta. Pra eles, só interessavam os com pouca experiência ou aqueles com alguma rodagem e, ainda, certo tempo pra redirecionar sua inquietação crônica. Treinamentos militares, acasalamentos usando filhos pra constituir família, que seria dissolvida depois, estudos tecnológicos, estágios e residências em empresas biológicas, neurocientíficas, moleculares, robóticas e astrofísicas, aprendizado de tortura tipo prática de aplicação e de resistência a ela, exílios em colônias tântricas pra aperfeiçoamento sexual, servir de cobaia pra experiências, enfim, um supletivo, um curso madureza no que concerne ao tempo perdido das vivências – clichês que, reza a lenda dos fetiches de aventura comportamental, te dão um aval de sabedoria terrestre, pairam dentro das cabeças por aí. Monges da oferta humana na atualidade. Os donos da firma diziam nos seus folhetos, sites de propaganda, que a maioria das pessoas sofre de sedentarismo emocional e, por isso, tem a fantasia de viver ou ser feliz intensamente. Fantasia agravada por todas as publicidades de consumo possíveis. Viver intensamente nem sabe o quê. Usufruir de uma puta felicidade alcançando o quê? Conseguindo, realizando exatamente o quê? Um senso épico de aventura e turismo por todas as facetas humanas: humanitárias, eróticas, guerreiras, perigosas, tecnológicas, científicas, artísticas, selvagens, matemáticas, testes e testes e testes que é o que configura mesmo uma pessoa vivida. A escala Richter da maioria das pessoas em relação a esses testes é no máximo cinco, com um ou outro pique que vai chegar a nove e é geralmente com luto ou doença e a tal da superação. É como se você precisasse parar numa UTI hospitalar, ou financeira, ou de carência afetiva, pra ser realmente testado. UTI que te deixa com uma sensação de abandono cruel, como se fosse uma criancinha solta e perdida numa linha de trem distraída da chegada do mesmo. Até que alguém pode ou não dar a mão pra essa criancinha que você virou etc. Só quando passa por uma UTI dessas é que a pessoa se sente testada com o susto da lembrança de que está tudo sempre por um fio. Grana, sentimentos e a vida propriamente dita. Aí vêm à mente aquelas frases tipo "agora eu dou valor à vida, às pequenas coisas da vida" ou então "nessa hora é que se vê quem é amigo mesmo" e todo esse papo desesperado advindo do cagaço pesado diante da precariedade de tudo. Viver intensamente. Ter o desejo épico de passar por todo tipo de experiência provocando dissolução, depuração, dissecação, destruição do ego rumo a uma indiferença pragmática: é o que oferece a Intensidade Vital.

    Mas o principal é que essa firma estava ligada a certo projeto Favelost. Treinar, aperfeiçoar humanos para que eles tomem conta, atuem como apoio para os que não aguentam a barra pesada da Mancha Urbana Rio Paulo de Janeiro São. Apoio para aqueles que não aguentam a barra da Mancha

Urbana cheia de mercado exacerbado, relações efêmeras exacerbadas, experimentações exacerbadas. Aguentar a barra da megalópole Rio Paulo de Janeiro São. A nova franquia social depois de tudo". Meu nome agora é Júpiter Alighieri, sou capataz de Humanistas.

Acabei de deletar um mexicano que não aguentou. Essa síndrome de Hamlet encagaçado é o que mais rola em Favelost. A pessoa se vê encarcerada num ser ou não ser porque não quer ficar aqui, mas também não quer ir embora – daí fica num limbo terrível. Alguns conseguem se livrar da situação contratando contrarregras emocionais, *roadies* do coração, gandulas mentais que devolvem a bola craniana pro cara continuar na agitação de Favelost. É o método mais fácil porque, quando a agonia atinge o sistema nervoso, não tem mais jeito, a inflamação cerebral é certa, e a pessoa fica louca, como o mexicano pedindo pra que o tirassem do estado sólido."

16

Essas pessoas geralmente são levadas para a sede dos Humanistas Anônimos, que fica na Escola Superior de todas as guerras, situada na artificial Praia do Calibre. Assim como os alcoólicos anônimos (ou quaisquer outros anônimos), os Humanistas também são gente doentiamente, cronicamente viciada, só que viciada no desejo específico de um mundo melhor. Entendam bem, desejo específico de um mundo melhor. Utopias de um totalitarismo piegas, nova versão da importantíssima invenção católica contida no chip cristão – o amor incondicional. Invenção que depois foi transferida, gambiarrizada para o chip Humanista. Secularização do amor incondicional. Todos podem subir aos céus, todos podem ser felizes e alcançar alguma graça, todos são irmãos feitos à semelhança do criador e, portanto, devem se amar mutuamente, como se não houvesse amanhã. Fazer o bem sem olhar a quem, não desejar ao próximo aquilo que você não deseja para si, e principalmente a noção de que a pessoa só é ruim, desagregadora e impositiva na sua provocação maldosa ou levemente homicida por causa de um erro, por falta de alguma atenção afetiva, por causa de um desvio, e se esse erro é anulado, a pessoa torna-se boa, já que ninguém quer ficar se maltratando, e fazer coisas ruins é maltratar a si próprio. Será que é assim mesmo? Útil e agradável são sinônimos automáticos de bom? Não mesmo. De qualquer forma, o amor incondicional foi uma grande invenção dos católicos cristãos. Universalização do amor, do perdão, da consideração pelo outro, apesar de, obviamente, os próprios católicos não respeitarem isso dentro do velho quadro de ambiguidades, paradoxos e contradições que rege a raça dita humana. É aquela história, uma pessoa boa faz coisas boas, uma pessoa má faz coisas más, mas a possibilidade de uma pessoa boa fazer coisas más é através da religião, da convicção cega, do dogma sanguinário. É claro que independentemente de os dogmas se tornarem sanguinários e pervertidos em convicções de odienta carolice maluca, no caso do cristianismo, inoculou-se também uma noção de solidariedade e altruísmo, novidade de comunhão agregadora gratuita que vale registro. Fora todas as sagacidades filosóficas e poéticas contidas nos textos de Agostinhos, Teresas D'Ávila, São Joões da Cruz, Mestres Eckhart, Tomases de Aquino, Padres Antônio Vieira... Mas hoje em dia as tais convicções religiosas só têm um leve verniz de grandeza e honra espiritual compassiva. São apenas patologias de motivação e podem se tornar perigosas. A força dessas patologias é bem interessante e, em Favelost, elas habitam o Beco das Bíblias Bastardas, em que gnósticos alucinados se juntam a teólogos radicais, religiosos *superstars* e adoradores dos mais variados dogmas botando pra quebrar na sua luta contra o Caos e a Crise Eterna, que são a base dos sentimentos hoje em dia e que perturbam qualquer sonho de certeza absoluta, ou certo e errado, de forma monolítica. Humanistas anônimos. *Imagine all the people*. Versão musical da invenção cristã humanista: o amor incondicional. Humanistas anônimos são dependentes químicos do *Imagine all the people*, de John Lennon, que é a versão melodiosamente açucarada em pieguíssimo (assim como tem andante, *staccato*, também existem as músicas cujo movimento é pieguíssimo. Elas vão tocando no nervo retardado do Grande Bem Mundial, e você vai ficando meio bobão e tal. Mas a música do Lennon, apesar disso, é linda na sua eficiência, por isso é emblemática e não tem pra ninguém, quer dizer, *We are the world* chega junto) do tal amor incondicional. Humanistas anônimos. Viciados na crença cristã e moderna de que todos são iguais na saída de bola existencial, num mundo onde todos devem procurar sua própria felicidade e ter oportunidades tipo iguaizinhas, além de mesmo peso de interferência na sociedade. Mas cristãos calvinistas não tinham essa opinião e achavam que existiam escolhidos e danados, gente já iluminada e salva e outra turma condenada à danação. Todos iguais na boa, só no chip cristão-católico com gambiarra filosófica no Iluminismo Humanista moderno. Fora os cristãos gnósticos, que só levavam em conta aqueles que se dedicavam ao conhecimento e à decifração dos segredos que nos livrariam do pesadelo, da condição humana mediocremente terrestre. Conhecimento, e não Graça concedida. Ralação esotérica, isso sim. Em todas as épocas, latitudes e longitudes, temos que admitir que definitivamente nem todos merecem subir aos céus, mesmo tendo sido virtuosos, solidários e bonzinhos. Humanistas anônimos. Viciados na crença de que arte, democracia, religião, ciência, filosofia, tecnologia conseguem domesticar razoavelmente a fera com consciência, o macaco demiurgo. Conseguem incrementar o impulso de moderação conservadora e necessária, pois a maioria das pessoas jamais aguentaria se entregar a uma real intensidade vital ligada ao negativo operante, às forças bárbaras, aos dobermanns do irracional superior, que exercem pressão contínua sobre nossas normalidades. Expansão do poder que o prazer dá, e não apenas defesa contra as intempéries do sofrimento, dos sinais da morte, mãe de todos os sentimentos. Não apenas amenizar o sofrimento. Tecnologia, democracia, ciência, religião... aliviam muito pouco a barra do primata inventor que somos, animais trágicos que somos. Como essas crenças estão abaladas (e eles vivem de criticar esses abalos hoje em dia), os Humanistas ficam à deriva, sejam eles intelectualíssimos alunos da Escolinha do Professor Frankfurt (cheios de crítica quanto à derrocada da emancipação dos humanos, à derrocada da religião da Humanidade. Quanto ao fato de os seres humanos serem encarados como meros vetores de intensidades, como aparelhagens orgânicas neurogenéricas ou neuroespecíficas com um por cento de capacidade de dúvida – dominação instrumental, abstração, linguagem, e só isso bastando pra dominar o dito mundo. Mas meros vetores os Humanistas não admitem que somos, já que encaram a existência humana como ápice da evolução, versão secular do homem como centro da criação na visão cristã do mundo) ou os crentes da seita-por-um--mundo-melhor-nasceremos-bons-a-sociedade-é-que-é-má, além de suburbanos de qualquer cidade que associam isso a um delírio modernoso de perfumaria consumista americana e sabe-se lá o quê. Humanistas anônimos. Crenças humanistas sendo abaladas todos os dias. Crise eterna. E os Humanistas anônimos ficam à deriva perdendo a sarcástica alegria de viver e compreender que existe um empate técnico entre civilização e barbárie. É a velha história daquelas frases de para-choques de caminhão filosófico: "O homem é um ensaio mamífero rumo a não se sabe o que, movido por surtos eróticos de comunhão ou rapina e uma vontade exacerbada de reinventar a natureza, cutucá-la com vara cientificamente, tecnologicamente curta. O homem é corda estendida entre o aquém e o além dele, corda estendida sobre o abismo. Não conseguiu firmar o nobre pacto entre o cosmos sangrento e a alma pura; porém, não se dobrou perante a vitória do caos sobre a vontade augusta de ordenar a criatura. Muito tarde para o animal, muito cedo para o Ser"... esses caras que ficam hamléticos são vítimas de recaídas fatais. E a eutanásia faz-se necessária porque o sofrimento somático é muito grande. É cavalo que quebra perna. Tem que ser sacrificado. Os Humanistas anônimos sentem muito, preocupam-se de forma piegas demais com a condição humana e acabam sendo perseguidos por aqueles que não sentem nada – os psicopatas que formam a única elite existente no planeta. Elite realmente afastada de qualquer varejão-povão-democrático-colaborativista. Budistas também são cutucados e ficam irritados com os psicopatas, afinal de contas, o papo não é de desapego em relação à inquietação dos desejos, de desapego em relação a tudo? Pois é, os psicopatas já nascem desapegados de qualquer culpa ou empatia social. Já nascem livres do sofrimento concentrados em apenas um aspecto da condição humana – o lado predador da raça. São os marrentos *neuroyeah*. Temos que proteger os Humanistas anônimos desses homens, dessas meninas que nos são úteis. É preciso preservar os dois pra pesquisa. Isso já rola há muito tempo, mas agora é muito vulgar, normal, e todo mundo se entrega a isto: pesquisas e experiências. Todo mundo é cobaia de alguma transação. Humanistas anônimos.

17

Meu nome é Júpiter Alighieri. Sempre gostei desses nomes solenes, talvez porque me chame Cláudio César Freud da Silva. Meu pai era louco pelos romanos e minha mãe, ironia das ironias, louca por Freud. O Silva é só pra dizer que sou um brasileiro comum, daí esse nome esdrúxulo, mas que eu gostava de pronunciar. Fiquei com essa mania de identidades temporárias, senhas pro meu espírito de época determinada. Deletei um mexicano hamletizado. Hoje é o Dia do Chamado, Chamado da morte colocada no meu corpo, e é o que vai acontecer se eu não conseguir encontrar Eminência Paula, também treinada na Intensidade Vital. No fim do curso, todos recebem algum implante que vai destruir seu organismo se você não fizer algo certeiro pra brecar o processo e virar o lado do implante. Último teste de sobrevivência feito dois anos depois de diplomados. Estilo mafioso de testar. Quando menos se espera, pum! De repente, tu tá num jogo mortal. No nosso caso, precisamos nos encontrar, trepar, para que o chip instalado nos nossos corpos contendo um dispositivo ativador de substâncias paralisantes não funcione. Temos que nos encontrar em menos de vinte e quatro horas para desativar e inverter o dispositivo, já que a gozada mútua vai mudar a configuração dos artefatos assassinos, transmutando-os numa espécie de detonadores de blindagem pra nossa pele. Soldados universais seremos. Meu nome é Júpiter Alighieri e estou andando no desespero das vinte e quatro horas à procura da Eminência. A adrenalina do general Patton me guia pro amor da Loura Filosofal e pra vida de soldado universal veterano das Intensidades Vitais. Midianfíbio como todos. Animáquina de códigos. Eminência Paula. Ainda tenho que resgatar atores de Lost-Favelost e cuidar da malta que se descobre desesperada e hamlética. Meu nome é Júpiter Alighieri e sou capataz de Humanista.

18

À s margens da Via Dutra uma Mancha Urbana com aspecto de metrópole medieval surge como fenômeno espetacular gerado pelo deslocamento de várias empresas, novas indústrias, mini-indústrias, para o Vale do Paraíba. Trinta milhões de pessoas despencaram em direção ao vale, em direção a Favelost, na maior migração de todos os tempos no país. Perto de onde havia uma entrada para Cachoeira Paulista, viajantes, trabalhadores temporários, diaristas autônomos de vocação informal e experiência terceirizada, quarteirizada de todos os níveis, bem, essa rapaziada paraibana, catarinense, estoniana, americana, colombiana, tailandesa, filipina, amazonense, carioca, paulista, sueca, argentina faz pose de pensador de Rodin olhando um imenso telão de 30 metros de altura e altíssima definição mostrando a Mancha Urbana que liga Rio a São Paulo. Às margens da Via Dutra e do Paraíba do Sul. Ponto de encontro nervoso de todas as faunas humanas e tecnológicas em processo de experimentação. Rio e São Paulo juntas numa pororoca urbana e tecnológica, imobiliária e demográfica. Encruzilhada promíscua com gente de todos os países e máquinas desempenhando em todos os quarteirões. Obsceno purgatório *bregarunner* do sublime e do grotesco. Terra do animáquina de códigos, orgânica evolução natural, ponta de lança cibernética artificial. De Barra Mansa a Taubaté, de Pindamonhangaba a Volta Redonda, todas as cidades sucumbiram à invasão de todos os espaços pelos projetos industriais e empresariais cheios de sustentabilidade excêntrica e suspeita. Vida de lucros a curto prazo em Favelost. Na atropelada entrada pra Cachoeira Paulista, estonianos rodins olham para um imenso telão de 30 metros, olham a Mancha Urbana. Vários pontos de cores diferentes brilham nele apontando os territórios que precisam de mão de obra, e tudo é urgente. Muita gente, muito urgente. Os pontos azuis sinalizam mão de obra muito especializada. Pontos vermelhos sinalizam mão de obra mais ou menos especializada, a esmagadora maioria. Os verdes, a mão pra qualquer obra, os sem-estudo, os subempregados. Os pontos amarelos, a turma dos que não conseguem trabalhar há um tempão com outros que foram expulsos de projetos científicos importantes porque são nobéis negativos e ficam perambulando mercenários atrás de algum serviço atômico, biogenético, neuroavançado ou de programação de computadores quânticos. Mercenários todos são em Favelost e procuram acumular milhagens de ocupação empregatícia muito efêmera. Existe um bônus pressa rapaziada. Mas sair de Favelost, sair da Mancha Urbana é difícil. Todos são mercenários, mas também cobaias de uma experimentação antropológica. Aliás, Viveiros de Lévi-Strauss é o que não faltam em Favelost. Imensas gaiolas de fibra de vidro transparente e suspensas por guindastes que parecem Girafas Transformers são habitadas por antropólogos e etnólogos exploradores de comunidades indígenas mundiais, pesquisadores das aculturações violentas dos aborígines, índios e habitantes de tribos pelo mundo todo, pela urbanidade da Tera Cidade Terra. Nos Viveiros de Lévi-Strauss funcionam escritórios de pesquisa cheios de etnólogos estudando a antropolândia que ocupa o planeta. Estudam principalmente os indígenas-bicho-solto na dinâmica da Mancha Urbana. Os antropólogos e etnólogos têm seu foco principal de estudo no limbo, no purgatório de tradições e simbolismos em que se transformou a vida daqueles que antes de Favelost eram chamados de índios ou aborígines ou... Condição indígena encarada como existencialismo selvagem cheio de animismo à deriva, xamanismos abalados, aqueles papos de que tudo tem espírito, alma de personalidade sobrenatural prestes a nos mediunizar, parasitar, nos tornar poderosos ou vítimas, reféns de pessoas elementares ocultas dentro de jaguatiricas, cipós, ventanias, pedaço de flor, olho de gavião, pingo de baba de anta etc. Existencialismo de índios bêbados em reservas, ou absorvidos por ongoloides instituições, ou abduzidos mendicantemente pelas periferias brasileiras, ou em dilema com as suas mitologias diluídas no chulo xamanismo urbano e publicitário, que também transforma objetos e coisas, e os produtos em espíritos de consumo te tornando refém, te chamando pra armadilha do desejo na qual todos adoram se reconhecer aprisionados ou escravizados. Índios virando existencialistas, sentindo náuseas diante da insuficiência de seus espíritos em confronto com o chulo xamanismo urbano. Mas alguns deles, novas gerações de indígenas devidamente criados com acesso à internet e acostumados aos confrontos dos dois xamanismos – o ancestral e o urbanoide maquinal –, assumem a responsabilidade de explorar o limbo festivo do existencialismo selvagem, da visão indígena do mundo como gíria psicológica, antropológica, e não como contraponto fundamental ao pandemônio do Ocidente que já engoliu o Oriente, que, por sua vez, já adaptou e sorrateiramente incorporou suas visões de mundo ao pique turístico-militar de ocupação do planeta pelo comércio de todas as manifestações psicológicas ancestrais. Os novos indígenas, filhos dos existencialistas das várias tribos espalhadas pelas cidades, fugidos da Amazônia brasileira, peruana, equatoriana e venezuelana, inventaram a Juventude Xamanista e, usando a equação $E = mc^2$ (energia é igual à massa vezes a velocidade da luz ao quadrado, ou seja, tudo contém vibração energética), caíram de boca faminta nas mitologias urbanas achando atalhos através dos quais espíritos selvagens chegam até nós, mas não através de onças ou cipós, e sim em brigadeiros, ou grampeadores, ou sandálias de salto alto rachado, ou luminárias antigas, ou em pingo de menstruação em absorventes, ou em espermas caindo da boca de namoradinhas chupando pela primeira vez o pau do namorado atrás de um balcão abandonado numa praia que é paraíso de assaltos noturnos, mas foda-se etc. Fazendo da náusea uma navegação pelos atalhos oferecidos pela energia de vibração atômica da matéria. Em Favelost, índios existencialistas estão presentes em grande número. Existencialismo pré-pago e existencialismo de índio se chocam no mega urbeoma. O crédito, a senha precedendo a essência e a náusea animista, náusea espiritual selvagem revelando o poder de absorção das civilizações ocidentais, fazendo com que qualquer cultura, digamos, não branca ou urbana vire gíria antropológica devidamente absurda e necessária como contraponto selvagem, e assim é que é. Antropólogos e etnólogos ficam estudando, medindo esse fenômeno do existencialismo indígena em gaiolas de fibra de vidro, suspensas por guindastes que parecem Girafas Transformers. São os Viveiros de Lévi-Strauss. Mercenários e cobaias. Serra Pelada, Arca de Noé. Caixa de Pandora. Qualquer uma dessas denominações serve pra definir Favelost. Um lugar onde os labirintos de negociações que decidem os ritmos econômico, político e mental do mundo ficam explicitados, ou seja, os tentáculos das indústrias, dos empreendimentos de grande porte, são escancarados, afinal de contas, quando você compra uma caneta, pode estar subsidiando um comércio bem distante, como o de armas, ou de células--tronco, ou de espermas pra doação, ou tráfico de qualquer teor. Nunca sabemos a quantas anda a teia dos negócios e interesses políticos de manutenção e aquisição de territórios de mercado. Onde começa a Embraer e termina o MIT? A Nokia já se embrenhou na Vale do Rio Doce? Quem é acionista do consumo que eu desejo? Os milhares de ambientes geram que milhares de cérebros? O turismo e a presença militar mundiais inventaram o sabor, a cor local. Onde começa a Mercedes e termina a Apple? Por onde andam certas planilhas da Hyundai deixadas nos corredores do Santander? Corporocracias flanam pelo planeta gerando vida comercial, vida empregatícia, vida consumista, vida classe média gerando vida, gerando... Sob o signo da precariedade sempre. Onde começa a Fiocruz e termina a Harvard? Que parte da cultura ou da economia produtiva extrativista do Sudão circula por aí esbarrando no que circula saído da Austrália? Onde começa a Austrália e termina o Sudão? Que negócios são esses? Importação e exportação, câmaras de comércio, bancos centrais, bancos de desenvolvimento. Onde começam e terminam os negócios? Por onde entram os resíduos dos negócios? O lixo do PIB? Onde começa a Unicamp e termina a Tríade Chinesa? Que parte da Yakuza funciona no Butantã? Que departamento de construtora alemã mantém laços com o Turismo do Mato Grosso do Sul? O que desenvolve um país? Exploração de outros países e terras colonizadas num processo igual à exploração do homem pelo homem? O determinismo de germes, armas, climas e terras? A religiosidade de disciplina e prosperidade via puritanismo do trabalho duro, poupança e individualismo conservador? As instituições democráticas: direito de propriedade, leis de incentivo pros empreendimentos, livre--iniciativa, impostos baixos e segurança jurídica? Tudo isso misturado, é claro. Onde começa um e termina o outro? Um gozador pode chegar e dizer que sabe muito bem os endereços e os quarteirões, os limites geográficos de todas essas empresas, negociações e países, mas definitivamente esses limites não seguram nada. Ninguém barra a Abrangência Panorâmica.

19

Em cada esquina das grandes cidades mundiais, principalmente das brasileiras, existe um Mefistófeles. Em cada esquina da web existe um Mefistófeles aliciando pessoas para as maravilhas de Favelost. Única saída na verdade. "Está satisfeito com a tua vida?" O cara responde: "Não!". "Mas você tem mulher, filhos bacanas, família e rede de amizades. É um profissional competente, estabelecido, respeitado, consolidado. As tuas rações de afeto estão muito bem servidas e, assim mesmo, não está satisfeito?" "Não!" "Então tá no ponto pra ir pra Favelost. Vou te dar uma ideia, chega mais". Em cada esquina de uma grande cidade brasileira ou estrangeira existe um Mefistófeles aliciando as pessoas para as maravilhas de Favelost. Todos querem ir pra lá, obter o lucro fácil de uma vida temporária, precária, autônoma, diarista, informal, *part-time*. Existencialismo pré-pago. A senha precede a essência. O crédito precede a essência. Segundo os gestores de recursos humanos, nas empresas existe um trinômio da realização pessoal: conhecimento, competência e rede de relacionamentos. Saber de si, se conhecer, ter talento, competência, vocação e contatos – bons contatos. Isso mais o regular fornecimento de rações afetivas – autoestima, família, amor de sexo parceiro (parceria pra dividir por um tempo a tal da vida, amizades que são outra família) – formam o pacote de felicidade a que se refere o trinômio da realização, e que é totalmente desencontrado na maioria das pessoas e nalgumas nada funciona, mesmo em termos de equalização dessas pistas sentimentais. E esses milhões de pessoas nalgum momento de suas vidas desperdiçadas resolvem dar um grito de afirmação vital. Náufragos sociais se agarrando a alguma coisa, alguma pessoa, alguma atitude. Mandando ver um desesperado Sim ou um fulminante e espetacular Não à existência. Taras insólitas. É a isso que se reduzem as vidinhas que andam em círculos de mediocridade, imobilidade, espécie de coma social, e só profissionais concentrados em distúrbios ou queimas de fusível afetivo, como psicólogos, assistentes sociais, médicos, enfermeiras, médicos legistas, psiquiatras forenses, psiquiatras não forenses, profissionais de recursos humanos, putas, agiotas, bombeiros, agentes funerários, gerentes de banco, advogados, pastores / padres / pais de santo / médiuns espíritas,

20

Favelost só foi possível, entre outras filigranas jurídicas e fiscais, por causa da mamata que é abrir uma igreja no Brasil. Por esse atalho, inaugurando igrejas, camuflando-se atrás delas e de ONGs de todo o tipo, a avalanche de mini-indústrias foi se instalando. Terras sendo compradas por máfias, por corporações ou empresas oficiais. Estatais também.

20

municiar os seres humanos com novos mecanismos de sobrevivência; e que as ideologias, as etnias, os PIBs não atrapalhem. Sociedades Virais. Umas contaminando as outras em 24 horas. Surtos de comportamento durante três horas, mas viajando rápido. Favelost. Nietzsche disse que a feira tinha se espalhado demais, e Marx foi o que vislumbrou e melhor detalhou o inexorável processo de comercialização de tudo. De pedaços de terra, passando pela atmosfera, passando por religiões, ciências, artes, qualquer atividade e principalmente o tempo. Finalmente os sentimentos e os corpos, organismos humanos. Sociedade de Saturação e Sociedades Virais são as mais novas transmutações do capitalismo, que toca fundo no coração de todos nós, já devidamente naturalizado como sentimento empreendedor, e não se esqueça que o dinheiro é uma espécie de amor. Estamos no endocapitalismo, para o qual somos preparados há três séculos. Ainda bem. Muito além desse papo de exploração mão única de um ser humano por outro, já que isso é inevitável. A via do consumo mostrou que todos os aspectos da vida viraram *commodities* psicológicas. Chafurdamos em psicologia. Depois dos delírios utópicos humanistas desmentidos pela dura realidade dos interesses, maquiavelismos, rapinas, politicagens, o normal das vidas em desalinho. Depois das utopias de apocalipses revolucionários de redenção social que eram versões seculares de intenções universalistas e calvárias de transmutação oferecidas pela cristandade católica ou protestante, depois disso tudo, o endocapitalismo de Favelost. Sociedades Virais saídas das sociedades de saturação.

Nenhum Brasil pode com Favelost, mesmo porque saiu de dentro dele, e todas as empresas e máfias reunidas num híbrido incomensurável humilharam todos os senados, todos os parlamentos, esfregando na cara o quanto de negociações espúrias e atrasos tecnocientíficos estavam comprometendo progressos variados, gerando catástrofes a reboque.

22

Crise eterna, Caos como fundamento, encruzilhadas de labirintos removíveis como projeto urbano e overdose de inclusão social acompanhada de sustentabilidade catastrófica. Esse é o cardápio da atualidade explodindo em Favelost.

Através de atalhos jurídicos surgidos das instalações de igrejas, ONGs e associações, a infiltração, instalação das mini-indústrias, se deu desafiando também as três bases de formação urbana: as empreiteiras, as construtoras imobiliárias e a indústria automotiva. As duas primeiras se adaptaram ao pega pra capar arquitetônico de aparelhamento habitacional esdrúxulo de Favelost. Já a terceira dançou porque carro não rola nas ruas medievais da Mancha Urbana. As cidades sempre foram feitas para certa rapaziada bem posta nas camadas sociais mais abastadas, para os edifícios, para os carros e para os grandes empreendimentos da engenharia; e as populações sendo encaradas como mero gado de recheio da paisagem. Progresso é efeito colateral de lucro, e gente é recheio pros negócios. Favelost perturba, e a Terra não é mais encarada como um simples planeta, e sim como a Tera Cidade Terra, e dentro dela a humanidade como tubo de ensaio mamífero rumo a não se sabe o quê. É o que todos somos mais do que nunca. Sociedade de Saturação gerando pequenas Sociedades Virais. Favelost.

das suas cabeças paralisadas. Como se suas mentes tivessem pulado pra fora por algum mecanismo assombroso. Cientistas gastronômicos, rapaziada bienal, decoradores forenses, médicos reaproveitadores de vísceras de gente traficada assassinada no meio desse povo estão entre a turma que ainda será capturada para a pesquisa em Favelost. A turma da mente à deriva. Martelam medusas fumegantes, improvisadas com sinalizadores marítimos, miojos desacreditados, macarronadas inviáveis e pedaços de cérebros de ucranianas, brasileiras, chineses ou americanos ou... é o que se vê na paisagem da Mancha Urbana. Rio Paulo de Janeiro São entre Caraguatatuba e Lorena. Favelost.

24

Na volúpia ambiental da megalópole, mulheres com sarongue fosforescente se debruçam em tanques de lavar roupas esperando a chegada dos componentes das TVs de plasma que chegam via encanamentos de entrega rápida direto das minifábricas mais próximas. As partes das TVs chegam no fundo dos tanques e são montadas a céu aberto nas lajes das mini-indústrias cosméticas. Chinesas, egípcias, chilenas, americanas, quenianas, finlandesas, turcas, azerbaijanas montam cuidadosamente TVs de plasma e depois as colocam nos varais publicitários. Do tanque pros varais. "Para montar o plasma da minha sinhá", para montar o plasma da minha sinhá elas parecem cantar. As lajes das saronguetes montadoras de TV de plasma também servem de ponto-camuflagem de encontro para as veteranas da Intensidade Vital sem tempo pra conversa de mais de um minuto. Paula dá um abraço e um beijo na sua colega de misantropia, capataz de Humanistas de apelido Webirene. Adotou esse codinome porque é nerdosa, totalmente hackértica e inventora, com outros dois camaradas do Introspectwitter. Ele tem fluxo de caracteres maior, quer dizer, mais de 140 se você quiser. Com quantos caracteres você fica numa boa? Ela pega o drive e se manda. Está com a morte pedindo passagem no seu corpo às dez e vinte e um. Reencontrar Alighieri, trepar e reverter o destino da função. Além do que existe uma turma que quer acabar com ela e com Júpiter muito antes disso pra usar os corpos em pesquisa. Refrão em Favelost pra tudo e pra todos. Vai pra pesquisa.

quimeras, clonildos, clonildas e, pra variar, gente de todo tipo se esbaldando em poder foder com alguém que vai sumir em poucas horas. Zero compromisso e, se quiser, ainda leva um pedaço da figura depois da foda. Os perseguidores perdem o sinal do calor humano de Paula, a loura filosofal, dão uma bobeira e, quando se aproximam dela, não dá outra, com os dedos em riste ela vai direto nas artérias, fazendo braços e pescoços sangrarem bonito numa melação total. Ela apresenta sua insígnia da Intensidade Vital, capataz de Humanistas, e deixa que os lixeiros legistas carreguem os corpos para os depósitos de restos que vão dar em laboratórios forenses, biológicos e neurotudo, onde serão pesquisados, lazarizados, robocopizados etc. Nada se cria, nada se perde, tudo se *Transformer*. Paula injeta a adrenalina de Patton nas belas coxas brancas pra manter a fúria de fuga e encontro. Dez e cinquenta e nove. Atravessando o recinto, ela vê outra curtição na boate. São as cabines de foda eterna ou de abraço pra sempre ou dos beijos infinitos ou carícia de fetiche terrivelmente contínuo. Cabines de experimentação sensual observadas por câmeras tomográficas, cintilogrâmetros, magnéticos apetrechos ressonantes e caixas orgônicas captando orgasmos, revelando tudo. Nuvens baixas na pele provocadas por excitações amorosas, sadismos, masoquismos, e por aí vai. Fodas monitoradas, paixões pesquisadas, amores digitalmente detalhados. Como o dela com Júpiter agora. Pensa Paula. Às onze e três. Açougue Solto. Os frequentadores tentam sobreviver a fodas de quatro dias e beijos de uma semana recebendo injeções de tantrax, pílulas de efeito carnal absoluto, o que salva os feios e os difíceis, porque tomando a pílula de duzentos miligramas o desejo por gente é absoluto e dane-se o que tá pela frente, qualquer carne é carne. Mas, se tomar quinhentos miligramas, fodeu literalmente. Vai ficar de pau duro ou molhada, tipo *extreme over*. Totalmente prontos pra cruzamento até com poste, ventilador e papel de bala. Pan-histeria de intercurso. É preciso dizer que o famoso sexo seguro, ou seja, com proteção, ganhou contornos muito peculiares em Favelost. A descoberta e o domínio de certos anticorpos encontrados em africanos com janelas imunológicas em relação ao HIV mudou tudo. Vírus hipermutante com suas 170 versões, o HIV sempre conseguiu driblar nossos sistemas internos de defesa e eliminação de invasores, mas foi finalmente atacado com os tais anticorpos descobertos em africanos imunes a ele. Descobriram certo momento de transmissão ou acoplamento do desgraçado na população de células. Certo momento de acoplamento inevitável levado a cabo por pelo menos 120 variações do hipermutante. Atacaram esse momento de encosto-padrão com os tais anticorpos. Apesar da alta mutação, havia um procedimento que era comum a todas as variações do HIV, daí que...

Uma vacina e *voilà*, diminuição avassaladora das possibilidades de óbito por obra dessa porra de vírus. Mesmo assim camisinhas continuaram a ser usadas, já que tudo é teste, e alguma merda de falha no processo de cura pode ocorrer. Alguns já aposentaram as camisinhas, outros as continuam usando, e muitos fizeram a cirurgia da camisinha perpétua. Uma pele implantada, uma real segunda pele implantada que só permite saída de urina e não de esperma, digamos que ela não lê fluxo de saída de esperma. Os que optam por essa cirurgia têm que tomar doses cavalares de tantrax todos os dias visando gozar pra dentro, acumular gozo no fundo da mente ou de alguma víscera, e eles só podem gozar quando seringas puxam os espermas pelas veias dos braços ou das pernas ou seja lá de onde for. É a gozada venosa à qual milhares de tântricos turbinados de Favelost têm acesso. Por conta disso, a paranoia sexual diminuiu assustadoramente na Mancha Urbana. Laboratório das sexexperimentações. Ser humano como tubo de ensaio mamífero rumo a não se sabe o quê. Na boate Candomblé de Açougue Solto. Paula, Eminência Paula, sai da boate perto de onde outrora tinha uma entrada para os esgotos da cidade de Lavrinhas. Ou seria Salesópolis? Ou seria Campos do Jordão? Impossível descobrir agora que a Mancha Urbana chegou atropelando tudo e as cidades viraram lembrança de detalhe, totalmente coberto, totalmente tomado pela invasão imobiliária, demográfica, industrial de Favelost. Os marcadores de GPS têm uma vaga lembrança das cidades que compunham o Vale do Paraíba, às margens da Via Dutra. Não é Canudos, não é Las Vegas, não é Palmares. É Favelost, isso é o que é. Eminência Paula. Onze e trinta. Manhã corre entre a Multidão Eterna. Multidão da Mancha Urbana.

netos, eles nos dão conforto e ânimo psicológico, mas os neoidosos querem ir além dos netos e jamais colocam pijamas ou jogam cartas nalguma praça, ou em clubes de visita turística a museus ou a peças teatrais ou a cinemas, nada disso. Um neoidoso é antes de tudo um vetor da esperança na imortalidade que já virou objeto de estudo tecnocientífico há muito tempo, e eu sou uma das suas cobaias. Milhões são gastos para manter as pessoas vivas mais tempo, e doenças ou alquebragens novas surgiram, é claro, mas tudo isso tem como finalidade manter a rapaziada tardia trabalhando pra sempre, chega de pijama existencial. Idosos, crianças, jovens, adultos, todos no mesmo barco de produção e aproveitamento para os negócios. Daí que vim pra Mancha Urbana, pra nova franquia. Eu vim pra Favelost a fim de abandonar o humanismo roda presa e assumir a condição de animáquina de códigos. O que estamos nos tornando. Aqueles velhinhos que se mostravam dispostos, muito dispostos, por temperamento, e que ficavam a vida toda em trabalho constante ocupando a cabeça com planos, esses que antes eram raros, agora são a maioria. Robocopizados, turbinados, ajudados pela medicina de resultados urgentes. É claro que alguns explodem, outros não conseguem apoio orgânico, ou seja, os corpos não se adaptam, rejeitam as nanointervenções, mas no geral estão indo bem. Eu é que não consigo. Eu não aguento mais. Pensei que tava preparada, mas não tô. Nem pra imortalidade nem pro ritmo de Favelost. Peço penico de arrego amarelado e confesso que não sei o que fazer, pois tenho monitores subcutâneos com disposição wi-fi que me permitem baixar no braço filmes e novelas. Trabalhar em várias mini-indústrias num dia só, como é oferecido em Favelost, é uma delícia e, uma vez experimentada essa nova dimensão do corpo em movimento ininterrupto, é difícil voltar pra mera condição humana de metas medíocres – fundamentais, mas medíocres. O gosto de uma nova vivência na boca do estômago já tá instalado em mim, e eu fico no meio do caminho totalmente hamlética, jogada num ser ou não ser por causa da nostalgia humanista, e eu não aguento mais o dilema. Sinto dores de consciência, apagões nervosos, e nem as emergências de retífica psiquiátrica dão conta do desbarato, porque a introspecção sentimental, o entupimento da vida interior que provoca piração hamlética já se manifestou com força e não aguento mais. Por favor, me tirem deste estado sólido, me tirem deste estado sólido".

27

De frente pra residências feitas com pedaços de aviões militares e comerciais, lascas de protótipos, aposentados bimotores, gigantescos aviões cargueiros, enfim, de frente pra residências 737 ou flatscessna, uma neoidosa berra sua piração hamlética de ser ou não ser uma favelost quando chega junto dela uma loura, uma loura da Intensidade Vital. Eminência Paula. Ela segura a tardia pelo pescoço e vai dizendo: "O que tu tá dizendo, oh neotardia? Tá dizendo que não aguenta o tranco de Favelost, não aguenta a barra de códigos neurogenéticos que tu virou? Tu tá dizendo que o esforço feito pra imortalizar não vale nada porque resíduos de humanismo te agulham a vontade de sentir a pressão da morte valorizando cada momento, cada sentimento? Qual é a tua, ingrata tardia? Quer mesmo reverter o quadro de imortalidade, mas já não aguentaria a vidinha fora de Favelost, não é? Deixou o tumor subjetivo tomar conta, não é, neotardia? Tudo bem, que assim seja. De frente para essa outrora entrada da Embraer em São José dos Campos, devidamente engolida pela Mancha Urbana de demográfica explosão necessária, eu te sulfurizo em nome de Favelost e recolho a fumaça da tua execução pra pesquisa. Você continuará a existir em forma de material laboratorial". E a loura de jeans refrigerado pra aguentar os 50 °C de Favelost dá uma cusparada no nariz da idosa robocopizada pra anestesiar rápido a figura e depois tira do bolso uma caneta-tinteiro equipada com descarga estúpida de ácido sulfúrico e vai furando o corpinho legal da neotardia, que vira pasta de gente em trinta segundos. Em seguida, pega o multicelular e aciona o aspirador de miasmas, sugando a fumaça do corpo sulfurizado.

29

Enquanto o céu marca o começo da tarde com o sol dando uma chegada de leve pro oeste, a loura vai cruzando a multidão na metrópole de aparência medieval, sem carros que não podem, não conseguem circular em Favelost, lugar de ruas muito estreitas, mas que tem um autódromo de quatro andares pros tarados por automobilismos. A loura vai andando e no *groove* da sua mente vai deslizando a consciência do fluxo: "Meu nome é Paula, Eminência Paula, quer dizer, essa é a minha identidade de assinatura emocional na atualidade. Já assinei Catarina Augusta, quando ficava circulando pelas redondezas da rua de mesmo nome, onde fui criada habitando a cidade Metalandiaheavy, capital de Notívaga, país que só existia na minha cabeça, e era situado no planeta Videodrome, que, por sua vez, girava em torno de um sol triplo formado por duas amigas namoradas e um namorado — garoto que ficava com as três juntas, e nos amávamos. O garoto e as três muito surpreendentemente juntas, sem ciúme algum, a não ser da nossa relação muito fechada. Avenida Paulista com Augusta era a galáxia de perímetro urbano que nos inspirava. Eu assinava Catarina Augusta porque meu pai era fascinado pela Rússia czarista, anticomunista ferrenho e fã de Rasputin e o caralho a quatro. Só de sacanagem, me chamava carinhosamente de rasputinha, e minha mãe achava graça nisso. Eles trabalhavam muito, e eu gostava de ficar aprontando com minhas amigas e meu amigo; na verdade, todos éramos amantes, e era muito bom chupar um pau muito amigo, e depois chupar uma boceta muito amiga, e depois todos juntos em trabalho de foda improvisando uma espécie de bicho orgia. Além disso, tinha o prazer da cumplicidade. Mesmas intenções e perspectivas de interesses convergentes. Pensar igual e sentir parecido. Confraria secreta da Augusta com a Paulista, e eu assinava Catarina Augusta e me sentia espiritualmente russa e metaleira fanática por registros de vídeo que eu queria enfiar no meu coração e transformá-lo em tela pulsante. Era o que queria impossivelmente nos meus dezessete, dezoito anos de loura paulistana. Dois irmãos mais velhos tinham viajado pra fora do país. Um a fim de estudar, o outro de se estabacar na vida. E o que aconteceu? Morreu numa emboscada talibã. O outro se isolou do mundo quando soube da

vinculado ao projeto Favelost de urbanidade concentrada, comercialização e industrialização de todos os aspectos da vida, além de transformar pessoas em tubos de ensaio mamífero rumo a não se sabe o quê. Muita gente não aguenta a barra de Favelost e precisa de um corretivo circunstancial ou final. A iminência é uma constante na Mancha Urbana e, por isso, na similaridade do som, escolhi também eminência. Eu sou um capataz de Humanistas, e acabei de deletar uma neoidosa. São meio dia e dois... Tenho um chip implantado que vai paralisar meu corpo e preciso, até nove horas da manhã, encontrar Júpiter Alighieri pra gente trepar e botar do avesso o chip que, mudando de função, vai gerar blindagem de pele pra nós dois, transformando-nos em soldados universais veteranos da Intensidade Vital. Ainda tenho que, no meio disso tudo, salvar atores do seriado Lost-Favelost. Alguns deles estão entre o que era Aparecida do Norte e o que era denominado Guaratinguetá. Meio dia e cinco. Vou nessa".

30

Na volúpia ambiental de Favelost, pontes ininterruptas abrigam em seus bojos escritórios científicos, concessionárias de acompanhantes robóticos que são muito procuradas por homens e mulheres, pois fornecem desde bonecos automáticos com gavetas pelos corpos até androides femininos ou masculinos que possuem compartimentos no fígado, ou na bexiga, ou nos pulmões, pra guardar coisas, mas também, como bons acompanhantes, oferecem serviços sexuais. No caso dos robô-homens, alguns têm mais de uma piroca para que a mulher divida com uma amiga o androide; no caso do homem, a menina golem tem um dispositivo atrás da orelha que, uma vez acionado, faz com que ela esconda os dentes e fique com a boca totalmente ventosa, a exemplo de prostitutas chinesas de setenta anos bem desdentadas. Acionado esse dispositivo, o boquete, a chamada chupada ventosa ou mamada banguela, acontece de forma incrivelmente gulosa. Também existem os golens sublimes, máquinas de vasta intelectualidade que se tornam companheiros para conversas de confissão sentimental, ou voos de especulação metafísica, ou erudição pop ou clássica e didática com filmes e músicas, enfim, megagigas de cultura mundial armazenada nos seus corpos. É claro que existem modelos que servem à sexualidade bizarra e ao barato cultural de refinação e viagem de conhecimento e consultoria psicológica sentimental conjuntamente. Todo tipo de robôs nas concessionárias que funcionam no bojo das pontes ininterruptas que fazem parte da volúpia ambiental em certos trechos de Favelost.

Robonança.

30

32

Júpiter Alighieri, na altura de algum lugar que já foi Pinheiral ou Itatiaia, vai se desviando de uma e outra vegetação que cai dos prédios ou surge do chão que, às vezes, é de paralelepípedo, às vezes, sinteco, às vezes, terra de areia batida, enfim, desviando da overdose vegetal oriunda das pesquisas botânicas que visam incrementar os assim chamados vegetais e legumes e raízes e floras e *et cetera* verdejantes acabando com a perspectiva ecológica de fofura preservativa e turbinando o reino vegetal, transmutando-o num suculento e perigoso monstro onipresente cheio de tentáculos que servem pra comer, beber, curar, matar, erotizar, construir. A ecologia ficou mais divertida e ampliada em Favelost, antecipando o que deve acontecer no resto do mundo. O negócio da ecologia foi perturbado e pervertido pela tecnociência. Transformou-se numa surpresa monstruosa a serviço do artifício e das necessidades humanas muito além do que índios, aborígines e povos da, digamos, antiguidade pré-colombiana já fizeram em termos de compreensão do ambiente visando extrair sem catástrofe o que a natureza nos oferece. O que é uma mentira deslavada, porque índios, aborígines e civilizações antigas sentavam a pua na dita cuja e, resumindo, não é só o homem industrial, moderno, psicológico e tecnotarado o responsável pelos solavancos nessa tal de natureza que, por pressões de propaganda ecológica cretina, acabou virando na mente das pessoas, principalmente das ditas crianças, um sinônimo de cenário incólume, paisagem fofa, singela e boazinha, quando sabemos que a destruição criativa e a indiferença em relação à nossa existência é que caracterizam essa multidão de eventos – na sua maioria hostis à Humanidade – apelidada de natureza. Eventos fora e dentro dos corpos humanos. Em Favelost, muita gente leva suas plantas carnívoras pra passear como se fossem botânicos *pit bulls*. Enquanto isso, Júpiter Alighieri na altura do que era Pinheiral e Eminência Paula na altura de São José dos Campos observam aqueles que os perseguem com a intenção de não deixá-los se encontrar pra dar a tal trepada redentora que vai mudar as coordenadas do chip assassino. É preciso eliminar constantemente esses caras, que são muitos e que marcam sob pressão. Júpiter embrenha-se por uma série de lojinhas de quinquilharias astrofísicas, sebos cosmológicos vendendo lembrancinhas de Plutão, o astro rebaixado. Dados e estudos sobre o ex-planeta. Rebaixado, mas com público cativo. Quinquilharias astrofísicas pirateadas da NASA e de outras tantas instituições focadas na vigilância do Universo e suas dimensões, matérias negras e cordas de harmonização quântica. Júpiter vai atravessando o quarteirão dos sebos cosmológicos, das quinquilharias astrofísicas em que se tem notícia passo a passo da luta entre as facções de físicos que querem ir além do atual Modelo Padrão do mundo físico (doze partículas e quatro forças que compõem tudo o que existe) e chegar a um modelo único unindo física quântica e física geral. O muito pequeno invisível e o descomunal cosmológico. Como se isso fosse possível. Chegar a um ponto único como os pré-socráticos, com o seu tudo é água, tudo é isso ou aquilo. Ou os religiosos com o famoso Deus onipotente, onisciente e onipresente, ou os hindus e, de certa forma, os budistas com a pluralidade agitada da vida que vem de um Princípio Único. Isso não pode se aplicar à ciência, que vive de evidências fugidias dependentes de instrumentos novos, que geram novas descobertas e perspectivas. Nada fica pra sempre. Deliciosa e instigante precariedade. Disneylândia de hipóteses, teorias e experimentações. Disneylândia que dá barato de conhecimento, sensações de compreensão, conforto material. Cartões-postais, *souvenirs* do Modelo Padrão da Física com os componentes – as doze partículas e as quatro forças – que até agora demarcam o nível atômico da matéria visível. Celulares com simulações de quarks em movimentação. Bolas transparentes tipo peso de papel com imagens de Titã, lua de Saturno ou Europa, lua de Júpiter. Satélites com algumas semelhanças com a Terra, semelhanças de constituição geosférica e líquida. Novos planetas recém-descobertos, com características próximas também. Exoplanetas. Uma e quinze. Alighieri se esconde numa loja mínima de *souvenir* marciano de frente pra duas velhas, tipo neoidosas bolivianas, que eram escravas costureiras nos porões de São Paulo, mas agora estão turbinadas em Favelost costurando feridas, ajeitando pequenas cicatrizações dos transeuntes nas esquinas da Mancha Urbana. Três camaradas armados com pistolas de dardo alucinógeno (alguns deles não querem matar de prima, eles querem observar e pesquisar os corpos morrendo em paralisia) vão atrás de Júpiter, o veterano da Intensidade Vital, que assinava Batman de Dostoievski. Alighieri sobe no sótão da lojinha de *souvenir* marciano lotada, como tudo em Favelost, atraindo os caras pra um lugar mais apertado. Eles têm GPS de calor humano específico direcionado e chegam rápido à vítima. A única chance é aquecer demais o corpo pra confundir a maquininha. É o que ele faz acendendo as quatro bocas de um fogão à disposição de quem quiser cozinhar alguma coisa. Os fogões disponíveis são um *must* em Favelost. Devidamente aquecido, ele vê os caras se aproximarem, mas ficarem indecisos, perdidos quanto à localização dele, e é a deixa pro veterano soldado da Intensidade Vital partir para cima do trio e, com três golpes de lesa artéria, deixá-los sangrando até a morte. Uma e meia. Júpiter mostra a insígnia de capataz de Humanistas e sai deixando os cadáveres pra pesquisa. Os coletores de entulho humano levam os presuntos pras lixeiras instaladas nas ruas de Favelost, colocam os caras nos buracos de reciclagem orgânica, tubos diretamente ligados a almoxarifados legistas que, por sua vez, atendem a várias mini-indústrias, que fazem a festa científica e tecnológica da Mancha Urbana. Sociedade vórtice que vai virar sociedade viral. Concentração de todas as tecnologias e de todas as oportunidades humanas. Num segundo estágio, a expansão para que haja o encontro das Favelosts, das Manchas Urbanas pelo mundo, virando Pangeia de Teracidade. Instabilidade. Velocidade. Precariedade. A Brutalidade dos fatos. Cem por cento ambiental, cem por cento genético. Júpiter se livrou dos perseguidores equipados com dardos alucinógenos. E Paula, como está se virando à uma e trinta e seis?

33
||||||||||||||||||||

Entre São José dos Campos e Aparecida, Eminência Paula vai atravessando a Eterna Multidão da megalópole Rio Paulo de Janeiro São. Uma e quarenta. Sente a perseguição no cangote, através das ruelas, alamedas e becos da Mancha Urbana. Na pilha da urgência de se mandar à uma e quarenta e dois rumo ao encontro da Foda Fundamental para suas pretensões de continuar com o organismo aceso. Nessa pilha de urgência, a Eminência loura, Paula Filosofal, que assinava Catarina Augusta, vivendo numa imaginária rua russa na cidade de São Paulo, pois é, essa soldada veterana da Intensidade Vital vai sentindo a presença de perseguidores armados com dardos alucinógenos no seu encalço. Entre Aparecida do Norte e São José dos Campos, vagas lembranças de mapas antigos atropelados pelo gigantismo de Favelost. Entre essas duas cidades, Eminência Paula vai cruzando a Eterna Multidão e precisa despistar os caras com muito calor de corpo pra matá-los na armadilha. Resolve ir para os subterrâneos de Favelost, onde funciona o sol de baixo. Uma imensa Serra Pelada acontece na parte oculta de Favelost, totalmente iluminada por uma bola com um milhão de lâmpadas gigawatts iluminando tudo. Sol de baixo. E a energia do sol lá de cima? A tentativa de cientistas de reproduzir a fusão nuclear do astro rei e obter energia assim pra sempre, eletricidade pra sempre, deu certo em Favelost. Nos pequenos reatores termonucleares, sempre em pesquisa na Mancha Urbana. Só que apenas pequenas Porções de Fusão foram conseguidas, o que, na verdade, facilitou o trabalho de distribuição de energia, que é feito numa espécie de arraial de festa junina pra dar um toque mais festivo e atraente pro quarteirão da fusão nuclear e do petróleo inorgânico. Arraial da Fusão Nuclear. Pequenas porções de quentão contêm a energia necessária para pelo menos três meses de eletricidade. Arraial Nuclear onde são servidos quentões de fusão atômica. Hidrogênio virando hélio em pequenas porções que acopladas a geradores domésticos fornecem luz por dias e dias e dias, e a patente tá por aí sendo contrabandeada e levada pra todos os lados. Entropia da sustentabilidade. Rapina do ser com nova roupagem. Mas a fusão está rolando tanto quanto a fissão. Átomos antigos. O quarteirão da fusão nuclear é um arraial que fornece diversão e pequenas porções de energia pra multidão subterrânea, fixa ou flutuante, da Mancha Urbana. E também para a peculiar Serra Pelada, onde trabalham aqueles que fazem a extração do petróleo inorgânico. O petróleo não surge apenas de fósseis de lixo biológico e resíduos orgânicos. Ele também surge de uma ligação direta do fundo do manto terrestre com a crosta. Descobriram como tirar energia do metano, que vem do fundo da terra sem ficar sedimentando, sedimentando por milhões de anos. Outra energia infinita. Fim da velha ladainha de que o petróleo vai acabar. Os consórcios de pesquisa de Favelost conseguiram. Nobéis negativos e positivos conseguiram, e o petróleo inorgânico mais a fusão nuclear são as molas energéticas da Mancha Urbana, além de pontos de encontro empresarial e de emprego de milhares de pessoas na parte oculta da megalópole. Paula chega a um dos quarteirões de extração e pesquisa. E, como em toda a extensão da megalópole, as pessoas trabalham por algumas horas, alguns dias, no máximo três meses, e têm que dar lugar a outra e ficar no limbo por um tempo. Ou partir logo pra outro emprego. Se quiser, pode voltar depois pra novamente assumir a tarefa. Recebe a grana e volta mais tarde, outro dia. A máxima de Andy Warhol afirmando que no futuro todos teriam quinze minutos de fama virou refrão de ditado pra qualquer coisa. Você será algum profissional, algum parente, algum tipo de gente por quinze minutos. Paula atravessa o arraial da fusão nuclear e o quarteirão Serra Pelada do petróleo inorgânico reparando nos boreais de sarjeta, belas manifestações minerais que decoram sem querer o ambiente rasteiro dos quarteirões de extração subterrânea. O Adágio de Albinoni é a música que envolve o interior da cabeça de Paula, que nanoinjetou quatro músicas que, durante um tempo, vão se revezar e tomar de assalto sua mente. Uma delas é o adágio. Sob o signo de Albinoni, vai fugindo pelo quarteirão do petróleo inorgânico, enquanto os caras vão ao seu encalço. Os quatro esbarrando na eterna multidão de Favelost. Até que Paula, a Eminência Filosofal, resolve se livrar das calças refrigeradas pra aumentar o calor do corpo. Tira a parte de baixo da calça e fica com uma espécie de bermuda curta mostrando suas belas coxas brancas, que são coxas da veterana questão amorosa. Na cabeça, Albinoni; nos ombros, a ininterrupta câmera 360° muito comum em Favelost. Território de câmeras sempre ligadas em todos os quarteirões, câmeras entre câmeras. Esses miniartefatos de ombro funcionam como papagaios de registro pirata ininterrupto. Câmera ligada em 360°, e Paula Filosofal, Loura Eminência, encontra uma máquina de café muito expressa e expressiva, pois é um móvel de aspecto colonial de alguma época francesa, e ela arrebenta um pedaço da máquina de café, entra nela e vê os perseguidores se atrapalharem com o GPS do calor humano, pois ela superaqueceu seu corpo, e eles se aproximam abobalhados o suficiente pra soldada universal da Intensidade Vital pular com os dedos em riste e só na dedada de força direcionada arrebentar rumo à morte os corações dos perseguidores. Duas e cinco. Ela mostra sua insígnia de capataz de Humanistas, de capitã do mato sem cachorro em que alguns se encontram em Favelost, e se retira, deixando que o pessoal da limpeza humana pegue os cadáveres e jogue nas lixeiras que vão dar em depósitos legistas fornecedores de matéria-prima pros ininterruptos laboratórios da Mancha Urbana. Não é Canudos, não é Pedra do Reino nem Farrapos. É muito mais do que essas manifestações de revolta messiânica ou anarquia malcriada em relação às instituições mundanas, capitalistas e republicanas. É Favelost. A nova franquia social. Sociedade Vórtice que vai se transformar e se expandir como Sociedade Viral.

34

Júpiter e Paula às duas da tarde. Ela vindo da direção São Paulo, e ele, da direção Rio. Vão tentar se encontrar, dar aquela trepada transmutadora de chip. Júpiter Alighieri e Eminência Paula. Soldados universais, veteranos da Intensidade Vital.

35

Eles vão se falando pelo Twitter especial. Internet incrustada numa bússola do século XVII. Twitter que tem criptografia cabalística, ou seja, só funciona com frases de amor que só eles, Júpiter e Paula, sabem camuflar em números e letras e palavras, e, quando acabam de falar, ele vai indicando pela bússola a direção dos dois. De um pro outro. Bússola-twitter de *groove* cabalista. Acontece que eles já tiveram uma temporada de coitos na Intensidade Vital. Se enamoraram das suas misantropias e mandaram bala sexual durante certo período em que passaram por treinamentos e aulas na sede da firma de supletivo existencial. Amor vigiado, paixão controlada, sexo monitorado. Rezas de ladainha amorosa. Na urgência do amor, os soldados universais vão se procurando entre Aparecida do Norte e Queluz. E eles vão dizendo: teu verbo é o meu, meu verbo é o teu.

Amor vigiado, foda pesquisada, paixão monitorada.

36

Favelost é o ponto de convergência de todos os interesses escusos e legítimos, oficiais e não oficiais, tecnocientíficos e mercadológicos, terapêuticos e criminosos, antropológicos e sociais visando a uma tentativa de sair do esquema país soberano-banco-central-ONU-negociações legisladas, juridicismos, legal e ilegal. Mas não pra contestar o capitalismo (não sei por que ainda se usa esse nome, já que esse sistema está naturalizado, entranhado dentro de todos através da ânsia empreendedora, dinheiro como uma espécie de amor e mobilidade gostosa de ambição produtiva etc.), e sim para exacerbá-lo. Ponto dez na escala Richter do terremoto social científico, estético, farmacológico, biológico, físico. Assim como nos anos 1970, seguindo projetos como o Rondon, muitos médicos iam pra Amazônia passar um tempo numa missão que hoje em dia é banal com os médicos sem fronteiras (e as putas sem fronteiras, psicopatas sem fronteiras, cozinheiros sem fronteiras etc.). Assim como esses médicos, muita gente vai pra Favelost ganhar experiência e grana. Só que existe um detalhe violento que muda qualquer comparação com os tais abnegados dos anos 1970 na Amazônia. Hoje as empresas, as firmas de pesquisa tecnocientífica, os comércios mais variados, os bancos e suas filiais de pequenas causas, laboratórios, supermercados, bienais e salões expositores, as fábricas farmacológicas, as escolas especiais de aeronáutica, marinha, exército, as agências de biologia guerreira, as concessionárias de mutação bioquímica, todas as produções também vão para Favelost a fim de ganhar e adquirir experiência e mexer, arriscada mas necessariamente, no corpo e na mente dos humanos para que eles consumam ainda mais o mundo, a eles mesmos e a todas as possibilidades oferecidas. Nesse processo, você não fica só ganhando grana e se exercitando, fica também servindo de cobaia para uma experiência definitiva de mutação no sistema nervoso. Nem sempre dá pra voltar, sair de Favelost, que vira uma espécie de droga não mortal, e aí... Sabe aquele papo de a maior viagem que existe não ser aquela por territórios mundiais, paisagens inéditas, excêntricas e maravilhosas, cidades inesperadamente agradáveis nalgum recanto deste planeta? Que a maior viagem é pra dentro de nós mesmos, papo piegas exaltador dos labirintos da introspecção, das vastidões da subjetividade, dos abismos e profundidades que existem no nosso âmago, suposto âmago. Sabem desse papo? Coisas do homem psicológico. Pois é, essa conversa em Favelost chegou justamente pra reforçar a expansão comercial para todos os aspectos da dita Humanidade. O endocapitalismo. Agora é partir literalmente pra dentro do ser antes abissal, na sua fantasia de profundidade psicológica, e colonizar e recauchutar o humano demasiado humano, transformando-o em humano suficientemente humano. Suficiente no caráter orgânico, ainda imbatível no que tange à flexibilidade, maleabilidade, imponderáveis hormônios das adaptabilidades e plasticidades. Mas que definitivamente precisam ser turbinados por sistemas nervosos híbridos de silício e titânio com o nosso carbono e outras coisas mais. Nosso corpo já não é o bastante, nossa mente já não aguenta o pique demasiado digitalizante de tudo, e já delegamos funções pras máquinas que, autoprogramáveis ou quânticas, vão competir nalguns aspectos com a gente. Sem sonhar com inteligência artificial, pois, como disse Baudrillard, nossa inteligência é que é artificial. A das máquinas até agora é artificial apenas num aspecto de segunda, terceira divisão. Essa parada é perdida pra elas por um quesito: elas não sentem prazer sendo máquinas, não sentem a desgraça de serem máquinas, não sentem o amor de serem máquinas (até agora), de serem próteses sentimentais, combos de vísceras e nervos estimulados por ambientação, intuição e operações de averiguação que a mente vai fazendo todos os minutos, segundos, horas, dias, anos. Diferencial da porra da humanidade pras máquinas que, afinal de contas, saíram de dentro dos humanos. Mas eles estão ficando insuficientes, no meio do caminho entre o animal cultural, artificial, e a animáquina certeira, mas tacanha nalguns pontos. Pra fazer qualquer coisa, a máquina tem que ler muitos dados. Num olhar sacamos tudo. Mas também somamos dados. Somos uma floresta de nervos em curto-circuito de processamentos idiossincráticos e não computadores *ipsis litteris*, como já se costumou dizer. Não que seja maravilhosamente superior, mas é o que temos e o que nos move. Empresas migrando fisicamente pra dentro dos corpos e das mentes. Não de forma subliminar, isso já aconteceu com ideologias etc., mas de forma brutalmente invasiva e necessária, pois todos vivem agora na expectativa de mais vida. Qualquer vida. E aí não bastam os sentimentos, os prazeres, os terrores e as tristezas. É preciso incrementar os humores habitantes da mente e as potencialidades corporais. Favelost é o que há. Não é Los Alamos. Não é Canudos. Não é zona especial chinesa, não é Inconfidência nem Tenentismo. É Favelost, Sociedade Vórtice que vai se expandir em Sociedade Viral, engolindo o que conhecemos hoje. Nova franquia social sacudindo a antropolândia que é a terra atual. Muita gente vai viver pra sempre, portanto, verá.

37

O mundo sempre foi a encarnação de um quadro de Bosch, um quadro de Bruegel ou, apertando a tecla SAP, de Renato Aragão, um rastro de bosta de um galo de briga rumo ao grande "psit" oculto. A grandeza do holandês Hieronymus e do velho belga Bruegel oferecendo quadros de visões panorâmicas, cheias de detalhes da estranhíssima vida humana em qualquer tempo. Colagem de flagrantes e ocorrências da vida nalgum ponto do planeta, hoje vasculhado ininterruptamente pelo Midiasaurus Rex. Imaginar Bosch como diretor de imagem numa suíte móvel, unidade móvel de registros jornalísticos, documentários ou o que for. Hieronymus e Bruegel são nossos olhos em panorâmica de *travellings* cheios de *closes*, e Pollock – Jackson Pollock –, nossos nervos ampliados. É só olhar os registros das câmeras tomográficas, cintilográficas, ressonâncias de inspeção da floresta de nervos do corpo e do cérebro. Quadros do pintor americano Jackson Pollock. As ilustrações da internet, das facções cerebrais, dos nervos em movimentação de captação no impacto ambiental são os quadros de Pollock, e toalhas de banho, toalhas de praia, bandeiras com ilustrações de quadros de Pollock, Bosch, Bruegel tremulam na sede da Neurotaurus, empresa que trabalha com cirurgias restauradoras de funções, colocando próteses e chips, gambiarras sofisticadas nas cabeças das pessoas, provocando revitalizações ou modificando funções nos cérebros. Nas salas da Neurotaurus, os gatilhos da mente sendo acionados e reacionados. A Neurotaurus tem arquitetura caminhoneira, ou seja, seu edifício é todo feito com carroceria de caminhões gigantescos, boleias verticalizadas e pneus que servem como manivelas de energia. Girou o pneu, ele aciona ligações com circuitos de fornecimento solar juntamente a hemotérmicas movidas a sangue de suicidas e melancólicos. Movida por borracha solar e sangria melancólica, a Neurotaurus é uma das quatro empresas cabeças de chave, pontas de lança de um gigantesco projeto que atende pelo nome de Speed Darwin, cuja intenção, como o nome diz, é acelerar a evolução. Milhões de anos, milhares de anos, centenas de anos, dezenas de anos? Vivemos à fronteira final do tempo e precisamos pressionar os processos. Noutras palavras, mexer de novo no tempo, esse aspone da morte secretária do caos. Agricultura, cidade, matemática e linguagem, quando surgiram, já mexeram com o dito cujo. Depois veio o relógio fundador de nossas mecânicas diárias e que deu uma mexida, um salto na vida em geral. Agora é o momento de pisar fundo no acelerador dos organismos e das mentes. Novo homem, nova mulher? Isso não. Isso é impossível. Nazistas, comunistas e liberais positivistas já botaram a mão na cumbuca desse desafio usando motivos de ideologia variados: étnicos, econômicos e técnicos. Nunca existirá novo homem, porque somos Sísifos com uma cobra enrolada no pescoço mordendo o próprio rabo. Continuamos feras com consciência, macacos demiurgos, primatas inventivos e urbanizados, só que agora cheios de códigos, marcas registradas de controle. Um mundo melhor? Um novo homem? Papo furado. Vivemos no melhor dos mundos possíveis, e não adianta porque todo Jetson tem dentro de si um Flintstone. Ferramentas, bugigangas, traquitanas, quinquilharias, gambiarras, brinquedinhos. Mundo como quintal de próteses que potencializam o que já existe. Sem utopia. Favelost é o território da disputopia.

38

E Júpiter Alighieri, às duas e quinze, passando por trás da Neurotaurus, onde talvez fosse a outrora Piraí, vai sentindo formigamento no cérebro, vai perdendo o foco social, vai querendo agredir, partir pra cima das pessoas. É que ele sofre de misantropia aguda com agravante agressivo e precisa tomar insulina gregária pra aplacar a dor do formigamento na mente, frear a psicopatia à espreita. O centro da empatia no cérebro começa a apagar, e é preciso tomar a tal da insulina gregária para voltar ao hábitat social. É o que ele faz parando num barzinho pra tomar uma água com gás. Não bebe mais, e a concentração aumentou muito durante a imersão na Intensidade Vital. Injetou a insulina e se mandou por onde outrora era Piraí. A multidão anula qualquer lembrança da cidade que, agora, é um nostálgico detalhe na paisagem tumultuada de Favelost.

39
||||||||||||||||||

Duas e vinte. Vai aumentando o Chamado pra morte do chip inoculado, e Eminência Paula cruza a Eterna Multidão da Mancha Urbana, e no ritmo, na batida, no *groove* da sua mente a peixeira nervosa da vida vai cortando bifes filosóficos que derramam sangue grosso nos raciocínios. E ela observa ex-senadores, ex-deputados estaduais e vereadores, ex-juízes do Supremo Tribunal Federal, ex-desembargadores, ex-deputados federais, ex-prefeitos, ex-jornalistas e cientistas políticos vagando como loucos engravatados pelas ruelas de Favelost. Com pastores evangélicos enlouquecidamente faladores e também gente que fazia parte de torcidas organizadas de futebol, gente que não gostava de ver jogo, mas só de xingar, falar pra caralho e sair na porrada. Turba de tagarelas inspirados, malucos completamente descontextualizados social e mentalmente ou que foram expulsos da vida pública pelo processo de Favelost. Durante anos o terreno foi preparado nas assembleias, no Senado, na Câmara de Deputados, em Brasília, pra obtenção de verbas e mutretas de cunho jurídico-comercial, para que as mini-indústrias de experimentação fossem se instalando sem serem incomodadas às margens do Paraíba do Sul, nas veredas da Via Dutra. O principal expediente foi a volta dos deputados biônicos, quer dizer, biônicos mesmo, semelhantes a vários deputados e senadores que queriam grana demais pra liberar o processo dos alvarás religiosos ou pro funcionamento de ONGs, que eram as prerrogativas para o surgimento das empresas, indústrias e fábricas. Queriam demais, portanto foram substituídos por biônicos, que votavam a favor, ajudavam o projeto Favelost. Nos Estados Unidos, na China, na Índia, na Rússia, no México e no Japão, a mesma coisa. Senadores, juízes, ministros foram substituídos por clones e biônicos, e suas pessoas originais ficaram vagando por Favelost. Transformaram-se em mendigos retóricos cheios de oratória parlamentar recitando veredictos jurídicos pelas ruas e vielas de Favelost. Fazendo companhia a torcedores que só xingam e evangélicos que já não sabem o que falam sobre a Bíblia e seus ditames. Outros desgarrados, o que é uma redundância em se tratando de Favelost, são aqueles eruditos que vagam desiludidos. Humanistas desesperados que são uma mistura de *scholars*, acadêmicos de alta estirpe, e *clochards*, mendigos geralmente vindos de famílias ricas ou simplesmente cultos que andam pelas cidades surpreendendo, com sua amargura de desilusão e cultura sedutora, todos os que esbarram com eles. Mas em Favelost *clochards* e *scholars* geram mesmo é o esculachar das cinco. Ex-senadores, ex-deputados substituídos por biônicos, eruditos à deriva em Favelost à espera de serem pegos pra pesquisa. Todos eles, às cinco horas, começam a falar, a encher o saco de todo mundo num bar, numa loja ou numa esquina tortuosa da Mancha Urbana, com discursos irascíveis e furibundos. É o esculachar das cinco.

40
||||||||||||||||||||

Duas e meia. Eminência Paula na consciência do fluxo vai falando também: "O Brasil sempre foi um abismo que nunca chega, e eu estou nessa Mancha Urbana, caldeirão de transmutações, de gente virando metade máquina, metade organismo, de gente ficando rica em três horas e mandando seu dinheiro pra fora de Favelost, mas sem poder sair. Viciada na grana fácil, mas também terrível, pois, como se fossem gazistas, marceneiros, bombeiros, eletricistas de esquina em grande cidade, todos pulam de emprego em emprego, que geralmente tem duração imprevisível: três minutos, três horas, no máximo três meses. Um vício, essa vida. De uma atividade pra outra em curtíssimo tempo. Entre um e outro emprego de ocupação rápida, as pessoas ficam num limbo atiçado por infinitas ofertas de diversões lisérgicas ou arenas que são santuários pra catarse. Limbo atiçado por um desespero de espera sem casa pra voltar. Tudo muito avulso em Favelost. Ninguém arreda pé da Mancha Urbana, porque já estão cooptados de coração pela Indústria Robótica, Neurocientífica, Genética, pela Engenharia Molecular e pela overdose de Computação e Digitalização. Tudo muito banalizado, vulgarizado e dominado pelos filósofos da Grande Sibilação, que atropelam os Humanistas ainda envolvidos com suas principais correntes filosóficas: a terapêutica e a da lucidez tirânica. Os Sibilantes só falam de Sinergia, Simbiose, Saturação e Sinestesia. Sinergia entre os organismos, as afetividades. Simbiose entre máquinas e humanos. Sinestesia. A bocada da mediunidade foi estourada. Sinestesia é a mediunidade não estudada, sentidos misturados. Olhando cores, ouvindo vozes, olhando sons etc. Sob o signo da Saturação. Tudo ao mesmo tempo agora junto e misturado. Gosto e acho que todos gostam de Favelost. Era inevitável que isso acontecesse". Duas e trinta e um...

41

Enquanto a Loura Filosofal circula rumo à trepada anula-chip, filósofos sibilantes vão mandando aquele lero, aquela letra de entusiasmo com as novas possibilidades da consciência.

"Nossas perspectivas de saber viver sempre foram direcionadas para duas atitudes: a terapêutica, achando consolo pra vida, consolo pras nossas dificuldades de adaptação à vida geral. Aguentar a vida estoicamente ou tomar as rédeas dela pra mudá-la rumo à felicidade. Conhecer a si mesmo, sabendo que nada se sabe ou subindo numa torre de marfim pra olhar no fundo raso da sua alma e ir vivendo, convivendo, tentando lidar com as fraquezas e forças e ignorâncias e talentos e amor--ódio. Terapia de consolo visando ao bem-estar, ao equilíbrio frágil, mas firme, das nossas vidas. Do outro lado do ringue a segunda atitude, a boa e velha dúvida intermitente, crítica insolente em relação a tudo. O excesso de lucidez gerando um eterno divórcio com as manifestações humanas, com a sociedade. Desconfiança crônica marcando a vida sob pressão na saída de bola social. E quem entra nessa, quem se sente assim, periga assumir uma postura arrogante, implacável. Não é consciência socialista, pseudomarxista, aquela que denuncia a falsa consciência, a alienação produzida por capitalismos, comercializações etc. Não. Não é por aí. Arrogância da lucidez excessiva *versus* saber viver no fio da navalha, no pico da batalha cotidiana pelas rações afetivas. Muita autoconsciência criando um mal-estar crônico, mas inevitável, que pode engolir as pessoas em misantropias ou transformá-las em monstros de agressividade implicante ou assassinos impacientes com tudo. Aqueles que vivem se debatendo na constatação óbvia de que a morte é certa, e que não paramos de colocar flores de aço no túmulo da bezerra solene. Chafurdar na constatação de que somos o tal delírio entre dois nadas (antes do nascimento e depois da morte – dois nadas) e que vivemos enrolando, embromando, fabricando filhos e civilizações enquanto a hora não chega. Carne com prazo de validade. Essa rapaziada da lucidez arrogante é útil, mas, às vezes, escorrega na seriedade excessiva, na austeridade claustrofóbica, na melancolia paralisante ou na amargura sarcástica, também paralisante. Armadilhas desse sentimento de lucidez arrogante. Humor negro precisa ser atacado por enlevos pra ficar mais bacana. Enlevos precisam de ataques de humor muito negro pra ficarem mais envolventes. Lúcidos arrogantes. Isso já virou até caricatura pop em seriados americanos tipo *House*. Caricatura pop. Como tudo. Afinal de contas, como dizia aquela música, o pop não poupa ninguém. Grande consumo não poupa ninguém."

42

A verdade é que existe uma feroz tradição que diz respeito àqueles que se isolam para encontrar a transcendência ou a si mesmos, ou as duas coisas, ou simplesmente atender ao chamado de alguma força, de algum campo de força mental, emocional, preparando a figura para uma missão ou pra aguentar a barra de mais um dia. Isolados por um momento fundamental, assim como Jesus, Maomé, Moisés, Zaratustra, Montaigne, Jardel Filho na novela *O Bem Amado*, Jack Nicholson no filme *O Passageiro – Profissão Repórter,* de Antonioni. Qualquer pessoa andando sozinha e macambúzia, ensimesmada ou preocupada num momento de decisão ou de dúvida atroz. Andando sozinha e se encontrando com as provações ou com as tábuas contendo sabe-se lá que mandamentos, com o diabo no deserto, com a torre de marfim improvisada numa cadeira de barzinho de frente pro mar ou pra uma construção implodida, ou de frente pra um terreno abandonado no interior de uma cidadezinha do Brasil, ou sabe-se lá onde. Aquele momento de solidão pensativa, de encontro com o que se chamava demônios, mas que nós sabemos que são meras baixas de energia social em encruzilhadas de iniciativas. Existe uma grande tradição de anacoretas, monges, pensadores solitários, que renunciam ao social, fogem temporariamente dele, pra verem melhor a si mesmos e ao próprio mundo. Voltando pra se comportar de forma mais tolerante a partir da compreensão ou voltando pra botar pra foder diante da estupidez humana. Essa tradição de anacoretas tem duas vertentes. A dos que vão pro deserto e a dos que já têm o deserto dentro de si, vendo o vazio em qualquer circunstância de ânimo humano, qualquer acontecimento. E esses, por sua vez, se dividem em três: aqueles que viram vítimas amarguradas de seu deserto, aqueles que, guiados pelos Exus, Hermes sem registros, Lokis e Fradins de todas as estirpes, dão gargalhadas quando veem a areia emocional virar tempestade no deserto, e aqueles que são psicopatas (seres superiores para uns, aleijados éticos pra outros, pois não sentem nada), tendo apenas o egoísmo do prazer como fonte de ligação com o assim chamado próximo. Os tiranicamente conscientes, arrogantemente lúcidos, acham que só a misantropia, a solidão, a crítica voraz e contínua podem nos manter acesos contra a fragilidade e o ridículo de todos os afetos e tragédias, de todas as dificuldades de se estar nesta porra de mundo. Sentimentos como meros desesperos de carência. É preciso sempre se defrontar com o terror. Depois das duas guerras, esse foi um refrão pra sempre instalado nas almas científicas, artísticas ou simplesmente civis, normais. Sem ser depurado pelo terror da existência você não é nada, é apenas um fofo, fraco e fútil, fanfarrão otimista sem consciência da dureza que é continuar vivo. Pois é, qualquer um que abre a boca e diz que é cascudo, é vivido, aprendeu o que aprendeu na escola da vida (com a ressalva de que a escola da vida nem sempre é sinônimo de aprendizado da, digamos, maldade social, do refinamento da sagacidade, pois o que mais tem é gente reprovada, jubilada, de castigo nessa escola – fora os milhões de expulsos) está fazendo referência ao terror, à crueldade da vida. Comer o pão que o diabo amassa, passar por obstáculos de sobrevivência épica, enfim, adquirir sabedoria de amadurecimento, refinamento da sagacidade, tem a ver com as porradas que se toma na vida, e é uma versão menos brilhante e trivial do "olhar o terror", que, por sua vez, tem ligação com a prerrogativa de se passar por algum calvário presente na mitologia do cristianismo. E cabe a pergunta: Olhar o terror de quê? Enfrentar o horror de quê? Enfrentar de que forma? Se manter convivendo com ele de que maneira? Terror tendo a ver com campos de concentração e seu impacto nos corações e mentes e também com a voracidade dos progressos. Encarando a razão como carranca totalmente quebrada, decepada. Tudo perdendo a aura: Arte, Ciência, Religião, Humanismo, Deus. A deusa Humanidade ficou nua e cheia de feridas com as duas guerras, sendo que os curativos oferecidos pelo Grande Mundo do Consumo (mesmo o digital interativo) serão sempre frágeis demais. Em Favelost, sabe-se que essas duas tendências – terapia e arrogância de lucidez marrenta – estão submetidas, envolvidas por neurogenética e comercialização de tudo. Sinestesia, Sinergia, Simbiose e Saturação cercando a Filosofia. Renovando a pedagogia humanista? As artes e a Estética? O que é a Filosofia? Um ramo da linguística pra muitos. Um estilo literário, um manual de vida, uma blindagem contra as contaminações do mundo? Uma cafetina de jurisprudências teóricas, comportamentais e políticas?

43
||||||||||||||||||

Monções musicais – como temporadas de chuvas fortes no sudeste asiático ou os pancadões de chuva com hora certa em Belém no Pará – arrebatam o espaço aéreo de Favelost como se fossem gafanhotos fonográficos, chuva de pistas sonoras melódicas, ritmadas, harmonizadas. Formato musical fonográfico em meio à barulheira gigante de várias sonoridades abarcadas por músicos e manipuladores de aparelhagens com programações de timbres, vozes e vibrações. Sonoridades cortadas e redirecionadas por muita gente, caracterizando a Mega Cena Noise. Mega Ambiente de Ruídos Pesquisados. Nuances de processamento de som e novos padrões de captação auditiva. O som como Coisa a ser absorvida, mexida de forma violenta. Grave e agudo como paisagens, territórios a serem habitados. Isso tudo reforçado pelo fato de que, espalhados pela Mancha Urbana, pelas ruelas e ladeiras e clareiras de Favelost, estão milhões de pedais de distorção, caixas de som minúsculas camufladas por vegetais, mesas de som enfiadas em rachaduras de muros, pencas de microfones minúsculos em árvores e postes inúteis, tudo isso podendo ser manipulado, usado pela multidão na hora da monção fonográfica. De hora em hora. Monções musicais são a expressão escancarada de como ficou o escaninho Música sacudido pela filosofia Sibilante e seus departamentos de atuação: Sinestesia, Sinergia, Saturação e Simbiose. Os músicos em Favelost têm três opções de ganhar a tal da grana rápida na Mancha Urbana. Dedicar-se à produção de sons pra empresas, músicas e sons pra celular, sonoplastias de movimentações robóticas nas mini-indústrias, música clínica para ambientações viscerais, sons pro corpo, pros fígados, pulmões etc. Também podem trabalhar na indústria Noise, ou seja, abandonar harmonias, melodias, ritmos usados pra forjar peças de identificação emocional popularmente chamadas de canções, deixar isso como atividade única ou principal e virar um barulheiro sonoplasta, fazer pasta de som, ser um modulador de nuances sonoras, direcionador de ruído responsável pelo *muzak* de Favelost. Midianfíbio. Criar as monções musicais. Pegar toda a história fonográfica e transformá-la em nuvens de músicas. As monções dão uma boa grana. Por último, aqueles que quiserem saciar o seu coração de churrascaria onde bate a tradição inevitável das canções populares não têm problema. Podem mandar ver em rápidos shows ao vivo, pois o que mais tem é palco em farmácia, em mini-indústria pra conjuntos se apresentarem. As pessoas precisam de contraponto para as músicas que circulam dentro delas. Exomúsica *versus* endomúsica. Mas os shows têm que ter, em média, quinze minutos, pois as pessoas não aturam show com mais de meia hora. É impossível em Favelost a existência de um bis, por exemplo. E não pode ficar num lugar só. Vai tocar quinze minutos num, quinze minutos noutro, umas vinte vezes por dia. De um terraço de mini--indústria para meia hora depois ir para uma casa de massagens, depois pra outro estabelecimento. Nada que seja novidade, já que grupos musicais fazem apresentações duas, três, dez vezes por semana; a diferença é que são vinte apresentações num mesmo dia, na mesma cidade gigante. Isso vale também para o escaninho Artes Cênicas. Peças com duração de quinze minutos provocaram o surgimento dos twitteiros dramaturgos inventando o teatro de cento e quarenta caracteres. Dalton Trevisan, Beckett e Millôr Fernandes são as referências pra essa rapaziada da fala telegráfica sucinta, mas cheia de ritmo introspectivo. Peças de cento e quarenta caracteres. No caso da dança, existe um detalhe: a cota obrigatória de dançarinas de *pole dance*, contorcionistas ou trapezistas em qualquer espetáculo dançarino em Favelost. Seja dança contemporânea com sons de minimalice ou Bolshois, nalgum momento tem que rolar *pole dance* ou contorcionistas botando fogo pelas ventas gostosinhas ou trapezistas maiozudas piruetando seus corpaços no ar. E qual o argumento-justificativa para a cota obrigatória além da sensualidade, da beleza e da gostosura atlética? Ora bolas, as dançarinas de *pole dance* escancaram as voltas que o mundo dá, deixando-nos pendurados em circunstâncias e contingências, as contorcionistas com boca de fogo explicitam a batalha diária das nossas vidas reviradas, desviradas, retorcidas e aquecidas ou queimadas pelo fogo dos amores e da guerra de sobrevivência, e as trapezistas ilustram as delícias dos devaneios solitários numa varanda de condomínio ou numa janela de avião ou, ou, ou... Cota para dançarinas cocotes. Shows de quinze minutos em média. Depois se manda. É o que se chama Arte Vazada. Vaza, vaza pra outro lugar porque tem gente esperando... Predominante em Favelost. Superondas de *muzak* em Favelost. Pra rebater o sonzinho de rádio de pilha de todos os ipods e aparelhinhos digitais de som comprimido. A aceleração da evolução explodindo o progresso. Pontuando tudo isso nas ruas estreitas da megacidade medieval o quesito Festa Eterna. Procissões de dança ininterruptas, guepardos e tigres soltos com focinheiras, como os touros em cidades espanholas saindo atrás das pessoas; de repente, hordas de acrobatas de rua saltando pelos telhados e paredes e sacadas e postes, com gente treinada marcialmente para desempenhar com seu corpo movimentos extraordinários, repentinas tarantelas nos becos. Uma espécie de Alegria Letal acontece nas festividades em Favelost. Boêmios profissionais e amantes dos folguedos como rituais ancestrais de vamotirarfériasdessadimensãoterrestre se entregam às bagunças repentinas e hipnóticas, que tomam de assalto as ruelas e os habitantes de Favelost. Perigo em forma de leveza carnavalesca, de excesso de catarse e adrenalina de excitação, euforia perturbadora. Entre um trabalho e outro em Favelost, o Sentimento Coliseu saciado em orgiódromos, em pirotecnias interativas dentro de catacumbas digitais, saciado em rinhas de robôs, animais e humanos clonados e turbinados. Galos gigantes, ornitorrincos com lâminas nos bicos e nas patas, gente desenvolvida em laboratório de garagem com instintos assassinos e canibalescos deixados à míngua, com fome e soltos pra lutar, cheios de desespero em arenas improvisadas em descomunais piscinas abandonadas. Gás hilariante, festas itinerantes, intermitentes, movidas principalmente por música dos urbeomas africanos, das metrópoles africanas, tipo mistura de tudo no grau máximo de *grooves* e levadas de transe mântrico bem barulhento, como um vento quente de euforia africana cozinhando todas as efemérides do planeta numa única Festa Eterna em Favelost. Os habitantes adoram se jogar nessas hordas súbitas que acontecem pelo menos três vezes por dia em várias localidades da Mega Cidade. Elas ampliam, exacerbam até o limite a vocação de festa e turismo que o Brasil sempre desperdiçou, empresarialmente falando. Da Austrália à Romênia, da Sibéria ao Caribe, do Sul do Saara à Capadócia sufista, da Polinésia à Itália, Alemanha, França, Portugal, Espanha, de Madagascar a Chipre, todo tipo de festa gigante de rua foi abduzido pela Mancha Urbana. Festividades excêntricas devidamente exageradas em Favelost. Terremotos de agitação comemorativa à toa. Pontuam o vasto território de ocupação experimental. Fazem companhia às monções musicais que chegam junto capitaneadas por berros de James Brown e muito jazz misturado com forró de calipso batuquento.

44

E como ficou o escaninho Literatura-Poesia sacudido pela Filosofia Sibilante e seus departamentos de atuação: Sinestesia (atalhos de encruzilhadas entre os sentidos. Ver cheiros, olhar sons, sentir vozes, migração de hemisférios cerebrais), Sinergia (colaboração, cooperação, cumplicidade entre pessoas a partir de pontos de convergência, pontos de concentração de interesse que detonam energia de trabalho mental, campo de força gerado por duas ou mais pessoas), Simbiose (união do homem com a máquina, processos de cognição, percepção, influenciados por esse casamento orgânico / inorgânico, silício, titânio, Hedylamarrtronics e carbono, vísceras, nervos, sistemas neurais) e Saturação (todo o excesso de consumo e oferta de demanda de gente que o mundo nos oferece nesta atualidade, tendo como ponta de lança efervescente qualquer megacidade)? A verdade é que os livros e os autores, escritores (poetas ou prosadores), guardiões das vertigens e viagens de deslocamento introspectivo de caráter revelador e transformador mergulhando o leitor nas tais profundezas do homem psicológico, suas ambiguidades, paradoxos, contradições e determinações sociais em conflito com suas intenções particulares, o famoso *posso*, *devo*, *quero* das falanges éticas. Nas sociedades atuais, além desses três, podemos acrescentar o *tenho que* e *preciso de* advindos das demandas consumistas de felicidade, aquisição fetichista e desempenho sensacionalmente competitivo a qualquer preço. Profundidade psicológica ainda continua firme e forte por aí. Vertigens e viagens de deslocamento subjetivo, introspectivo a partir de técnicas de afinação neurológica da mente feita com a cumplicidade de três fatores constitutivos do prazer da leitura e da escrita: o enlevo, o jogo das palavras e as visões, o aparato de imagens inebriantes detonadas por roteiros de aventuras geográficas ou introspectivas, ou as duas juntas, é claro. O enlevo, a sensação de sabedoria, êxtase de elevação acima da mediocridade cotidiana, sentimental, o nervo filosófico sendo cutucado com palavras, as conjugações de palavras formatando raciocínios que são campos de força verbal atuando sobre a assim chamada realidade das mentes – o enlevo pode ser crítico, colocando-nos em contato com uma panorâmica visão do mundo, que nos delicia com a sensação de entendimento do que acontece dentro e

fora de nossos perímetros cotidianos. Pode ser também um momento de miniêxtase surgido da plenitude de simplesmente estar vivo, e aí uma pedra no caminho vira enigma de grata surpresa. Ou pode ser enlevo de sarcasmo diante da tragicomédia humana. Esses enlevos são guiados pelas tais conjunções de palavras, eixo principal de tudo isso, e que tem como mote ideias díspares se encontrando pra gerar insólitas e sedutoras visões de mundo. Visões da vida no planeta, visões das ocorrências humanas e não humanas. Deleites surgidos de palavras se encontrando como coisas plásticas, como criaturas musicais, como sinais de partituras mentais, garranchos eletroencefálicos, ressonâncias de magnetismo fonético escancarando o processo neurológico do que se costumou apelidar de poesia (e aí não tem prosa ou livro técnico. Vem de qualquer lugar, pois não basta fazer versinhos confessionais, dispor de certa maneira as palavras, nem tentar destruir o discurso, tem que ter alta radiação verbal, alta radiação filosófica, alta radiação visionária e, se for possível, alta radiação na comunicação oral do texto). Êxtases advindos dos encontros de ideias díspares, palavras fundidas ou fissuradas, gerando insólitas visões da vida. Surpresas filosóficas e divertidos atalhos pra além da percepção cotidiana. A música do verbo cinematográfico. O cinema da música verbal. Enlevos, oscilações éticas, afinação neurológica da mente via poesia, que é curto-circuito na percepção cotidiana, e não sentimentalismo piegas de caráter romântico bagaceiro-
-boêmio ou nhe-nhe-nhem confessional. O grande poeta é o Piloto de Caça narrando as agruras da atmosfera, a preparação dos mísseis, que são os fundamentos da Física em forma de artefato destruidor. Piloto de caça sendo monitorado, narrando suas dinâmicas fisiológicas, narrando, cruzando a barreira do som em pique de perseguição militar. Tendo palavras pra descrever, tendo palavras pra descrever e, de repente, nenhuma palavra pra descrever, pois chegou ao ápice da atuação máquina / homem embicando nas fronteiras do som e da estratosfera. Narrando dinâmicas fisiológicas, agruras da atmosfera, mísseis engatilhados, palavras de amor pro retrato da família ou da namorada no painel de controle, descrições e detalhamentos do funcionamento da aeronave. Cruzando a barreira do som. Aí não tem palavras pra descrever o grande poeta que é um Piloto de Caça. Enlevos, oscilações éticas, afinação neurológica da mente. Introspecção calcada no tempo de maturação. Tempo interno de maturação. Cheio de desvios. Essa onda subjetiva de psicologia moderna do *sapiens* e seus guardiões, os escritores, continua numa boa em Favelost, mas ganhou a companhia agressiva dos que têm subjetividade *zapiens*, mais

neuroprocessual e espacial do que psicológica e temporal. Os livros continuam imbatíveis como dispositivos detonadores de conexões mentais e circulam de mão em mão pela Mancha Urbana, mas os *e-books* maleáveis, contendo trinta mil livros nos seus catálogos digitais, influenciam muito as mentes overdosadas de informação. Trinta mil livros alocados. Só que em Favelost não tem monopólio pra essa produção de dispositivos digitais de leitura. Isso porque não eram encontrados livros brasileiros em quantidade digna nos arquivos da rapaziada, armazenadoras americanas e afins. Daí que, em Favelost, a fauna literária brasileira está digitalizada em grande número, e colocaram vodka na boca da onça empalhada e automatizada enguiçando seus olhos injetados. Trinta mil livros. Os livros técnicos e acadêmicos, então, encontraram um hábitat perfeito, pois ninguém fica carregando tomos gigantescos pra lá e pra cá. A técnica de fecundação, refinamento, progresso mental, que é o romance (ou poesia, ou ensaio), por exemplo, continua intacta nos livros, mas a versão *kindle*, a versão digital, chegou junto em termos de aceitação, porque na tela aplicativos de links trazem pra leitura trechos de filmes, músicas, trilhas sonoras e ligações com outros livros, a partir de palavras ou cenas, e é como se os romances ocultassem almanaques de ocorrências culturais similares e agora o bicho da Sinergia, da Sinestesia, da Saturação e da Simbiose está inoculado, e trechos de romances, aforismos poéticos, notícias se fundem na tela e podem ser até injetados na mente com *pen drives* de agulhação craniana pra circular por um tempo na mesma. Introspecção espacial. Mente como ambiente pra ser habitado e movimentado, e não profundidade estanque boiando com meros nós de energia sentimental. Briga boa entre os Fahrenheits e os Almanakindles. Briga de introspecções, de subjetividades em Favelost. Pancadaria pra saber quem refina melhor a mente. Os Fahrenheits têm esse nome em homenagem ao filme de François Truffaut, *Fahrenheit 451* – baseado num livro de Ray Bradbury –, em que bombeiros, em vez de apagar incêndios, tacavam fogo em livros. Esse tipo de ação era uma referência aos totalitarismos e autoritarismos obscurantistas. Nesse cenário, intelectuais e pessoas comuns decoravam livros inteiros pra manter a, digamos, Cultura segura. Como monges na Idade Média. Monopólio desesperado do poder verbal. Os Almanakindles têm esse nome por causa dos *kindles*, primeiros *e-books* que ainda são carregados pelas garotas em Favelost dentro de meias Kendall só de chinfra. Almanakindles e Fahrenheits se porram em Favelost, e os capatazes de Humanistas têm que segurar a onda das duas turmas quando elas se encontram para, em quinze minutos, um de cada uma delas demonstrar, num desafio, quem tem mais talento pra usar a informação e a erudição em prol da sagacidade de vivência. Qual dos dois provoca na plateia mais deleites de compreensão abrangente e consistência contundente na conjugação de ideias e palavras? Como num desafio de embolada. Quase sempre acontece um empate e, como não tem prorrogação nem pênaltis, a porrada come entre os subjetivos herdeiros temporais de Proust e os Almanakindles herdeiros de James Joyce, expandindo com todos os dispositivos atuais o que o mestre escreveu. Pra eles, escrever é manipular o mundo com um joycestick. Eles também se intitulam cabeça de *puzzle* e têm o livro *O jogo da amarelinha*, de Julio Cortázar, como um dos talismãs do barato único que é ler um livro, o artefato livro. Abrir o *Jogo* em qualquer página ao léu, ler de várias formas, conjugar narrativas. Cabeça de *puzzle*. Almanakindles. Simbiose, Sinergia, Sinestesia, Saturação *versus* Introspecção de Tempo Maturado. Pancadaria entre duas subjetividades que não se bicam, porque os Almanakindles usam o seguinte argumento: "Nós temos vocês dentro dos *e-books* e podemos ler livros de papel a qualquer momento e ter o que vocês têm. Mas vocês, apesar dos surpreendentes pensamentos imperfeitos, vastas emoções e imagens de forte surrealismo, apesar disso, não conseguem lidar com o espaço, com tudo ao mesmo tempo agora, junto e misturado, como gerador de êxtase. Essa nós ganhamos. Jogamos nas onze como Coringas Cognitivos. Exus da Saturação. Mas vocês podem ficar. São simpáticos". Essa é a senha pra pancadaria. O escaninho Literatura gera quebra-quebra pressionado pelo paradigma da Sibilação Filosófica.

45

O escaninho Artes Plásticas foi o mais radical. Deixaram em segundo plano a velha história de revirar, desmontar, recriar, deslocar o uso cotidiano das coisas, dos materiais, das superfícies, geometrias, texturas, cores, formas e processos técnicos no cotidiano com a intenção de gerar uma surpresa sensorial perturbando a visão, a perspectiva normal da vida, do mundo, do ambiente, proporcionando descobertas súbitas de novos ângulos sobre tudo. Bem, deixaram em segundo plano essa tradição. Diretores de arte, artistas plásticos, designers, programadores visuais continuam a assessorar e a fazer trabalhos para mini-indústrias, para os espaços públicos em Favelost. Continuam fazendo apresentações cheias de instalações, exposições de esculturas sonoras, óticas, maquinais esdrúxulos ou de objetos tornados extravagantes pela interferência inventiva. Continuam fazendo das suas pra mexer com nossa cognição, nosso entendimento, nossos sentidos, nossa noção de ambiente. Só que o principal agora é a Endoarte, nanoempreendimentos de plástica pesquisa. Fundir-se com genes de outras espécies. Simbiose, sinestesia, saturação e sinergia, de certa forma, sempre foram a praia dessa rapaziada, daí que não foi difícil mandar uma quinta marcha nas suas curiosidades e interesses, e ver a sua entrega a experiências de Endoarte nos salões da Nanocréu, da Bio-Ser, da Neurotaurus e da Robonança, sem falar nas Torres Cartesianas das Ciências Computacionais, na Escola Superior de Todas as Guerras e na Speed Darwin. Nada mais plástico e formatante, deformante, do que os processos biológicos de adaptação. Acelerados então nem se fala. O interior dos organismos como tela, instalação, escultura visceral, suporte nervoso, arterial, venoso, muscular. Por dentro, e não por fora. Cobaias de si mesmos... Artista plástico da Simbiose, da Sinergia, da Sinestesia e da Saturação. Sibilando na radicalidade os artistas plásticos. Endocapitalismo. Endointervenções.

46
||||||||||||||||||||

Eminência Paula ligada na hora que passa. Duas e quarenta e cinco. Faltam dezoito horas pro Chamado do chip assassino se concretizar. A Eminência injeta adrenalina do general Patton e fica, veterana, observando gente pedindo ajuda por causa de transplantes malfeitos, por causa de doenças terríveis, que são anuladas por dias, mas têm recaídas, e essa gente precisa ser encaminhada às retíficas para voltar a curtir a vida. No meio de tudo, Paula se depara com uma cena tipo piegas cativante, um pai e seu filho pequeno, recém-saído da condição tamagotchi, os dois brincando com dois bonecos, um oásis de candura em meio à aceleração de tudo. Mas vai acabar logo, porque a criança está agitada e o pai também. Favelosts não conseguem dar mole, baixar a guarda por muito tempo. Apenas um oásis de candura presenciado por Paula. Pieguices tomam conta de sua cabeça, que pergunta, como num comercial, o que te faz feliz? Detalhes afetivos, prazeres que só quando se fica doente, quando se perde alguém, quando não se presta atenção e, quando vê, já foi? Um anjo pousou aqui, um súcubo me lambeu ali. Situações de serenidade, cartões-postais de intervalo na guerra cotidiana pra satisfazer o sonho de estabilidade econômica com algum conforto ou privilégio social? O que te faz feliz? Uma irresistível sobremesa, bebê no colo, abraço de pai, mãe, irmão, uma diversão com os amigos queridos, um passeio pra desanuviar e dar risada sozinho, pensar na vida assim mesmo, dar uma irresponsável vadiada namorando em fim de tarde esquecendo as preocupações e todos os *et cetera* possíveis das conexões sociais? Quando desejos, preguiças, vontades e caprichos batem com as perspectivas sociais, tudo bem. Quando são lazer de catarse e higiene mental, recarregando a bateria da virtude dos sacralizados interesses profundos da Humanidade (cooperação, amor, trabalho), tudo bem. Mas às vezes o que te faz feliz é um beco vicioso antissocial cheio de saídas excitantemente sinistras ou mórbidas, ou... O que te faz feliz? Pequenas taras e manias e hábitos antissociais de tão sexuais. O que te faz feliz? Olhando o pai que já se levanta com o filho, e os dois saem. Paula, pensando, lembrando que um amigo disse uma vez que "Chegar em casa, ver meu filho correndo de braços abertos pra mim, isso não tem preço". Mas o sequestrador

sabe que tem, sabe que tem. Nenhum bem ficará impune, e nenhum mal te deixará totalmente imune. Favelost. Paula vê gente se complicando com as computações, com a digitalização de tudo nas ruas. Aplicativos embutidos em postes, em muros, em bancos de praça, em pessoas até. O ambiente, em geral, é sensível ao toque. Encostou, aparece um menu na parede pra te conectar sabe-se lá com o quê. Wi-fartura. Paula vai observando e se lembrando dos treinamentos na Intensidade Vital, da ascese de experiências, desafios pra mente pouco testada. Dissecação, destruição, diluição do ego. Doenças, aprendizados em centros tecnológicos, solidão em desertos de masmorras, funções executivas em empresas, maternidade a rodo, ataque militar cirúrgico, treinamentos sexuais. Altruísmo e crueldade pra gerar indiferença pragmática. Intensidade Vital. Misantropia e mercenarismo banalizados pra não virar psicopatia desperdiçada. Cuidar do próximo como tara anuladora do egoísmo. Paula vai se lembrando, olhando tudo o que acontece em volta, e também passa uma segunda marcha de imaginação mental pro tempo em que assinava Catarina Augusta e vivia pelas bandas da Paulista com a Augusta, e era assim a cena que ela lembrava no *groove* da sua mente Paula. *Philosophical blondie* Paula: "Numa cozinha industrial de restaurante falido (abandonado?), cinco colchões dispostos em forma de pentagrama improvisam aconchego pra quatro adolescentes. Três garotas e um rapaz... Catarina Augusta, Sheila Veiga, Amanda Carnevalli e o garoto Sandino. É o namoro diário deles numa cozinha industrial de restaurante falido ou abandonado, trocado por outro. Lugar vazio em momento-
-intervalo de ocupação. Vídeos numa TV; fotografar a vizinhança que dá para os fundos do estabelecimento. Voltando quatro horas atrás. Levantamos cedo da mesa de bar pra caminhar pela Paulista. Cinco horas da manhã andando embagaçadamente felizes pela Paulista. Clichê de ver o dia nascer na avenida-
-mor da mitologia financeira e quatrocentona e, às cinco da manhã, no olho do furacão, começamos a caminhar na direção da cozinha industrial do restaurante desativado. Assistir aos vídeos e transar e bisbilhotar a vizinhança. Tudo pra entregar na faculdade como trabalho antroporra nenhuma. Sandino bêbado, Catarina Augusta bêbada, Veiga bêbada e Carnevalli, nem se fala. Depois de ficar um tempo olhando nosso talismã-gigante, o edifício Santa Catarina número 287 da Paulista, edifício para o qual fizemos odes poéticas e delirantes como se ele fosse nave advinda do centro da Terra, como se fosse um monstro disfarçado que saísse na madrugada de São Paulo vampirizando o povo da noite ou ainda esconderijo de mafiosos cientistas desgarrados tramando um grande golpe biológico-cibernético contra a mediocridade da

vida terrestre. Edifício Santa Catarina, na outra extremidade da avenida. Direção oposta ao nosso território de poder, que fica na Augusta com a Paulista, entre o Conjunto Nacional e o Banco Safra. Nosso centro de poder. Depois de olhar o Santa Catarina vamos dar uma olhada no vão do Masp, onde uma feira de antiguidades vai sendo armada. Às seis e meia, abrimos mais uma garrafa de vodka, outras de cerveja, e ficamos ali olhando o vão embaixo do prédio do museu ser ocupado lentamente por antiguidades fuleiras ou raridades desconcertantes. Antiguidades sob alguma exposição picassa, van gogha, mondriana, vergara, ernestoneto ou chelpa ferra. Quatro jovens bêbados e apaixonados entre si ficam circulando no vão do Masp. Passeando no meio de barracas semiarmadas. Quinquilharias e raridades. Especulando sobre o que está fazendo a população mundial, em fusos horários diferentes, e o mundo amanhecendo na Paulista como num Himalaia improvisado, e somos monges do Grande Vão do Masp. O assim chamado museu – túnel do tempo para um comentário sobre museus que hoje em dia são parques de imersão interativa. Primeiro foram os parques de diversão que juntaram o *Grand Guignol* do *vaudeville* burlesco de todos os circos mecânicos e exposições humanas para entreter as cidades. Depois se juntaram a eles os museus com a aventura antropológica das mentalidades individualistas, mostrando a vida, as ocorrências da existência mental ou social pelas óticas insólitas, peculiares dos artistas. Parques de contemplação em contraponto aos parques de diversão. Agora os dois se unem em parques de imersão interativa onde contemplação se confunde com a lúdica diversão – e com os cenários de exposições industriais e feiras empresariais – nesses *bunkers* de eletrônico audiovisual digitalizado nos oferecendo em clima de catacumba disneylândica os mais diversos aspectos da dita cultura humanista, obras de escritores, artistas plásticos, desportistas, músicos, coreógrafos, teatrólogos, cientistas, também épocas condensadas, religiões e suas mitologias e histórias tenebrosas e cheias de maravilhas, tecnologias através dos tempos. Fim do comentário túnel do tempo sobre museus. Duas horas depois todo mundo dando uma dormida nos colchões da cozinha industrial no meio de um restaurante abandonado na Augusta. Uma e meia. Acordados por barulheiras diversas, levantamos os quatro, bêbados, com TV ligada e som ligado. Escovamos os dentes com água mineral numa torneira nos fundos do restaurante, e eu corto alguma mortadela, presunto, alguma coisa pra gente comer, e às duas da tarde o Irish Coffee está pronto. Whisky com café pra todos mais um frango com geleia de morango. Um absurdo de ração a nossa. Queijo, presunto, e amamos nossos peidos. Somos um só. Sheila

Veiga fotografa todas as nossas sessões de sacanagem e amor e macumba. Sim, porque rola um aprendizado de magia cinza, aquela que usa de tudo, inclusive tecnologia captadora de espectros, tipo antenas parabólicas apontadas pras zonas de convergência de espíritos tropicais. Meteorologia espírita. Pentagrama feito com colchões cercados por crânios de ratazanas e nossos pentelhos raspados por Sandino e nossa menstruação bebida por ele e por nós mesmas, junto a beberagens alcaloides, quer dizer, alucinógenas como um daime. Tudo lá. Nos rituais macumbentos de magia cinza. Adoramos Blavatsky, esoterismo e vodus inéditos. Macumbas alucinógenas e orgias carinhosas na Augusta entre uma ajuda e outra aos nossos pais e concentração nos estudos vestibulares. Illuminati, Templários, Assassinos, Ku Klux Klans, Zumbis batendo palmas ou Maçonarias. Fotografando tudo, vetezando tudo. Carnevalli de beijo longo delicioso. Sandino e seu pau que serve de totem pras nossas três bocas, três línguas. Estudando. Umas fazendo os trabalhos das outras como num desafio. A escrotoide escatológica da Veiga fotografa nossas cagadas e faz fotos muito boas de nossas evacuações que viram abstrações malucas, e os quatro trepam nas tardes da Augusta acariciando os ambientes mentais uns dos outros. Voduzudas. Jogando cartas com figuras de times de futebol. Corintiana uma, palmeirense outra, santista outra. Sandino é Ponte Preta. O cara é de Campinas e diz que torce pelo elo perdido, a macaca com cinto de segurança arrancando o brinco de ouro da princesa que já vai dançar. Oásis inventado pelos corpos se enroscando em colchões-pentagramas, e TVs com vídeos de Deborah Harry e o nosso filme predileto, *Calígula*. Sempre quis colocar um aparelho de cinema no coração. Sempre quis ser uma rainha romana com polegar pra baixo ou pra cima passeando pelos corredores habitados por imperadores. Drusilla, irmã de Calígula, sempre te amei. Sheila Veiga, Amanda Carnevalli. Essas garotas são muito especiais. Vejo outras nas ruas e não sinto nada. Não me interesso. Só pra uma trepada assim de tiração, porque sou assim mesmo. Mas curto mais homem. Só que, com Sheila e Amanda, eu divido tudo. Mentalidade de visão de mundo, sentimento muito parecido... Adoro beijar, acariciar os corpos delas penetrados por Sandino, o filho do disco do Clash, *Sandinista!*, com a Revolução Nicaraguense. Com elas, tudo. Não aguento muito esse papo de gênero. O aparelho reprodutor é que mantém nossas hormonautices como característica, mas não topo esse papo de homem e mulher diferenciados em termos intelectuais ou de sagacidade. Os papéis de responsabilidade, função social, já foram rasgados, não de forma absoluta, é claro, mas detesto feminismo e machismo xiitas. Essa onda de que existe uma antropologia feminina, um sagrado ser feminino ou uma cultura específica uterinamente sociologizada. Esse papo anti-humanista de minorias é tão idiota quanto qualquer outro autoritarismo tradicional. Minorias também viraram argumentos autoritários. Feminismo (conceito ultrapassado em face da inserção avassaladora das fêmeas em todos os territórios produtivos da vida social, econômica, científica, industrial, mas que, obviamente, já teve seu valor contundente há alguns anos) é a outra face de qualquer machismo, pois, se os homens inventaram um papel de submissão e incapacidade intelectual para a mulher, as feministas – ou qualquer derivação desse negócio – assumiram isso, vestiram a carapuça dessa personalidade que deveria ser mudada e, em vez de igualdade abstrata de democracia, resolveram inaugurar uma nova competição esfregando na cara dos homens e de todo o mundo alguma essência feminina de postura agressiva em relação à imagem oficial da mulher como ser dotado de apenas dois tipos de personalidade, sentimento, sensibilidade... A maternal cuidadora, rainha do lar, trabalhadora light encarando emprego de mulher, Amélia abnegada, ou então putosa, vadia fatal cheia de dissimulações arrivistas e sedutoras, rainha do bar, da rua e das fantasias messalinas na cabeça dos homens. Só que nunca foi assim tão preto no branco, e certas feministas (as mais estridentes) acabaram inventando uma terceira personalidade chata e equivocada, a da mulher que deveria se sobrepor ao homem ou pelo menos humilhá-lo, tratando-o como um inimigo crônico que, por sua vez, deveria ceder a todos os comandos da mulher, todas as funções sociais à mulher, esse ser superior, visto que possui o chassi reprodutor e que, depois da pílula, tem total controle sobre ele. O controle tudo bem, mas a rivalidade crônica, tipo virilidade feminina, era um porre. Lembrando ainda que sempre existiram amazonas camufladas no estoicismo das donas de casa ou na iniciativa das mulheres de temperamento mais forte e público desde sempre. Além do mais, a ancestral e mitológica virilidade alfa do provedor predador masculino sempre teve seus pontos de mentira, fraqueza e fanfarronice. Fora os matriarcados. Quantos já não existiram camuflados ou explícitos na história da corja humana? Guerra dos sexos – eterna e deliciosa. Mais aguda agora e sem histerias de feminismo xiita. A verdade é que minorias, feminismos, pobrismos, vitimismos, racismos vingadores, cotistas e cobradores são tão tirânicos e autoritários quanto qualquer... como é mesmo que os esquerdofrênicos apelidam tudo? Ah, sim. Patriarcado – burguês – judaico – cristão – capitalista – machista – científico-racional. Só rindo. Feminismo patológico. Um saco tanto quanto certo machismo que, se não for engraçado, fodeu. Porque o machismo é engraçado, principalmente o mais fanfarrônico e criançoide. Às vezes, é vetor de gentileza. Se tem humor, tudo bem. Se tem cavalheirismo na hora certa, tudo bem também. Na hora certa, porque gentileza demais, cavalheirismo meio grudento, também é de doer. Tem camarada que acha que virilidade é sentar a mão toda hora (e tem mulher que gosta mesmo ou fica encurralada nessa por vários motivos) e tem camarada que acha que ser romântico é ficar grudado tipo carência enjoada. Nenhum dos dois, né? Nem respeito demais nem desrespeito demais. Achar a medida da agressividade e da gentileza. O que é muito difícil, pois amantes são vampiros que querem sugar uns aos outros. Mas também digo que é bom ser sustentada de vez em quando por um bilionário. Ser gueixa bem lânguida, se entregar ao delicioso clichê-arquétipo da feminilidade que não muda com os bônus da quádrupla jornada: profissional – dona de casa – mãe – gostosuda – sedutora – cidadã cadastrada sujeita a problemas burocráticos. Ser mãe – dona de casa – gueixa servil e lânguida é muito bom, mas poder fazer o que quiser com sua porção amazona marrenta é melhor ainda ou, no mínimo, tão bom quanto. Os clichês-arquétipos de feminilidade continuarão muito ativos e em conflito constante. Será que o homem vai entrar em extinção a partir do momento em que a reprodução puder ser guiada completamente pela mulher através das mais variadas técnicas, ou seja, podendo até mesmo dispensar a tradicional pirocada, e o tal homem virar definitivamente homem objeto? Mulheres botando suas porções de amazonas marrentas e sensíveis como protagonistas da vida social definitivamente. Bem, não sei. Acho até difícil, porque daqui a pouco até os homens vão poder reproduzir a partir de pedaços de pele ou de algumas outras partes do organismo. Todo mundo vai poder reproduzir. E aí fêmeas, como vai ser? Dionísio saiu da coxa de Zeus. Eva, de uma costela. Querem reproduzir a partir de um pedaço de pele. Células entroncadas à vera. Como vai ser o parto? Fim do último baluarte; a sagrada maternidade e a mais ou menos sagrada paternidade. Um serviço como qualquer outro? Milagres banalizados. Homem e mulher. Testosterona e progesterona. Diferenças de temperamentos e vocações orgânicas na eterna guerra dos sexos, na eterna guerra dos sexos que continuará pra sempre cheia de tapas, beijos, armadilhas da sedução, ilusões, fodas e crimes. Ela é fundamental ainda. Mas intersecções na produção do dia a dia, zonas cinzentas no que diz respeito a funções sociais, provedorias, cuidadorias, inserções no mercado de trabalho, gerenciamentos domésticos e novas rivalidades competitivas, isso vai rolar, não vai dar pra evitar. No trabalho vai ser mão na massa igual (pelo menos para os que não exigem explicitamente um quesito de força muscular), pois o mundo industrial precisa de todos. E isso vai atingir a todas as faixas etárias, criando os neoidosos e os miniadultos, ex-crianças. Todo mundo produzindo. Gêneros são temperamentos sexuais-hormonais monitorados por costumes. No comércio e nos negócios, ainda rola um *gap*, um distanciamento de salários e remunerações e considerações, mas não dá mais pro gênero atrapalhar a vontade de produzir, a necessidade de prover e contribuir de ambos os sexos. Direcionamento das testosteronas, progesteronas e estrogênios. Fico olhando pra desastres na TV, e Sandino trepando com Sheila Veiga. Chacrinha ao fundo. Sábado na Augusta. *The song remains the same*. Eminência Paula de frente pra Eterna Multidão da Mancha Urbana desliga a lembrança e se toca que faltam menos de dezoito horas pro chip assassino confirmar o Chamado da morte paralisante. Se manda.

47

Três e quinze. O Chamado da morte paralisante vai se aproximando. Júpiter Alighieri nas quebradas da Mancha Urbana não sabe se é Barra Mansa, Itatiaia, Porto Real ou Rio Claro. A Mancha engoliu qualquer referência das outrora cidades do Vale do Paraíba na beira da Via Dutra, no lado fluminense, no lado do Estado do Rio. Dane-se também. Júpiter atravessa a eterna multidão de Favelost.

Já injetou a insulina gregária e vai em frente ouvindo uma das músicas que ele colocou pra dentro do organismo e que vão se revezar na sua mente, nas suas vísceras por vinte e quatro horas. Martinho da Vila cantando pontos de macumba começa a bater no fígado. As vísceras viram caixas de som, de ressonância. O fígado tocando Martinho cantando Oxossi. De repente, a multidão abre uma clareira, quer dizer, uma miniclareira na ruela medieval da Mancha Urbana. Tiroteio, e num relance cabeças rolam ladeira abaixo, e, é verdade, Júpiter está em frente a uma das filiais do Bar do Contra, um antro de discussões onde é proibido entrar desarmado e numa boa. Como quase tudo em Favelost, câmeras de tomografização e ressonância captam tudo pra pesquisa daqueles que estão furiosos e bêbados e têm gana por uma tremenda discussão catártica sobre as suas frustrações ou simplesmente estão a fim de porradaria de ofensas e facadas e tiros e garrafadas. Se alguém morre, vai pra pesquisa. Se sobrevive, pelo menos se aliviou detonando alguém. Como num faroeste repentino, homens e mulheres saem voando de dentro do estabelecimento decorado com cavalos gigantescos em cujas barrigas lâmpadas acendem o ambiente enquanto pianistas subdoze, garotas esparsas criadas por todo mundo nas ruas e becos de salões tecnocientíficos da Mancha Urbana mandam ver nos teclados dos pianos sujos com microvômitos de pássaros salvos, por clonagem, da extinção. O lazarismo é, assim como a imortalidade, um *must* em Favelost, e micos do cu prateado juntamente a outros bichos miniaturizados, que não existiam mais e tinham deixado resíduos genéticos (DNA) nas sarjetas veterinárias, são postos em circulação numa boa pelas bolsas contrabandistas. Pássaros e bichinhos recriados a partir de resíduos de DNA ressuscitados a serviço dos contrabandos. Sustentável rapina do ser. Vomitam nos pianos das garotas esparsas, gracinhas subdoze já madurinhas pro pique de Favelost. São garotas editoriais tocando músicas pra animar a pancadaria no Bar do Contra, onde é proibido entrar desarmado e de bem consigo mesmo. Alighieri vai atravessando a multidão, que desfaz a clareira. Vai andando com uma cabeça na mão, depois joga numa lixeira, que tem ligação com laboratórios neurológicos; e a cabeça vai pra pesquisa. Chacrinha chega repentino na cabeça de Júpiter, e ele pergunta, rindo pra si mesmo: Vai pra pesquisa ou não vai? Como tudo em Favelost. Pra cada beijo e facada, existe uma coisa pesquisada. Monitorada. Vigiada. Recriada.

48

Júpiter às três e vinte e sete. Vai em direção a Eminência Paula. Foder com a Loura Filosofal senão o chip paralisa tudo. Trepar pra reverter o processo em blindagem benéfica das peles, do sistema epidérmico dos dois. Blindagem cutânea nos corpos dos soldados universais da Intensidade Vital. Capatazes de Humanistas em Favelost. Quinze e trinta. Júpiter superalerta, pois tomou uma picada de adrenalina de Patton, a adrenalina do maior de todos os generais da Segunda Guerra. A adrenalina dele foi preservada em tonéis de criogenia oculta até pouco tempo, e agora foi comercializada na Mancha Urbana como motivador perpétuo pra todo tipo de situação, principalmente confrontos, é claro. A criminalidade em Favelost é pura, quer dizer, com todo mundo na urgência, na pilha temporária de empregos e limbos de espera, e, enfim, ninguém fica rico ou pobre. A grana é boa, mas rápida. É pra mandar pra fora um pouco. As pessoas recebem injeções de experimentação orgânica, vagam nas ruelas trabalhando sem parar por quinze minutos, quinze dias, dois minutos, dois dias, quinze segundos, duas horas, em diferentes funções, e no limbo, nos intervalos que podem ser de quinze minutos ou, no máximo, quinze dias, mas é difícil porque a grana é fácil, quer dizer, quando para de trabalhar é só doar sangue, doar esperma, pedaço de pele, oferecer uma pupila pra gravação ótica. Nos intervalos, entregar-se ao Sentimento Coliseu. Todo mundo usa o corpo pra fornecer material pra Bio-Ser, pra Neurotaurus, pra Nanocréu. As firmas espalhadas de forma tentacular em várias outras mini--indústrias protagonizam a produção de tecnociência e comércio de matéria--prima orgânica humana de um modo, digamos, contínuo. A criminalidade é pura porque não tem motivos financeiros ou sociais sem esse dramalhão. O crime é puro porque o cara tenta roubar e matar só por esporte de impulso, que ele não segura, e aí eles empatam com policiais, gente que já foi federal, já foi civil, já foi militar, e fica sem ter o que fazer, onde enfiar sua fissura por dar uma segurança, cuidar das pessoas e passar o rodo em bandidos. Nós da Intensidade Vital, soldados universais, tomamos conta dessas duas rapaziadas, que se enfrentam toda hora nos becos de Favelost. Entre um trampo e outro, todo mundo é gazista genético, bombeiro normal e neurológico, eletricista de aparelhagem. Lavoisier sussurra pelas ruelas da Mancha Urbana: "Nada se perde, tudo se *Transformer*". Lavoisier lambendo os peitinhos da jovem atriz americana Megan Fox, estrela dos primeiros filmes *Transformers*. É a camiseta mais vendida em certos quarteirões de Favelost. Alquimistas de mamilos. Caras que num videogame arrancam os mamilos de sadomasôs e fazem do buraco no círculo-peitinho uma caldeirinha de poções à procura do ouro e da pedra filosofal, que todos sabem foi parar no rim de alguém. Em Favelost, a criminalidade é de uma pureza tocante. E os soldados universais da Intensidade Vital tomam conta das maltas em conflito.

49

Júpiter injetou a adrenalina do general Patton. Passou em frente ao Bar do Contra e jogou uma cabeça decepada no lixo de pesquisas. Três e quarenta. Vai chegando o Chamado do chip que paralisa tudo no corpo. Ele cruza os gigantescos cortiços das rapunzéis de células-tronco embrionárias. Cada uma delas tem tranças feitas com cordões umbilicais. Elas ficam rodando trancinhas umbilicais em varandas de cortiços e oferecem serviços completos de materiais genético e sexual. Foder e salvar alguém da morte. Rapunzéis de células-tronco embrionárias são outra coqueluche da Mancha Urbana. Júpiter Alighieri recebe a mensagem de que um dos atores de Lost-Favelost está jogado nos fundos de uma minifábrica de furadeiras e máquinas de preço. Rio Paulo de Janeiro São. A nova franquia social depois de todas as revoluções e tentativas de se criar um novo ser humano na base da ideologia totalitária étnica, romântica ou liberal individualista conservadora. Favelost, a Sociedade Vórtice que vai se tornar a Sociedade Viral, toma conta do ex-planeta, agora giga, giga não, Teracidade Terra. No meio disso tudo, Júpiter Alighieri, que já assinou Bruce Lido, atravessa uma multidão de trabalhadores temporários, olhando os telões onde aparecem ofertas de empregos e suas indicações numa minifábrica de furadeiras, cuja arquitetura é de tijolos feitos com material que se autorregenera, daí que as furadeiras são testadas nos tijolos toda hora, e os furos somem num segundo. Moleculagem total. As bases da matéria, do que se conhece como matéria, ou seja, partículas denominadas léptons e *quarks* e suas subdivisões (hádrons, múons, bósons), fazendo as quatro forças básicas – a fraca, a forte, a gravitacional e a eletromagnética – acontecerem. O invisível já é uma coisa tão vulgar, tão manipulável. A Nanocréu imprime cinco velocidades na mutação da matéria. A Speed Darwin comanda a aceleração da evolução via Bio-Ser, Neurotaurus. A Robonança espalha próteses, golens, biônicos, androides, robôs efêmeros por Favelost. Quem é humano, quem não é? Pra cada beijo e facada, existe uma coisa pesquisada. Júpiter Alighieri salva o Lost-Favelost ator americano totalmente grogue. Os twitteiros fundamentalistas deram um coquetel de barbitúricos pra ele. Mas o cara era forte e acordou doidão. Alguém viu que o cara estava dessituado na Mancha Urbana e mandou-lhe um "boa noite qualquer coisa", mortadela, cinderela, e o cara chapou de novo, mas agora Júpiter Alighieri vai resgatá-lo nos fundos de uma fábrica de furadeiras com tijolos regenerativos. Uma exclusividade da Nanocréu. Martinho da Vila tocando no antebraço ponto de Ogum. Três e quarenta e sete.

50

Júpiter e Eminência Paula, casal de soldados universais veteranos da Intensidade Vital, atravessam a Eterna Multidão de Favelost e Caraguatatuba, Piraí, Paraibuna, Quatis, Cruzeiro, Natividade da Serra e outras tantas cidades à beira do Paraíba do Sul, às margens da Via Dutra, a nova via civilizatória. Essas cidades são vagas lembranças nos receptores de GPS, pois foram engolidas, e agora são placas de indicação quebrada na Mancha Urbana. Três e cinquenta e cinco. O Chamado da morte implantado no chip começa a paralisar algumas partes dos corpos dos dois, que continuam se comunicando por uma sintonia exclusiva, de banda exclusiva, na bússola século XVII de criptografia cabalista que se move enigmática com palavras de amor. Aparecida do Norte, São José dos Campos, Paraíba do Sul, Pindamonhangaba, Barra Mansa. É tudo Rio Paulo de Janeiro São. A pororoca urbana que encanta e faz tremer o mundo, pois é a primeira de várias. Tinha que aparecer no Brasil, o abismo que nunca chega.

51

Rio Paulo de Janeiro São. Conurbação entre cidades siamesas. A cidade santidade urbana cheia de dispersão e concentração que se anula reforçando a afirmação de vida ebulição, de vida nas entranhas dessa santidade urbana. Ebulição humana do purgatório da beleza e do caos, que é rima para várias supermetrópoles por aí. Favelost é a ampliação dos comandos de comandos submundos industriais e deputados e aposentados e mercenários e clínico-televisivos. Trocando figurinhas de conurbação com aquela São Paulo que, no umbigo do atlas nacional, implode, explode tudo que é clichê no país – abismo que nunca chega. Rio Paulo de Janeiro São comandos de comandos científicos cheios de sangue, amor e poder, chamando a responsabilidade da maior cidade do Brasil e da cidade cartão--postal, porta de entrada do país, chamando a responsabilidade das duas na chincha mundial de escancarar o vórtice de todas as urbanidades. Indústrias de indústrias misturadas, camufladas ocultando comandos de Bio-Ser, comandos de Neurotaurus, comandos de Robonança, comandos de Nanocréu, comandos de Speed Darwin. No umbigo inchado do atlas nacional, a superconurbação de duas cidades siamesas. Rio Paulo de Janeiro São, na beira da Via Dutra, às margens do Paraíba do Sul. Favelost. Não é Canudos, não é Las Vegas ou Los Alamos, não é o projeto Jarí, não é o Ferrabrás nem o Contestado. É Favelost, isso é o que é. Sociedade Vórtice gerando Sociedades Virais. Curto-circuito antropológico. Nova franquia social.

52

Júpiter Alighieri, capataz de Humanistas, atravessa novamente a turma de rodins rodoviários e pega outra direção rumo à fronteira Rio-São Paulo. Antiga fronteira. Esbarra com cineastas marginais, uns camaradas que ficam filmando às margens do rio Paraíba, totalmente ocupado por favelas submarinas. Gente escafandra que fica pelo menos vinte e quatro horas nas profundezas do rio fazendo extrações de petróleo inorgânico. Outra experimentação de Favelost. E nas suas margens centenas de pessoas tentando arrumar tanques de oxigênio com traficantes. Às margens do Paraíba e da Via Dutra. BR 116. Às margens de Favelost, cineastas marginais vão filmando aqueles que não entram, mas param para olhar a megacidade. Um deles não se preocupa muito com isso. Ele se denomina Godard Dutra em homenagem ao mítico cineasta suíço. Godard Dutra tem se dedicado às refilmagens das películas onde a atriz francesa Isabelle Adjani atuou. Ele é tão fascinado por essa atriz que chegou ao ponto de mandar fazer androides iguais a ela pra poder usufruir eternamente da sua presença. Musa pra sempre dos seus filmes. Mesmo aqueles que não são homenagens a ela. A presença de Adjani é como um totem-talismã nas produções de Godard. As suas refilmagens ou colagens viram instalações em dirigíveis, ou em casas portáteis, ou em miragens holográficas. Sempre expandindo o cinema. O cinema estrelado por Isabelle Adjani. A Androide Adjani seduz ao passar incólume com a expressão atormentada típica da atriz. Ele escolheu algumas sequências de alguns filmes dela pra retrabalhar. E a saga é a da Rainha Margot em Possessão Diabolique contando para O Inquilino Nosferatu A História de Adele H. entre esculturas de Camile Claudel. Ele usa músicas cantadas por Altemar Dutra fundidas com guitarradas sujas do grupo americano Sonic Youth – distorções de guitarras nova-iorquinas envolvem a voz seresteira de Altemar enquanto ele canta o Hino ao Amor do Trovador Sentimental Demais emoldurando o épico da Rainha Margot ao contar A História de Adele H. filmada por Godard Dutra, tendo como estrela a Androide Adjani. Enquanto ele filma, seu irmão trabalha no computador wi-farto de conexões preparando a versão game do filme, cheia de porradaria e fodas fortuitas que só uma androide descontrolada poderia encarar. Game é game. Tem que ser na adrenalina. Completando tudo, o Filosófico Escorpião, um escorpião que inocula o veneno da Intelectualidade Agressiva nas pessoas, picada de percepção sofisticada e abrangente da vida técnica, social e inorgânica no planeta. Pessoas subitamente intelectualizadas saem falando teses sensacionais sobre tudo. Mendigos, garotinhas, porteiros, pescadores, manicures, chefes de sessões, vereadores, putas, aposentados, lutadores, professores de primeiro grau, pipoqueiros, vaqueiros, loucos de pedra, enfermeiros, pilotos de metrô de popa, vovós de bingo, atiradores de elite bradando aos céus ou para um muro de beco teorias e pesquisas, teorias e pesquisas. Godard começa a filmar sua saga Adjani. Cinema na marginal da BR 116 de frente pra Mancha Urbana.

Com a adrenalina de Patton correndo nas veias e a Nona de Beethoven batendo no pulmão direito, Júpiter Alighieri vê outros cineastas filmando, digitalizando, desmontando máquinas, desmontando aparelhagens enquanto seis, sete garotas subdezesseis tailandesas, suecas e ganesas abrem as pernas umas de frente pras outras e começam a jogar com a musculatura vaginal hipertrabalhada. Começam a passar pilhas e chips umas pras bocetas das outras. *Máquinas Nuas*. O cara filma as meninas no meio de aparelhagens desmontadas, e elas com coletes salva-vidas e coroas de mamilos siliconados aprontando. *Máquinas Nuas* é uma homenagem ao precursor de todas as páginas duplas de revistas masculinas de mulher nua, o grande Gustave Courbet, pintor francês do século XIX que retratou a origem do mundo. A origem do mundo é simplesmente a figura de uma peluda xota francesa do século XIX. Linda na sua função de origem de tudo. E em Favelost essa origem do mundo, da vida, ou seja, o nascimento, sofre acelerações, modificações variadas, e as tailandesas pompoaristas honram sua reputação de excelentes manipuladoras da sexual musculatura. Centenas de milhares delas vieram pra Favelost ensinar os segredos da vaginação de arremesso e de contração, descontração do canal vaginal, a fim de facilitar partos triplos e quádruplos sem precisar apelar pra cesariana, que é um procedimento muito usado também. As tailandesas e garotas de todas as nacionalidades vêm botar pra quebrar em Favelost ensinando a vaginação, que facilita o parto das mãecdonald's. Natividade *fast*. Agora flagradas pelos cineastas das máquinas nuas, essas meninas passam pilhas, chips de uma boceta pra outra, como se jogassem pingue-pongue. Usam coletes salva-vidas e coroas de mamilos.

53

|||||||||||||||||||||

Depois de adorar as tailandesas, suecas e ganesas subdezesseis, Júpiter para pra dar uma mijada num trailer transformador de energia urinária. Você mija, e sua urina é transformada em energia pra Mancha Urbana. Metástase da sustentabilidade. Pra cada beijo e facada, pra cada obra, atuação ou empreitada, uma árvore plantada. Resultado? Claustrofobia vegetal. Foi na padaria, plantou uma árvore; fez uma faxina, plantou outra árvore; e por aí vai. Excesso vegetal. Excesso de fotossíntese. Nacos de Amazônia foram transferidos pra Favelost. Adaptados à Mancha Urbana. Vitórias-régias miniaturizadas enfeitam bordas de janelas, e vegetações de curandeirismo abraçam quarteirões, como moluscos botânicos expandindo seus tentáculos. Júpiter entra no trailer, levanta a tampa do vaso e vê na frente dele uma TV embutida na parede pra distrair da mijação, e nessa tela de TV um documentário sobre dançarinas. *Pole dancers*, vedetes antigas, burlesquices *vaudevilles* e eróticos movimentos de dança experimental dos anos 1960, 1970, 1980... Lembra imediatamente do posto 2 em Copacabana e da sua amante loura Samantha Vedete, a vedete feiticeira. Cai na lembrança de quando assinava Bruce Lido. "Garoto mendigo de Nova Iguaçu se formando para exercer alguma profissão, garota fugida de Uberaba se formando noutro ofício, garoto maluco, assim retardado, deixado de lado pela família consegue emprego depois de ser tratado por especialistas; e quantas vezes já vi e verei e tô vendo Endora Vedete, Samantha Vedete e Tabatha Vedete ajudando certa rapaziada, e eu vou junto. Altruísmo na boa. Quantas vezes elas já se deram mal sendo assaltadas por falsos pobres-coitados sangue ruim quebrando a casa delas. Quantos se ferraram nas mãos delas, que os entregaram pra certas pessoas fazerem serviço corretivo. Com esse trio de gostosonas vividas, não tem monotonia. Entre uma trepada e outra a minha amada Samantha me ensina, tira sarro filosófico dizendo que a civilização é, justamente, tão somente, um intervalo entre uma trepada e outra. E entre uma e outra nós vamos pra civilização. Um dia lado bom, noutro dia lado ruim. Prazeroso, trabalhoso, normal. Com ela é uma delícia. Eu tô aqui olhando essa bunda trinta e nove conservada em exercício de faxina, muita dança, certo atletismo e sexuais carícias incessantes. Olhando pra ela e pra sua filha, que estuda no quarto. Porta entreaberta. Ruivinha danada. Fico olhando a sua mãe ouvindo ópera enquanto prepara alguma comida. E eu aqui com meu saco de gelo aliviando a dor de mais uma pancadaria por bobagem e desafio marrento na praça do Lido. Bêbado às cinco da manhã. Ela foi me pegar na delegacia. Sorte que o delegado é primo dela e também é torcedor do Fluminense. Quase sempre me alivia. Às vezes me dá uma sacaneada e me deixa dormindo na prisão uma noite só pra constar e ficar batendo papo sobre o time das Laranjeiras. Afinal de contas, é tão fanático quanto eu, e a gente vai junto aos jogos, aí ele alivia. Samantha, a Vedete Feiticeira, foi me buscar. Amanhã vou pegar um emprego temporário num restaurante aqui perto e jogar pelada com ratos de praia, e agora tô olhando ela no quarto de empregada no ritual de mediunidade. Eu não acredito em nada, mas que ela (e também sua mãe e sua filha) fica de outro jeito, ela fica. Eu não vejo, mas ela vê dançarinas do século XVIII nas TVs, ouve as vozes delas nos rádios antigos, amontoados de forma claustrofóbica no quarto de empregada. Ela dança ao som de Little Richard, ela dança Jerry Lee Lewis, e recebe uma Josephine Baker qualquer e realmente muda de voz – e eu adoro –, enquanto a filha subvinte estuda movimentos de *soul dance* pra se apresentar com seu grupo de artistas plásticos de vanguarda. Índia de Fogo. Brigamos muito os quatro. Brigamos lá fora também. Meu pau reage à mediunidade, e é sempre assim. Foder enquanto ela tá recebendo uma Maria Baderna qualquer num quarto de empregada abarrotado de rádios e TVs antigas, que servem de porto seguro pras almas penadas. Sinestesia dessa loura dançarina, corista de transatlântico. Depois da trepada mediúnica ouvindo voz de outro idioma noutro mundo refestelamo-nos na varanda do apartamento de frente pra praça do Lido.

  Observar a lua cheia. Terreno baldio da NASA. Amanhã como vai ser? Ajudar ou ter que prejudicar alguém em ato de defesa? Ou apenas dar um pulo na feira e mastigar uma maçã enquanto o uísque espera calmamente nossa fissura no barzinho montado em casa? Seis da manhã e eu com a cabeça da loruda feiticeira vedete recostada no colo, na varanda de um apartamento de olho no Lido, na praça cheia de edifícios *art déco* e boates. Putas no hábitat *art déco*. Algumas bem branquinhas e de fisionomia angelical parecem pré-rafaelitas bagaceiras e felizes rindo na praça vazia. Putinhas pré-rafaelitas enchem a manhã. Eu assino Bruce Lido porque adoro certa China mitológica que frequenta a minha cabeça, e no centro dessa China, Bruce Lee de *Kung Fu* cercado por lindas e enigmáticas espiãs chinesas vestidas a caráter naquelas roupas famosas manipulando tecnologia James Bond. Mínimas máquinas, mínimas armas, mínimas surpresas movem as chinesas enigmáticas de tão espiãs. Muito espiãs. Antes da Samantha, meu coração foi de uma filha de chineses que sozinha improvisava uma Chinatown em Copacabana. Me ensinou o barato de concentração e habilidade marcial. Essa China que frequentou a minha cabeça de cima e minha cabeça de baixo eu apelidei de Ásia 666. Assino Bruce Lido por isso, e só quero me divertir. Na violência, na generosidade, no sexo.

Terminada a mijada, Júpiter Alighieri se manda rumo à fronteira. Quatro e cinco. Dezessete horas pra reverter o Chamado do chip.

54

Paula, Eminência Paula, às quatro e oito vai cruzando a multidão, eterna multidão de Favelost. Vê uma mãe injetando, dando uma picada na filha, que sorri satisfeita pra uma aparelhagem celular, enquanto aplica na mãe uma injeção de botox leve que enche a maçã do rosto de brilho, mas que logo vai virar uma aberração, e aí não tem problema, pois em Favelost as drogas, ou melhor, as substâncias alteradoras da consciência, alucinógenos, barbitúricos, anfetaminas, alcaloides, calmantes são oferecidos em sacos de batatas e podem ser escolhidos à vontade, pois vacinas contra viciagem e para regeneração de neurônios, além de antídotos contra efeitos colaterais destrutivos, garantem o ápice no dia a dia de Favelost. A ainda assim chamada Humanidade mantida sempre três doses acima com ou sem drogas. No estresse das endorfinas, apomorfinas, dopaminas, serotoninas estimuladas pelo hábitat agressivo. Lazarismos, imortalidade, controle das oscilações químicas provocadas pelas drogas. Três doses acima. Essa frase não funciona no entreposto de endocapitalismo exacerbado. Em Favelost, a transcendência é uma vadiazinha rodando bolsa alucinógena em cada esquina. Mas a fissura de todos continua. Com o pancadão psiquiátrico, as drogas metafísicas, as drogas de anestesia da realidade, por um tempo, estão soltas. Seus antídotos também. As picadas são com minipistolas sem aquela grotesca rasgação de veia dos antigos viciados. Todos ainda sentem necessidade de sair de si mesmos, da dimensão humana, da condição humana, via muletas difusas, drogas, venenos para a assim apelidada alma ou espírito. Principalmente quando bate um Lost.

55
||||||||||||||||||

Ninguém escapa dessa situação. Volta e meia você é perturbado por uma vontade de sair daqui, tirar férias da condição humana, ou seja, de todos os problemas, frustrações, responsabilidades, batalha por uma posição confortável na gincana econômico-financeira. Carências variadas, ódios variados. Afrouxar a focinheira dos instintos, suspender o campo de força afetivo do contrato social etc. Volta e meia você é perturbado por uma vontade de desafiar a dimensão humana, os cinco sentidos, a gravidade, as perspectivas, as limitações orgânicas do animal cultural. Vontade de transcender o que somos, o que sentimos. Essa é a palavra que não cala e grita no fundo de todos os cérebros e corações dos humanos em todos os tempos: transcendência. Quando bate um Lost, quer dizer, quando você se sente um náufrago existencial (o efeito colateral dessa paixão chamada transcendência é a religião. Sentimento religioso está bem espalhado, vulgarizado, explorado, inoculado e patologicamente comercializado por aí), um náufrago existencial, sem mais nem menos, sem quê nem pra quê. Ou se você tem alguma fome de viver que não é saciada por nenhuma oferta de felicidade atual, ou quando algum desconforto antissocial tira o seu foco do razoável. Você fica achando tudo muito pouco no planeta e nas sociedades. Quando bate um Lost, um perdido na tua consciência trivial, no teu dia a dia mais ou menos normal. A transcendência cai como um raio flambando os circuitos da sua crença comunitária, e aí muito frequentemente é preciso uma prótese difusa pra alterar a sua química orgânica e jogá-la no portal do inorgânico matando a saudade de quando ainda éramos sopa primordial sacudida pelos pontapés iniciais de um turbilhão de aleatórias mutações que, de forma cada vez mais rápida, graças à tecnociência, se apoderam das nossas vidas. Speed Darwin. Cobaias da grande evolução acelerada pela genética cibernetagem. Quando bate a transcendência, você quer mais é dissolver o ego na matéria em movimento. E tome drogas e substâncias ativando, anestesiando, perturbando centros de prazer e desregulação gostosa e perigosa dos circuitos cerebrais de compensação. Dopaminas de serotoninas. Mexendo pra valer com a nossa tão estimada autoconsciência. Drogas e substâncias que, desde priscas eras, com a orientação ou a desorientação sagrada de xamãs, feiticeiros, macumbeiros, oráculos, alquimistas, curandeiros charlatães, médicos viciosos, vagabundos inventores de paraísos artificiais misturando néctar de plantas selvagens com sobras de almoxarifado psiquiátrico em quintais suburbanos, desde priscas eras aliviam a barra de viver. Essa tal de transcendência drogada já foi envolvida em névoas de misticismo (por motivos óbvios, mas também picaretas) e de romantismo (contra a Razão, contra racionalismos, e os tempos muito modernos que há trezentos anos começavam a se impor nas nossas mentes). Mas hoje em dia está devidamente pragmatizada e virou negócio cheio de modalidades. Aquele papo de contracultura, de juventude tratada como esteio revolucionário de mudança social generalizada derrubando todos os pilares da famosa civilização patriarcal – judaico-cristã – burguesa – capitalistamente científica e ocidental cheia de tecnofrieza antinatureza anti-humana. Aquele papo esquerdofrênico de terceira. Blá-blá-blá dos anos 1960 (que entrou pra História mais como uma grande festa juvenil provocadora de mudanças libertárias nos costumes indumentários, fonográficos e acadêmico-filosóficos do que por mutações profundas nos contextos sociais gerais – à exceção, é claro, de conquistas pontuais de relevo como as relacionadas aos direitos dos negros nos Estados Unidos e das mulheres no geral de certas classes médias, além do conceito de Sociedade do Espetáculo, cunhado pelo situacionista Guy Debord, as teses instigantes de McLuhan e a presença fundamental de Andy Warhol). Esse blá-blá-blá contracultural clonado de niilismos, dadaísmos, anarquismos do começo do século XX e massificado (aí, sim, a novidade) pela mídia televisiva cobrindo tudo, repercutindo tudo, esse papo reviveu de forma fanfarrônica o misticismo e o romantismo que envolviam a transcendência, só que em função do segmento de exploração comercial chamado juventude que, além de já ter como conceito de venda completado cinquenta anos de vida comercial e motivação mental, já está devidamente amainado e sem poder de fogo. Ainda mais com os neoidosos e o fim da criança como shangri-la do sagrado território etário. De tamagotchi a subdoze. A juventude foi atropelada como ícone publicitário e, sem privilégios, juntou-se a tudo e a todos no mesmo barco da comercialização e empreguismo e psicologia-psiquiatria dobrando os cabos de todos os psicanais da mente comportamental. Em relação às drogas, a juventude enveredou por três momentos: o primeiro fanfarrônico misticoide de pseudocontestação tipo abrir as portas da percepção etc. Na sequência, isso virou consumo indiscriminado, vetor boçal de problemas sanitários e sociais. A juventude estragou a utilização de drogas transformando o consumo quase aristocrático bem filosófico relacionado a uma ascese, a um *test drive* das capacidades de resistência química do corpo, ascese de pesquisa cerebral, sensorial empreendida por vários escritores curiosos, pesquisadores avulsos, cientistas do sistema nervoso e da mente ou aventureiros religiosos, bem, essa utilização foi vulgarizada ao extremo e agora virou um importante negócio. Negócio pesadamente armado. E é no Brasil que se decidem preços e destinos das mercadorias. A importância do país para essa modalidade de crime é enorme. Nenhum misticismo, nenhum papo furado de abrir a cabeça, mesmo porque o que abre a cabeça é um bom martelo, um bom taco de beisebol ou uma boa pá enferrujada. Nenhuma desculpa, apenas a vontade de boçalizar a temperatura da mente, entortar o hábito das operações cognitivas. Entortar por entortar, boçalizar por boçalizar. Anfetaminas misturadas com pílulas veterinárias misturadas com doses de remédio tarja preta misturado com cápsulas de turbinação hormonal e muscular misturadas com Viagra e repositórios de menopausa, e tudo com muito álcool e lentes 3-D pra detonar a lucidez. Fanfarrônico misticismo, problema de insalubridade social agravada por armamentos, complexo filão comercial. Apenas mais um negócio, negócio da boçalização da lucidez, alteração bruta e direta a fim de tudo o que não seja tédio. Sempre foi assim, mas agora virou esporte radical e não pseudobusca de algum âmago espiritual oculto dentro de nossas mentes, ou corações, ou medulas espinhais. A secularização, a humanização da espiritualidade como contraponto à espiritualidade sagrada de deuses e Deus único, que não é deste mundo, mundo este que não passa de rascunho confuso para o que há de vir depois da morte, bem, esse confronto não existe mais. A espiritualidade humanizada, humanista, e a espiritualidade sagrada de igrejas e religiosos de todos os tempos estão empatadas. São todas fantasmagorias motivacionais, deliciosos e importantes delírios de perspectiva animadora do cotidiano no mundo cão da sobrevivência e das rações afetivas mal mastigadas. Mas só isso. *Commodities* como tudo. Pra aguçar o tesão de pesquisa dos neurocientistas, cabeças de chave neste mundo dnalizado, digitalizado, cheio de ruínas calculadas. A transcendência agora é um puta negócio cheio de modalidades. Virou uma vadiazinha sedutora rodando a bolsinha do ego dissolvido em várias esquinas científicas e urbanas. Em Favelost, tá tudo encaminhado.

56

Quatro e quinze. Paula, a Loura Filosofal, abandona a mãe em injetações mútuas com a filha e estuga o passo não sabendo se o lugar, a região já foi Pindamonhangaba, ou Caçapava, ou Guararema. Rio Paulo de Janeiro São. Favelost, Mancha Urbana, aduana de tudo. Encruzilhada de todas as faunas humanas, robóticas e profissionais. Eterna multidão atravessada por Eminência Paula, que twitta na bússola de cabala criptografada por amorosas frases como: "Sinto a tua falta nos momentos de juízo final assim quase sempre nessa vida agitada. Em meio às taras eu te multiplico no meu coração esperando o salto no escuro que nós daremos, sobretudo quando a adrenalina do general Patton agitar nossa mente, que é uma só. O teu verbo é o meu, meu verbo é o teu, e qualquer paisagem onde nos encontrarmos será sempre a paisagem provisória do amor atormentado pela falta de paz nos nossos corações. Eu te procuro enquanto a adrenalina do general Patton aguça as nossas mentes, que são potências em casamento infinito. Teu verbo é o meu, o meu verbo é o teu. Quando a adrenalina bater mais forte e agitar como tela quente de uma guerra iminente nossos corações, será a confirmação de que te amo, e a marca do gozo que você me provocou continua transmutada em sensações de espanta-tédio desta vida. Estou indo pros teus braços, Júpiter. Reverter o Chamado do chip assassino no calor da nossa foda de amor veterano da Intensidade Vital. Tô chegando. Vem pra mim". Quatro e vinte e cinco... Madrugada do Chamado pra morte do chip inoculado. Brechas no sinteco das ruas de Favelost deixam escapar a luminosidade do sol de baixo, que enche de luz muito forte, enche de luminosidade violenta o ambiente geral. Mas, de vez em quando, devido à barra pesada dos inéditos funcionamentos das máquinas mais difíceis de ser operadas, bem, de vez em quando, dá pau como em toda aparelhagem, e Favelost pisca durante alguns segundos, mas rapidamente a energia normaliza. São apenas alguns segundos. É tudo experimental, e as pessoas também apagam. Partes dos corpos apagam, mas voltam em seguida como numa catalepsia ou narcolepsia localizada. Apagão visceral. Apagão biológico e mental. Toda hora em Favelost. Consequências dos nanochips, das injeções de cobaia. A fusão dá pau de vez em quando, assim como as extrações de petróleo inorgânico, os aceleradores de partículas, os filtros de veneno e os caldeirões de microscópios da Engenharia Molecular. O sol de baixo vaza luz pelo sinteco das ruas de Favelost. Que região é essa? Paraibuna, Redenção da Serra, Roseira? Mancha Urbana é o que há, baby. Eminência Paula vai injetando adrenalina do general Patton nas suas coxas, que são as coxas da questão amorosa, fundamento do calor humano, que lambe a tensão de viver.

57
||||||||||||||||||||

Quatro e vinte e cinco. Júpiter Alighieri passa pelo quarteirão das doenças crônicas terríveis e desconhecidas. Raras doenças que humilham a medicina e colocam qualquer um no seu trono esfarrapado de insignificância claustrofóbica cheia de injustiça muito dolorosa sangrando o coração do mundo castigado por uma chuva de punhais teleguiados por macacos de crânio aberto morando em *jukeboxes* instalados no templo da deusa, filha de Shiva e Kali, muito cotada nas especulações místicas: Nanvalinada. Quatro e trinta e um. Alighieri atravessa a eterna multidão de Favelost no gigantesco quarteirão – franquia das curas experimentais que enfrentam as doenças raras, a monstruosidade das doenças mais raras. A verdade é que garotos e velhos e gente de todas as idades levantam da cama ou da cadeira de rodas onde estão jogados sem esperanças e cheios de rancor, digamos, ontológico, pois nasceram com as doenças ou devido a heranças genéticas, ou filigranas imunológicas, se danaram e contraíram enfermidades, defeitos de metabolismo ou processos de definhamento orgânico. Mas em Favelost os segredos da imunologia e da regeneração foram encurralados por novos métodos de pesquisa, e o que era milagre virou ficha técnica de combo farmacológico ou cirúrgico via geneticismos. A conjunção, a comutação da neurologia com a mediunidade, quer dizer, a sinestesia de alta voltagem, é corriqueira em Favelost. Ninguém é plenamente curado. Ninguém em compensação será jamais desenganado. As recaídas acontecem. Quem se levanta cai de novo, quem sai da cama bem disposto volta a ter os sintomas, ou as paralisias, ou as dores, mas definitivamente isso se dá de forma passageira; portanto, tomando coquetéis e usando catéteres e robocopizações, customizações orgânicas, anatômicas de dispositivos e aparelhagens de todo tipo específico, as pessoas podem se entregar a algum trabalho, alguma vida em Favelost. Algumas morrem direto, mesmo porque são todas cobaias, mas os resultados são animadores em massa. Todas sonham correr riscos de vida e não de morte nessa Mancha Urbana às margens do Paraíba, nas beiradas da Via Dutra, nova via de franquia social. Todas vêm pra Favelost. Por favor, dê-me um abrigo, *gimme shelter please* é o que elas dizem.

58
||||||||||||||||||||

Atravessando o quarteirão das curas oscilantes, das doenças raras e de crueldade inédita, o veterano da Intensidade Vital, Júpiter Alighieri, vê uma turma ser perseguida por outra pelos terraços medievais da Mancha Urbana. Quatro e quarenta e oito. Logo saca o que acontece e é obrigação dele dar um jeito no conflito, afinal de contas, ele toma conta da corja em Favelost. Ele e outras centenas de soldados da Intensidade Vital, que aguentam o tranco do desespero daqueles que não conseguem levar a contento sua vida pré-paga na megacidade das megacidades. E ele já sabe quem são e para onde vão. Dois grupos em desabalada carreira de perseguição com gritaria por parte de uns e, na outra malta, silêncio absoluto. É curioso, mas é assim que funciona. A turma perseguida é a dos Humanistas Anônimos, intelectuais alemães, franceses e brasileiros, ongoloides de vários naipes, ecologistas que não entendem a entropia da sustentabilidade. Pedagogos perdidos com a oferta de informação e psiquiatria, empregos e sexo e amor de carinho e crime e brutalidade e ciência e pesquisas e todas as culturas e conhecimentos explodindo como minas terrestres debaixo de todo o mundo, e os pedagogos humanistas acreditando em tempo de aprendizado, em introspecção, em lidas de concentração emocional e potencialidades humanas. Ficam loucos junto aos ongoloides e aos jornalistas políticos e aos sociólogos e os intelectuais alemães fanáticos pela escolinha do Professor Frankfurt, que existe em forma de simulação holográfica, e em palestras apresentadas em telões gigantescos com Adorno, Horkheimer, Habermas, Benjamim e Marcuse, enormes e holográficos, falando sobre suas teorias críticas, sobre as alienações e claustrofobias burrificantes da sociedade espetacularizada de consumo massificado, agora compartimentado, fragmentado, e todos os sentimentos sem aura, sem sagrado, sem grandeza. Apenas comercial fissura usuária, fidelizações e kits de estilo, vala comum de psicologias direcionadas, varejão psiquiátrico e atacadões psicanalíticos. Só o terror constrói alguma visão do amor sufocado na atualidade. Amor, por favor, aconteça por alguns instantes civilizados no meio da irreversível barbárie sedutora. As gigantescas holografias do museu de imersão interativa, Escolinha do Professor

Frankfurt, são um *must*, uma visita obrigatória pras pessoas se tocarem da importância de Favelost como Sociedade Vórtice da nova franquia social, que vai se tornar Sociedade Viral, tomando conta do assim chamado planeta, que vai se tornar uma cidade só. Teracidade Terra. Para entenderem o surgimento da mutação antropológica que atropela os pesquisadores e os simples mortais, que estão numa feira, estão dentro do elevador de uma cidade do interior, estão beijando seus filhos em padarias, parques ou numa barca ou esperando uma van, no que antes foi a Zona Leste de São Paulo, e que agora é detalhe da megalópole Rio Paulo de Janeiro São. Atropelando todo mundo em Favelost ou fora dela. O surgimento do Homo Zapiens, mistura de silício e carbono, animáquina de códigos, existencialista pré--pago: o código, o crédito, a senha precedem a essência. Milhares visitam todos os dias a Escolinha do Professor Frankfurt. Monumento holográfico ao Humanismo Crítico, como se visitavam índios ou favelados nas comunidades e periferias. Uma curiosidade situada no hangar dos golens vitalinos. Cearenses e outros nordestinos habilidosos com artesanatos fofos de folclore piegas vão pra Favelost trabalhar com novas massas feitas com mármore flexível e carcaça de baleia, ou hipopótamo, ou rinoceronte, devidamente transformados por manipulação molecular – aquela boa e velha sacudida nas peças fundamentais que, até então, formavam a matéria: doze partículas mais quatro forças. E os golens vitalinos saem do mármore, saem de camadas hipopótamas e rinocerônticas. Saem também de cadáveres de criminosos miniaturizados. Lazarismo. Muita gente tem sua vida suspensa pelo método de empedramento do organismo, mineralização do organismo, que era monopólio de certas microcriaturas. Conseguem empedrar o corpo pra escapar de algum ambiente mortal. Depois voltam normalmente a funcionar com uma gota d'água. Cientistas isolaram esse processo biológico insólito e aplicaram em humanos. Em Favelost. Gente esperando tratamentos por alguns dias. Preservando pessoas à espera de um transplante ou de qualquer outro procedimento. Gente que pedia pra ser empedrada, mineralizada, fazendo alguma coisa, agindo com vontade feliz. E assim é feito na Mancha Urbana. Pessoas colocadas num salão conversando, jogando, dançando ou, até mesmo, fazendo, tentando, na fraqueza da doença, fazer algum amor. Insólita Pompeia dos que aguardam procedimentos cirúrgicos salvadores ou pílulas de resgate orgânico. Criminosos miniaturizados também são empedrados como *souvenirs* dessa situação. Pompeia inusitada. Ciência lúbrica de Favelost. Avançadíssima na sua bagaceira de pode tudo. Criminosos são reduzidos como nos rituais de pigmeus africanos redutores de cabeças.

Só que, com a Neurotaurus, a neurociência virou consórcio de todos. E manter o cérebro vivo numa boa não é problema. Os golens vitalinos são criminosos miniaturizados, golens vitalinos circulam por Favelost como gnomos da engenharia molecular *hardcore*. Eugenias *fast-food* rolam em Favelost devidamente direcionadas para as necessidades do Homo Zapiens acionado por séculos de modernidade, séculos de cidade pautada em séculos de ciência e entretenimento. Relógios, captação, registro, documentação de tudo o que é humano e não humano, social e antissocial, todas as ocorrências da Humanidade. Todo mundo é Zapiens, só não foi oficializado ainda. Já fomos unidimensionais, o grande consumidor massificado, agora fragmentado, que delega seus pensamentos ao território twitterrante e corriqueiro das fantasmáquinas. Jogando sua subjetividade e introspecção num realejo digital de falações ininterruptas, digitalizadas e fugazes. Humanistas Anônimos que têm recaídas terríveis. A resistência deles é fraca. Querem um mundo melhor. Querem mergulhar na consciência crítica de tudo. Atacar as supostas alienações que ainda nos devoram. Humanistas Anônimos que não engolem o capitalismo como sentimento naturalizado nas pessoas via iniciativas privadas (empreendedorismos), pactos de competição, ânsias por assumir inovações tecnológicas e, principalmente, por mostrar uma outra espécie de amor incondicional incutido nos corações, o amor pelo dinheiro, democraticamente avassalador e universal. Eles se recusam a acreditar nisso e, quando rola uma recaída, alguns deles viram feras contestadoras e resolvem explodir alguma coisa, viram niilistas desesperados e especialmente revoltados com o fato de psicopatas serem aceitos como consultores nas mini-indústrias de Favelost. São tratados com honras de cobaias especiais na Mancha Urbana. Esse é outro clássico confronto na megacidade das megacidades. Os que sentem muito, os normopatas humanistas, e aqueles que não sentem nada – os psicopatas. Eles costumam encurralar os Humanistas Anônimos (que tentam se curar das insistentes utopias cravadas no coração, vontade de um mundo melhor, seja lá o que for isso) em recaída no Jardim das Rolling Stones, ou seja, pedras de intenso magnetismo, que são atraídas por ímãs gigantescos colocados nos subterrâneos de Favelost. Descendo mais um pouco, se afastando verticalmente do território subterrâneo, onde o sol de baixo acontece, encontra-se um corpo magnético nômade que agita pedras no jardim da porradaria de conflito Humanistas *versus* Sociopatas. Às quatro e trinta e três na madrugada do Chamado assassino. Júpiter Alighieri chega ao Jardim das Rolling Stones. Ele liga pra outros colegas da Intensidade Vital, que cercam o jardim do zen magnético enquanto os enlouquecidos intelectuais adeptos da Escolinha do Professor Frankfurt, franceses e alemães, cheios de consciência desalienante e intelectuais ainda esquerdofrênicos no Brasil, querem explodir Favelost. Não vai dar. Mesmo porque eles não têm pra onde ir. Pedem pra ser tirados do seu estado sólido enquanto sofrem ataques hamléticos de ser ou não ser um favelost. Atraem com suas atitudes extremoides os psicopatas que, na sua maioria, na Mancha Urbana, são antropófagos ou gostam de criar estufas cerebrais, jardins de cérebros arrancados para estudá-los e admirá-los como troféus do armazenamento de conhecimento dos habitantes do planeta. Troféus do diferencial terrestre em relação ao resto dos habitantes do planeta, ao resto do universo talvez. Estamos sós e isso aumenta a nossa marra, a nossa arrogância. Tem que aturar. Cérebro arrancado na marreta. Júpiter Alighieri chega com outros capatazes de Humanistas no Jardim das Rolling Stones a tempo de ver a primeira cabeça de Humanista esquerdofrênico ser arrancada com um golpe único de machado afiado. Dardos paralisantes são atirados nos psicopatas, que são uns quinze. Uma rede cobre os Humanistas Anônimos em recaída. Júpiter chega junto e pergunta pra eles quem vai voltar pro treinamento de experimentação muito bem remunerado, pras delícias da vida hora a hora, minuto a minuto, ocupação a ocupação, sexo a sexo, ou quem sai fora pro Brasil, ou pra outro país? Alguns berram pedindo pra serem tirados do estado sólido, outros arregam e querem continuar em Favelost, pois sabem que seus cérebros funcionam melhor aqui. Missão cumprida de Júpiter no Jardim das Rolling Stones. Os que querem ser dissolvidos sulfuricamente têm seu desejo atendido. Os outros são encaminhados para cursos de imersão psicológica. E os psicopatas? Bem, daqui a pouco vão acordar e tudo certo.

59

Quatro e trinta e nove. Madrugada do dia em que o Chamado do chip assassino acontece. Quatro horas e meia pra tudo paralisar. Júpiter twitta na bússola século XVII de teor cabalístico: "Tua beleza humilha a natureza, e as diversas formas de vida fazem reverência à tua presença, e eu te amo, Loura Filosofal. Teu verbo é o meu. Meu verbo é o teu, e a adrenalina de Patton vai guiar nossos corações em fogo de guerra constante. Vai nos guiar ao ponto de fusão de amor em foda que libertará as nossas rotas de existência, e você, errada errante sublinhando amada amante, me fascina, me encanta teu amor de cumplicidade em tudo o que não seja o que determinamos como trincheira pra nossa vida de soldado universal, de veteranos da Intensidade Vital. Chega mais, minha Loura Eminência. Paula Eminência, tô chegando perto da tua respiração de delícia perfumada. Vamos nessa, minha garota".

60

Às quatro e quarenta e nove, na madrugada do Chamado do chip assassino nos corpos de Júpiter Alighieri e Eminência Paula, os veteranos da Intensidade Vital. Às quatro e cinquenta e dois dessa madrugada quente (a sensação térmica é sempre uma sensação por causa das lâmpadas gigawatts do sol de baixo funcionando ferozmente nos subterrâneos da Mancha Urbana). Nessa madrugada quente, piscinas de palmolive incandescente e borbulhante são habitadas por gigantescos caranguejos clonadaços, caranguejos experimentais, por assim dizer, que serão muito úteis nos estudos do magma terrestre. Mingau do fundo da Terra. Caranguejos batiscafos equipados com patas cheias de nanocaptação. Pivetinhos subdoze depois de trabalharem pesado por quinze horas, estudarem pesado por outras quinze horas, colocam máscaras rasgadas de jogadores das seleções brasileiras campeãs do mundo e atiram latas de azeite nos caranguejos gigantes. E tome pivetinho Beline mandando azeite no palmolive escaldante. E tome pivete Rivelino zoando o caranguejo batiscafo. Essas piscinas de palmolive incandescente habitadas por experimentos biológicos ficam situadas nas proximidades do Vale do Silêncio, um declive fabricado, cânion preenchido com vários, digamos, iglus de perímetro quilométrico. Abóbadas transparentes à prova de som, onde pessoas têm direito a ficar um minuto e não ouvir nada além da falação da consciência. Também, obviamente, como tudo, como qualquer lugar, como todos em Favelost, é lugar de testes pra produção de ciência na Mancha Urbana. São as Igrejas do Vazio, onde pessoas fazem fila pra ficar por apenas um minuto experimentando a ausência de som, tirando uma folga da azáfama. Só um minuto, porque mais do que isso é perigoso para os nervos dos favelosts. Eles começam a babar, a tremer, a se desesperar com a sensação de paz, silêncio e introspecção, crescendo além do permitido. As Igrejas do Vazio, os iglus do minuto de silêncio, são mais uma coqueluche na mega-megacidade. Às cinco e cinco, Júpiter está deixando o Vale do Silêncio com outros soldados da Intensidade Vital mais novos ou da mesma idade dele. Estão descendo a fim de pegar o metrô de popa, canoas imensas que funcionam com motor inédito. Instaladas em trilhos, cruzam o subterrâneo ensolarado e quente de Favelost. Todos usam roupas refrigeradas, mas, como tudo enguiça mesmo, sempre tem alguma agonia. Mas os consertos são rápidos e sempre tem carrocinhas de *freezer* vendendo roupas pelas ruelas e subterrâneos da metrópole medieval. Alighieri na canoa, barco-metrô levando Humanistas Anônimos, intelectualizados ou não. Humanistas Anônimos sendo levados para a Praia do Calibre, onde se situa a sede da Escola Superior de todas as Guerras, matriz de treinamento da Intensidade Vital.

61

Cinco e onze na manhã do Chamado do chip assassino paralisador de organismos. Eminência Paula atravessa a Eterna Multidão insone, que trabalha direto senão morre. Muitos dormem três, quatro horas, como cavalos em estábulos. Precisam trabalhar ou curtir o limbo. Na primeira metade da manhã, uma pessoa pode ser executivo numa mini-indústria de serviços helicópteros ou de pequenos aviões de movimentação vertical, pouso e decolagem. Helicópteros sobrevoam a metrópole medieval pousando em helipontos de afastamento mínimo. Na primeira metade da manhã é executivo de mini-indústria, na segunda parte da manhã é técnico de computação, ao meio-dia é campeão de boliche, na primeira metade da tarde é doador de rim, na segunda metade é recebedor de rim. Às seis é michê zoológico de pesquisa espermática e concepção de filhos híbridos de homens e animais. Michê comendo fêmea de javali pra ver no que vai dar. Na primeira metade da noite, é professor de Física falando das agruras e sutilezas e belezas e furadas do Modelo Padrão que guia a compreensão da vida, da matéria que nos cerca e da que não vemos, mas que se insinua numa presença mais gigantesca do que a visível. Em Favelost, qualquer um sabe por onde andam a Física, a Biologia, a Neurociência, a Ciência da Computação e a Robótica. Saber mais ou menos o que rola nessas paradas pra poder sobreviver. De dia é uma coisa, no meio da tarde já é outra, e no meio da noite já é outra coisa. Assim é a vida em Favelost. Entre um trabalho e outro, um limbo pra saciar o sentimento coliseu, a vontade de entretenimento raso. Sentimento Coliseu é a vontade de catarse e, geralmente, é saciado com sexo, violência, pirotecnia, gargalhada, festa, amores trágicos ou açucarados e intriga, escândalos, que viram fofocas gigantescas na boca do que chamam de povo. Sentimento Coliseu. Às cinco e dezesseis, Eminência Paula rumo à foda redentora e transmutadora do chip assassino cruza a eterna multidão da Mancha Urbana e chega a uma praça de alimentação de máquinas onde cabeças humanas são colocadas a céu aberto em máquinas variadas. A Eminência vê a cena bizarra e divertida de uma máquina de costura Singer com uma cabeça de senhor jogar xadrez com um aquecedor de cabelo de cabeleireiro equipado com uma cabeça de negão pai Tomás. Negão da cabeça branquinha. Todos os dois com braços e pernas de titânio. Gente que perdeu o corpo em acidentes e virou sucata óssea de nervos esmigalhados. A Neurotaurus e a Bio-Ser juntas tentam reorganizar o corpo rapidamente. Quando isso não acontece por parte da Bio-Ser, quando vai demorar um pouco pra rolar outro corpo, ou seja, três dias ou três meses no máximo, a Neurotaurus assume o período e mantém a pessoa com o cérebro aceso, os códigos cerebrais com as sinapses trabalhando, mandando os sinais elétricos pra algum aparelho a fim de continuar atuando. Daí que as cabeças ficam temporariamente robocopizadas em qualquer máquina ou aparelhagem. O sr. Singer e o aquecedor de salão de beleza com cabeça de pai Tomás são um exemplo dessas técnicas de preservação, mutação. Estão jogando xadrez na pracinha de alimentação das máquinas, que funcionam engatadas a nervos humanos. Eminência Paula passa por eles e recebe uma mensagem no celular de pulso. Um dos atores, na verdade uma atriz de Lost-Favelost, está totalmente grogue próximo duma poça de vômito da própria lavra. Horas vomitando. A garota tá pra lá de desidratada, e é urgente a ação de resgate. Paula chega logo cruzando as vielas da Mancha Urbana correndo no empurra-empurra da multidão ou pegando a via aérea helicóptera, ou os cestões teleféricos, imensos cestões que sobrevoam a metrópole medieval carregando a rapaziada. Paula corre, depois pega um cestão e salta num terraço de firma veterinária. Lá embaixo, espécies em extinção são clonadas, espécies inéditas são recuperadas, espécies híbridas são confeccionadas. A sustentável rapina do ser vai de vento em popa. A entropia da sustentabilidade, dos onguismos e dos trabalhos sociais é flagrante na Mancha Urbana. Faz parte do desequilíbrio harmônico das seis mãos que se superpõem: as do Estado (meio anuladas), as do mercado exacerbado e as dos vastos negócios informais, mafiosos ou não (incorporadas). Cinco e meia da manhã no dia do Chamado do chip assassino.

Eminência Paula avista do alto do terraço a canadense atriz de Favelost americano. Desce por uma escada e chega ao corpo. Metade dele uma poça de vômito *ton sur ton*, *dégradé* de coisa expelida desidratando a bela atriz. Ninguém se tocou porque o lugar realmente é de difícil acesso, um pequeno abismo de sarjeta que vai dar num córrego de óleo de cozinha, que é matéria-prima de várias utilizações energéticas sustentáveis. Insuportavelmente sustentáveis, porque os esgotos de óleo de cozinha são onipresentes e a overdose de vegetação fornece, fornece, fornece. Fluxos vegetais de uma Amazônia transferida, descontrolada, celerada, acelerada em Favelost. Bioma turbinado tomando de assalto as ruelas do alucinante Urbeoma, que é a Megalópole. Eminência Paula resgata a atriz canadense do futuro seriado Favelost americano. Chama pelo celular alguém de vínculo exterior pra tirar a figura da Mancha Urbana. O vômito vai pra pesquisa, e Paula suga o artefato mingau com seu celular-aspirador de miasmas.

62

Cinco horas da manhã no dia do Chamado paralisador. Eminência Paula, veterana da Intensidade Vital, capataz de Humanistas em Favelost, abandona o esgoto dos óleos vegetais de cozinha e depois de passar por três esquinas sente novamente a presença da perseguição por parte daqueles que não querem que ela trepe com Alighieri pra reverter o chip. A correria de novo se instala – e os caras atrás dela –, e ela com suas coxas vibrando de adrenalina do general Patton, seu coração pedindo blindagem e sua boca, beijos de Júpiter na tensão do desafio amoroso. A correria continua, e Paula precisa aquecer, superaquecer o corpo pra livrar-se dos perseguidores. Onde, onde, onde? No meio da multidão pela manhã ela vê a entrada do Acelerador de Orgasmos, o túnel das fodas ininterruptas visando à aparição e à consequente confirmação da existência do Gózon de Fucks, substância hormonal antes dominada por praticantes de asceses sexuais na Índia. No Acelerador de Orgasmos rolam treinamentos de foda incessante pra adquirir o êxtase interrompido, o gozo adiado, tantrices de hindu espiritualizado. Mas como a rapina sustentável se instalou, a energia corporal se transformou num meganegócio de comércio da energia extraída do ato sexual. Além do sol de baixo, do petróleo inorgânico, dos óleos vegetais, das overdoses de flora, dos tráficos eólicos ou de *smart grids*, também existe a energia saída das trepadas ininterruptas para a descoberta do Gózon de Fucks, o último elemento constitutivo do Grande Orgônio, a energia gerada pela libido, pelo sexo, pelo desejo, que é efeito colateral da Grande Reprodução. Gozo é o verniz pra passagem de genes adiante. Grande Orgônio como energia de utilidade motora, industrial, muito além do prazer que envolve o ato de, digamos, espalhamento dos genes por aí. Mesmo sem reprodução, já que somos humanos pervertendo, obrigatoriamente, a natureza. Grande Orgônio, companheiro do carbono na nossa comunhão orgânica, inorgânica com o universo. União sonhada pelo pesquisador comportamental, aluno de Freud, perseguido e encarcerado, Wilhelm Reich. Transformar as pessoas em tantroides é outro objetivo do Acelerador de Orgasmos. Tantroides, evolução acelerada dos praticantes de tantra yoga, controladores, manipuladores dos estágios orgasmáticos.

Praticantes milenares da ascese sexual. Um acelerador de orgasmos instalado nos subterrâneos de uma casa de show de coitos e de relaxamento erótico. Acelerador de Orgasmos. Gigantesca manjedoura de carícias, em que as pessoas se jogam depois de tomar tantrax ou qualquer outro ativador do amor carnal. Túnel cheio de botânicos estimuladores, plantas que podem ser mastigadas a qualquer momento, incrementando o prazer do prazer do prazer. Pessoas se entregam às trepadas no túnel acelerador recebendo uma grana e só saindo vinte e quatro horas depois, quando, durante trinta minutos, se dá a troca de corpos. Um gigantesco tubo de sete quilômetros cheio de gente trepando sem parar, gente estimulada botanicamente ou por vários implantes nos órgãos genitais, nos dispositivos internos de atração sexual, bombando o aparelho reprodutor de ambos os sexos. Assim como o acelerador de partículas na fronteira da Suíça com a França tenta reproduzir o Big Bang visando descobrir o Bóson de Higgs, último possível tijolo para a compreensão do que é a matéria clara (coisa que em Favelost é fava contada), o acelerador de orgasmos visa descobrir o Gózon de Fucks a partir de um *gang bang*, ou seja, vários trepando com vários. É a chance de superaquecer o corpo, pensa Paula. Eminência entra no túnel, joga-se nos corpos e vai fodendo; os perseguidores chegam logo, mas ficam perdidos, pois o GPS de calor humano pira, e eles precisam se jogar na foda pra procurar a Eminência. Se entregam à sacanagem armados com dentes de afiação repentina. Eles vão chegando e, quando avistam a Eminência em trabalho de foda com dois homens, arrancam os caras de dentro dela, e a loura veterana da Intensidade Vital num arremate de luta marcial com um dedo só destrói o fluxo de sangue das artérias dos perseguidores no meio da grande trepação experimental, fodelança monitorada, sacanagem direcionada pra pesquisa. Tudo pra pesquisa. Se manda dali carregando os cadáveres. Avisa o pessoal que recolhe lixo humano trabalhando no local. Eles recolhem os corpos e jogam na lixeira, que vai dar em laboratórios legistas e biológicos. Bio-Ser à espera deles. Vão servir à tecnociência. Não é Canudos, não é Christiania, não é Los Alamos, é mais do que isso. É Favelost. Isso é o que é.

63
||||||||||||||||||||

Cinco e quinze. Dia do Chamado assassino que provoca paralisia do organismo. Júpiter chega com o Humanista Anônimo na Praia do Calibre, um piscinão de águas cristalinas cheio de peixes monitorados, recifes vigiados, crustáceos, moluscos, peixes inventados e pequenas águas muito vivas, cheias de radiação. Algas radioativas pra testar os peixes, os moluscos, pesquisar as suas reações. Pra testar também em corpos de criminosos. Os recuperáveis. Estes, quando não são brilhantes, servem pra experiências desse tipo. Praia do Calibre. Piscinão de águas límpidas, cheias de algas radioativas, peixes raros, crustáceos, moluscos num segundo mandato de vivência submarina etc. Praia artificial onde edifícios construídos e desconstruídos simulam ruínas de Dresden – a cidade alemã destruída no fim da Segunda Guerra –, ruínas de Hiroshima e outras cidades bombardeadas. Além de navios encalhados na Guerra do Paraguai servindo de refeitório para os frequentadores da praia. De frente pro piscinão, Júpiter Alighieri chega com os Humanistas Anônimos resgatados da porradaria com os psicopatas, gênios indomáveis no Jardim das Rolling Stones. Cinco e vinte e dois. Um dos Humanistas algemados se solta e vai na direção do piscinão. A síndrome de Hamlet chegou até ele, a dor do limbo entre Favelost e fora de Favelost pegou o cara de jeito. Esse não tem salvação. Júpiter já sabe que vai ter que sulfurizar o mané cuja mente está afundada num lodo de desespero fomentado pelo duvidoso, pelo que é duvidoso, sem saída. E o hamlético tremendo de ódio, amor e dúvida, paradoxo de contradição ambígua, desabafa antes de ser sulfurizado: "Oh capataz de Humanistas, me tire deste estado sólido, me desmilingua em ácido, porque não consigo viver sem o tempo forjador de nuances sentimentais, não consigo viver sem fé na esperança como perspectiva longa de busca por melhoria de vida. Essa cenourinha em Favelost é uma armadilha, pois a esperança aqui é a primeira que morre pra ressuscitar logo depois. Eu sou Humanista, sou Sapiens e não Zapiens. Tenho celulares movidos a fluxo sanguíneo na superfície dos pulsos. Minha expectativa de vida é de cem anos fácil fácil e já doei meu esperma pra laboratórios. Crianças esparsas de minha larva e lavra estão por aí. Gerei mais vida, eu sei, mas não aguento. Sinto falta da antiga contemplação. Não consigo me adaptar ao novo uso da introspecção, da reflexão rápida, dos *mind games* imantados e dos raciocínios turbinados dos testes constantes de amor desabrido. Em Favelost o ensaio mamífero rumo a não se sabe o que é real e não metafórico. E você, capataz de Humanistas, tem que concordar que ser transformado em tubo de ensaio orgânico vivo, pensando, sentindo, é no mínimo perigoso. Até o terrível, até o antigo Mal, substituto dos demônios, que virou sintoma de desadaptação e mero transtorno a ser domesticado pra convívio (tanto para Freud como para qualquer Budismo), até o Mal foi além da banalização em Favelost. Até o Terrível foi além do vulgarizado, até a Bondade e o Altruísmo foram além das medidas em Favelost. Eugenias já assimiladas no comércio eletronizado, no endocapitalismo acelerando a evolução, acelerando o coração, acelerando tudo, e pra vocês é tudo tão deliciosamente, cinicamente, ceticamente inevitável. Vocês estão integradíssimos aos apocalipses, capatazes de Humanistas. Não só vocês, mas os trinta milhões de brasileiros, estrangeiros, doentes, aleijados, desesperados milionários, remediados, psicopatas, políticos à deriva, jornalistas políticos à deriva, críticos de tudo, das modalidades artísticas, pesquisadores da melhoria humana, antropólogos em processo de colapso, já que a Terra virou uma antropolândia, e os índios viraram existencialistas selvagens. Os países são parques temáticos, no fim das contas, e agora é Favelost com o Homo Zapiens em franca ascensão de protagonismo na evolução, na superevolução patrocinada, engendrada pela Speed Darwin, tendo a Bio-Ser, a Robonança, a Nanocréu e a Neurotaurus espalhadas em derivações de mini-indústrias. Gente cheia de inquietação crônica. Nobéis negativos e positivos, artistas funcionários do entretenimento. São todos midianfíbios, metade mídia metade gente, metade máquina metade gente. Silício com carbono, robocops cerebrizados, turbinados, serviços reguladores de informações orgânicas digitalizadas, a senha precede a essência, e eu não aguento essa ebulição de tudo ao mesmo tempo agora junto e misturado com o exu sarcástico da vulgarização cibernosa, da hibridização infinita nos colocando em eterno trabalho de entretenimento, entendimento, entretenimento, entendimento. Midianfíbios. Eu sempre achei sinistro, mas precisava chegar junto, precisava fazer um trabalho de campo pra criticar Favelost e agora tô fodido porque continuo matriculado na Escolinha do Professor Frankfurt e, consequentemente, não admito o deboche do consumo e do dinheiro. Não adianta, pois encarno aquelas frases piegas tipo: 'Acredito no ser humano, na sua aura de inclinação para o Bem enfrentando as maldades como que purgando nossas ambiguidades, contradições e guerras do amoródio', e eu não consigo, preciso do tempo como forjador de consciência e sentimento, fé de esperança e perspectiva. Não estou preparado pra virar vampiro *highlander* superurbanizado numa existência pré-paga de videogame *feelings*. Sentimentos jogados por um console interior e ao mesmo tempo essa é a verdade. Estou completamente sem chance de viver fora daqui, sou intelectual crítico cheio de resíduos *imagine all the people*, resíduos de engajamento político, ecos de esquerdofrenia que passa por cima de tudo o que é legal pra resolver o grande problema das desigualdades, dos desequilíbrios, das famosas injustiças sociais na marra, forçando a barra. Mas em Favelost você vê a fratura exposta da humanidade, ambições, lazarismos, eugenias e wi-fi até em xícara de café, tudo digitalizado, e nosso acúmulo de conhecimento acelerado. Sem parlamento, sem Câmara Municipal ou qualquer coisa que o valha, e todos vivendo às vezes sem dormir, às vezes dormindo pouco, mas sempre com oportunidades, mandando dinheiro pra fora. Mas o preço é alto. É o preço da transformação em Homo Zapiens, e eu não estou preparado. Já tenho inoculado em mim o Zapiens, mas ainda amo os antigos sentimentos do Sapiens. Sísifo com a cobra enrolada no pescoço que morde o próprio rabo como metáfora pro tempo moldador das mesmas coisas com adaptações diferentes em várias épocas. Na Mancha Urbana não há tempo pra nada. O relógio deu lugar ao acelerador de partículas nos corações e nas mentes. Adoro Favelost, odeio Favelost, adoro o mundo que deixei lá fora por sentimentalismo total. Odeio esse mesmo mundo porque ele está aquém do que existe aqui, e é isso, capataz de Humanistas, pode me detonar, pode me detonar, me tire deste estado sólido". E assim se faz. Júpiter Alighieri se aproxima do Humanista Anônimo em recaída grave evoluindo o quadro pra uma histeria hamlética, e não tem conversa. Júpiter tira do bolso refrigerado a caneta-tinteiro com a injeção sulfurosa. Dá uma escarrada na cara do Humanista pra anestesiar logo e depois injeta a súlfura profunda. Cinco e meia da manhã no dia do Chamado assassino do chip paralisador de organismos. Júpiter Alighieri, capataz de Humanistas, pega seu sugador de miasmas e captura a fumaça do corpo deletado em liquefação ácida. Um soldado grita perto do lago: "Primeira Guerra, por que me abandonaste?".

64

A adrenalina do general Patton corre no sangue dos soldados da Intensidade Vital. Veteranos e os subvinte se encontram na Praia do Calibre. A Intensidade Vital não aceita adultos na faixa etária dos vinte aos quarenta anos. Não servem porque estão no meio de tudo na vida. Os subvinte são cheios de arrogância, ambição e energia – sai da frente –, enquanto os veteranos acima de quarenta e cinco são cobras precisando criar asas afiadas visando circular num mundo em que as idades avançam preservadas e a experiência ainda é pouca, mas consistente. Dez pras seis. Na Praia do Calibre, restos de equipamentos e de soldados mutilados, mas devidamente retificados. Próteses de penúltima geração acompanhadas de equipamentos e armamentos, pois soldado e armamento são uma coisa só. Agora mais do que nunca. Calcanhares que disparam facas, olhos que cortam a laser os fígados, corações e pulmões, tudo devidamente substituído pelas conquistas da reposição genética, que dura pouco tempo, mas tem vacina e remédio contra rejeições. Soldado e armamento, uma coisa só. Como Homens de Ferro. E o que rezam baixinho os Homens de Ferro da Escola Superior de Todas as Guerras? Eles rezam a oração de Scarlett, que diz assim: "Scarlett, tu que fazes cursos de literatura do século XIX, que estudas violoncelo, que és ótima atriz, boa cantora, que tens tino intelectual e és linda, muito acima do permitido, nos jogando num êxtase de como pode tanto uma mulher? Tu, Scarlett, que também nos seduz pela inteligência, nos fazendo de repente distrair de tua beleza, e isso é terrível de tão bom e fascinante. Nos abençoe, Scarlett, eterna lourinha cheia de graça, que senhor é convosco? Estaremos sempre na tua. Nos guie, nos deleite, nos ensine. Das curvas do teu cérebro às curvas do teu corpo, tu és a nossa musa mesmo quando és viúva negra. Nos abençoe para a guerra da vida Scarlett. Johansson. Scarlett". Enquanto a oração de Scarlett, feita pelos Homens de Ferro, vai rolando na Praia do Calibre, o armeiro orgânico vai preparando velhas armas químicas e biológicas, e as recentes armas lisérgicas, gases inodoros, incolores, que inalados provocam alucinações de quinze minutos, alucinações desesperadoras que obrigam a vítima a fazer qualquer coisa pra que elas parem de atuar na sua cabeça. O armeiro orgânico vai também fazendo tatuagens que camuflam armas implantadas nos braços, pernas, pés e outras partes do corpo. Aplicativos disfarçados com imagens variadas ou com logotipos de empresas como macacão de piloto de fórmula um. Discreto alto-relevo sob a pele. Arma implantada. Depois da foda redentora com Eminência Paula, Júpiter vai implantar, e ela também, algum armamento no corpo. É claro que, como tudo o que é humano, várias dessas experiências dão com muitos burros n'água, mas o que conta é a recuperação rápida e os infinitos processos de regeneração. Em Favelost todo processo de superação tornou-se obsoleto, sentimentalismo inútil.

65
||||||||||||||||||||

Seis horas e o Chamado do chip assassino tá chegando. Na Praia do Calibre, Júpiter Alighieri sobe num terraço da Escola Superior de todas as guerras onde funciona a sede dos Humanistas Anônimos e a embaixada da Intensidade Vital em Favelost. Sobe no terraço e deixa o *groove* da sua mente vagar na introspecção de um *flashback* da sua fase Batman de Dostoievski. E ele introspectora: "Nas quebradas de Madureira, Zona Norte do Rio. Chuva fina cai como cuspidinhas de colibri abatido a tiros, e hoje não estou acompanhando ninguém do comando clandestino Vingança Perpétua, formado por pais, mães, tios, tias, avós, avôs, sobrinhos, filhos, filhas, primos, irmãos, irmãs, que se cansaram ou por temperamento não aceitaram a impunidade e, contra tudo e contra todos, debandaram pro esporte radical da vingança dolorosa. Sem essa de fazer camiseta com foto de filho, sem essa de exigir justiça ou coisa que o valha. Foi gratuito, foi escrotamente cruel, foi na lata da piração bandida por nada? Então, vai ter troco de familiar abalado. O pior que tem. A dor de perder um filho, uma mãe, um parente transformado em dínamo de crueldade. Comando Vingança Perpétua. Estou sozinho dessa vez nas quebradas de Madureira, antigo subúrbio carioca. Perto da linha do trem. Paisagem sempre sinistra e bonita e inspiradora. Linha de trem na noite do subúrbio. Soube que os três assassinos de uma menininha de cinco anos, moradora de uma vila no Méier, estavam se aboletando, se escondendo numa favela construída dentro de um depósito de cervejas que virou depósito de bicicletas roubadas. Depois da linha do trem. A menina foi estourada pelos três, foi embriagada com cachaça, passaram limão no corpo dela pra lamber antes de estourar e depois passaram a menina a ferro. Com ferro de passar depois de engomar. Passaram a menina de cinco anos. Como estavam sempre chapados, ficaram completamente surdos aos gritos da figurinha, que desmaiou rumo ao óbito enquanto eles ainda se divertiam. Os pais receberam a filha na porta da vila dentro de um fusca velho e se desesperaram. A mãe apagou mentalmente, e o pai perdeu o rumo andando a esmo por aí por três dias e virou um ser vazio de vida. Os caras observavam a menina há um tempo. Ficavam de tocaia. Pegaram a pequena chegando em casa. Apontaram escopetas e pistolas pra vizinhança e pra quem passasse. Ousadia total. Entraram no tal fusca sem placa ou qualquer identificação e se mandaram. Na verdade, já tinham feito isso dez vezes. Com dez garotinhas e garotinhos diferentes nas zonas norte e oeste. Devolviam as crianças engomadas, encachaçadas e passadas a ferro pros pais. Mas a suspeita é de que havia mais gente na parada. A polícia pegou um deles. Tinha uma puta ficha corrida, mas só foi preso por um assalto à mão armada e solto no tal indulto de Natal depois de um ano por bom comportamento. Os outros também eram conhecidos, mas a polícia não conseguia pegar. Não conseguiu. Mas o Comando consegue. E hoje eu sou o Comando. E por que estou sozinho nessa noite de chuvinha viada, cuspe de colibri abatido? Porque foram esses caras que estupraram e esquartejaram Samantha, sua mãe Endora Vedete e sua filha Tabatha Vedete. Na verdade são seis caras. Mas só atacam em grupo de três. Se revezam, portanto. Digo que eles são uma sociedade nada secreta de perversidades refinadas e malucas. Uma seita criminosa com alto teor de sadismo. Imaginação sádica querendo ser realizada de qualquer maneira. Muito além de quaisquer problemas de infância fodida ou maltratada, muito além de qualquer revolta financeira, muito além de qualquer ressentimento. É a rapina humana encarnada e bem à vontade nesses seis personagens do crime violentíssimo. Cinco homens e uma mulher. Mulher bonita, mas com olhos de gude rachado. Ela tem impossíveis íris rachadas, são nervos inchados no meio dos olhos. Raízes do que já foi apelidado como Mal? Psicopatas de estirpe campeã. Dizem que ela é casada e tem filhos. Interrogação em forma de gente. Cinco homens e uma mulher atacando, roubando, passando crianças a ferro, estuprando, cortando, serrando pessoas. Em ataques mais extremados arrancam os aparelhos reprodutores das vítimas, arrancam a base de tudo. Como *souvenirs* de alguma purgação. Eles tomam, segundo informações obtidas, uma sopa alcaloide denominada Demian Vermelho, um daime ao contrário, sei lá. E veem monstros nas genitálias das pessoas, nos úteros e bagos de homens e mulheres. Veem os úteros como lagostas armadas com patas pontiagudas atiradoras de minilanças, veem na genitália masculina em repouso o nariz de um oculto pinóquio lotado de mentiras, e os fios venosos que levam aos testículos aparecem como tranças com granadas ovulares nas pontas. Uma vez excitado o aparelho dos homens, o tal nariz da mentira Pinóquia, a piroca dura, transforma-se (aos olhos alucinados deles) em metralhadora giratória. Os seis criminosos, tomados pela Sopa do Vermelho Demian, estupram, excitam na marra homens e mulheres para que eles, as lagostas e os pinóquios monstruosos e beligerantes escondidos nos aparelhos reprodutores, se manifestem e sejam purgados, cortados fora, ou perfurados, ou queimados com azeite de oliva fervente. Eles se intitulam o Santo Demian Vermelho. Seita de seis. Olhos de íris rachada. Psicopatas de grife. E eu, depois de um ano e meio de procura, estou na boca de acabar com essa turma. Eles se deslocam muito, mas resolveram dar um tempo em Madureira. Também se dispersam, mas entraram numa de se concentrar em Madureira. Não foi boa ideia. Me aproximo da favelinha onde três deles estão escondidos. Uma favela cresceu em volta de um imenso depósito de cervejas, que virou depósito de bicicletas roubadas. Entro sorrateiro sentindo cheiro de churrasco noturno. Fumaça e som de pagode meloso, merda de romantismo de terceira. Minhas armas são uma pistola de pregos, duas facas serradas, uma automática, um martelo e dardos de paralisar elefante. Além de bombas de fumaça e granadas de gás hilariante. Bom arsenal. Outras tantas pessoas na entrada da favelinha conhecida como Robaike.

Olhei pro céu sobre a Robaike e vi novamente além da chuva, pela estratosfera de sempre, o rosto, o corpo, a alegria de Samantha Vedete, a feiticeira do Lido, sua mãe e sua filha. Esquartejadas as três. O sangue sobe, e eu pergunto: Mefistófeles, você taí? Entro sorrateiro por uma parede esburacada. Dezenas de bicicletas enganchadas umas nas outras de todos os tipos. Dá pra reconhecer úteros e testículos e pirocas e hímens presos com fitas isolante, pendurados com fita isolante nas bicicletas. Bicicletas uterinas, freios de testículos. Andando mais um pouco e vendo os caras rindo e se divertindo com outras garotinhas de talvez oito, dez anos. Subdoze com certeza. Habitantes de rua soltas na vida e ganhando alguma coisa, crack, ou um presentinho qualquer de comida, ou droga fácil, pra elas chuparem o pau deles e fazerem outras coisas, e elas faziam, e, quando cheguei mais perto, uma delas estava boquetando um dos pedófilos demians de criança bem passada, e não sei por que ele pediu pra ela parar pra que ele ficasse ali com o pau duro apontando pra ela, encostando no pescoço da gargantinha profunda dela, e a garota se afastou um pouco. Foi a minha deixa. Pistola de pregos acionada furando o pau do cara pregando a assim chamada jeba no intestino aberto do desgraçado. Os outros dois, um cara e a tal da mulher que fotografava tudo, puxaram umas armas, mas não deu tempo. Prego no olho esquerdo de um, faca serrada no coração de outro, dando tiro pro alto enquanto cai, e uma rapaziada da favelinha chegou, e uma bomba de fumaça me camuflou. Pude fazer o que tinha que fazer. Bala com escudo do Fluminense na cabeça de um, bala com loura de olhos azuis fosforescentes, bala com calçadão de Copacabana desenhado noutro e, pra arrematar, balas com a língua dos Rolling Stones em todos. Depois cortei as cabeças e me mandei carregando as ditas cujas e as meninas. Camuflado pela fumaça saí carregando as menininhas que na real estavam divididas. Uma chorava meio assustada com tudo, e as outras duas raivosas porque perderam a grana e tavam se divertindo, pois já se acostumaram – e era assim mesmo. Nada de criança na acepção tradicional de trezentos anos pra cá. A denominação é subdoze mesmo. Novas espécies etárias geradas pela brutalidade geral. Geradas também, ou principalmente, pelos costumes e hábitos tecnológicos. Imersos na weblândia, nos *games*, nos aplicativos de celulares *supersmarts*, tabletinhos e outras traquitanas, eles se transformaram não apenas em ciberninjas cheios de agilidade cognitiva, mas também pularam etapas no que diz respeito a se informarem sobre os, digamos, fatos da vida, pois essa vida está exposta direto e de todo jeito na caixa de Pandora da web. Criança acabou. É apenas um estágio muito peculiar até os nove anos. Aceleração do CPF dos fedelhos. Aceleração do córtex pré-frontal que, neles, sempre teve certo ritmo de formação. Agora estão pisando fundo no acelerador das mentes antes consideradas meramente, graciosamente, infantis. Mesmo depois de Freud ter arrombado o esconderijo de todas as maldades e intenções eróticas desse povo *di menor*. Mutações etárias. Sem pieguice sociológica de carência ongoloide de autoestima baixa e abandono que fará da tal criança um adulto amarguradamente curtido pelo mundo cão da sobrevivência com menos de dez anos. Isso acontece, é claro, mas aqui o papo é de uma retidão outra. Pobre, ou rica, ou classe média, a verdade é que criança do jeito que há trezentos anos conhecemos já não rola mais. Voltamos à era pré-moderna, quando elas não existiam como investimento social cheio de mitologia gracinha da fofura inocente. Agora adulto e subdoze (com mais de dez nem se fala) volta e meia se descobrem numa situação questionadora tipo e aí, adulto, será que a tua experiência vai resolver esse problema mesmo? E aí, subdoze, pronto pra disputa pela sobrevivência agora comigo? Se encaram de igual pra igual, e a diferença física de vez em quando conta. De vez em quando, porque o que rola de garfinho no olho e qualquer coisa venenosa na comida é uma grandeza. Crianças e velhos já são outra coisa hoje em dia. Todos ao trabalho. Cruzei a linha do trem durante algum tempo. Joguei as cabeças enroladas num fio de nylon em fiações de alta tensão. Ligação elétrica entre um poste e outro. Ficou bonito, morbidamente belo. Depois liguei pra carrocinha do Comando para que eles pegassem as figurinhas a fim de levá-las pra uma dona de pensão na Penha. Mandei um sossega leão nelas há muito tempo. Estão apagadinhas, escondidas num buraco de estação ferroviária em Madureira. O Comando Vingança Perpétua sabe onde fica e vai pegar o cacho de subdoze bicho solto. Boqueteiras subdoze. Essa dona de pensão ajudava geral e tinha aval do juizado de menores e recebia ajuda de várias milionárias. Madrugada do subúrbio. Madureira. Vou beber meu uísque Baratão olhando o viaduto num certo bar onde os outros três membros da seita Demian Vermelho costumam pousar pra encher a cara e perturbar todo mundo, pra depois sair porrando carros por aí. Dirigir bêbados por aí atropelando e fazendo *strike* em pontos de ônibus e calçadas. Jogando autoboliche com pessoas paradas em ponto de ônibus. Jogando o carro em cima delas movidos pela bebedeira pesada. E lá estavam dois dos três caras restantes (o outro já havia saído pra fazer boliche em ponto de ônibus, suspender gente à espera da condução) perturbando um sujeito que bebia sozinho, assim como eu. Dois Demians azucrinando o cara quieto na dele. *Bullying* violento na madrugada de Madureira. Os poucos habitantes do estabelecimento não se mexem, não se metem assim como o dono, pois os caras parecem animais de outro mundo. Mas eu estou adorando. Finalmente pegar os caras que foderam com a alegria da minha vida. Três já foram. Falta o triplo resto. Tomei um, dois, três goles. Pedi outro uísque Baratão, marca nova no pedaço, cujo rótulo é uma barata com saiote escocês tocando gaita de fole. De frente pro viaduto. Mefistófeles, você taí? Não consigo esperar pela outra dose de uísque e parto pra cima dos malucos. Aciono a pistola de pregos e mando cinco na espinha de um e bomba de gás hilariante na garganta cortada de outro. Vai rir de que agora, mané? No meio das testas, a munição de sempre: bala com escudo do Fluminense, bala com o calçadão de Copacabana, bala com os olhos de uma Blondie e bala com a língua dos Rolling Stones. Depois saí carregando as cabeças, que depositei na linha do trem. Os corpos decapitados ficaram sentados na mesa do bar com umas garrafas de pinga enfiadas nos buracos dos pescoços sem cabeça. Porre cervical. Deviam empalhar ou colocar pedaços de máquinas velhas ou atuais, máquinas mecânicas ou muito industriais nesses corpos sem cabeça para dar um toque bienal ao pé sujo. Paisagem eterna de faroeste em qualquer lugar. Cortei as cabeças. A vingança é perpétua. O pouco pessoal do bar me agradeceu tremendo e tudo bem. Darth Vader do *Dark Side*. Mefistófeles, você taí? Falta um, mas recebo um telefonema dizendo que está rolando um pega pra bater numa pracinha ali perto. O cara deve estar lá. Sem erro. Um bando de otários vendo o pega e se arriscando. Dois já tinham sido abalroados e estavam machucados, com as pernas quebradas, assistindo drogados o pega pra bater em volta da praça abandonada. Arredores de Madureira. E eis que o último dos Demians Vermelhos sai de qualquer rota e levanta parte da plateia. Atropela os espectadores na boa e se manda até bater com o carro mais adiante perto de mim, que chego junto. Sai troncho de dentro do veículo dando tiro pro alto e dá de cara comigo. Começa a rir e a dizer que eu vou cantar pra subir, e as balas dele acabaram de acabar, e eu, com todo o prazer, enfio duas facas serradas, dois impérios serranos dentro dos ouvidos esquerdo e direito dele. Ele urra bonito e cai estatelado, se contorcendo sem saber o que está acontecendo e, ação contínua, olhando aquela boca escancarada em berros, pego uma garrafa e derramo goela adentro uns dois litros de uísque Baratão. Quer ficar bêbado pra atropelar? Então, vai beber. O cara em semicoma tá tentando chiar com aquelas orelhas de cabo de faca serrada. Dumbo esfaqueado. Vou agora pro fim. Bala Blondie, bala calçadão de Copa, bala escudo do Fluminense, bala de língua Rolling Stones. Cortando a cabeça e jogando na linha do trem. Delícia de vingança. A chuva apertou. Pra lavar a minha alma". Seis e dez da manhã no terraço da Escola Superior de todas as guerras. Júpiter Alighieri volta do *flashback* e lembra que tem que correr pra alcançar Paula. Seis e quinze. O Chamado se aproxima. Júpiter tem que se mandar novamente...

66

Seis e meia da manhã no dia do Chamado assassino. Eminência Paula manda ver no papo de amor twitter criptografado, cabala de amor sussurrado na bússola marca do século XVII. E ela manda ver no romantismo da mensagem dizendo: "Meu verbo é o teu, teu verbo é o meu, oh veterano da Intensidade Vital. Os céus estão explorados, mas vazios, e o que são dois amantes apaixonados senão dois pontos de energia reservados à missão de manter alguma corda invisível da expansão cósmica em eterna tensão de deslocamento pra provocar o equilíbrio de uma força fraca, uma força forte, força eletromagnética, alguma gravidade? Estamos todos como carbonos expandidos fazendo parte desse jogo, mas só os amantes apaixonados oferecem apoio explícito ao que acontece nessa expansão a que chamamos cosmos. Os céus estão explorados, mas vazios, e eu sinto tua boca chegando, teu sexo me pedindo pra ficar aberta e alerta para o que deve acontecer no gozo mútuo que modifica o chip na função. Estou chegando, meu amor, e você também se aproxima. Teu verbo é o meu, meu verbo é o teu".

67

Às seis e quarenta e cinco da manhã do Chamado. Quase três horas apenas pra paralisação. O casal Júpiter / Paula vai ser deletado? Eminência Paula cruza a eterna multidão da Mancha Urbana, entre o que era Pindamonhangaba e Paraibuna. Vê que está no bambuzal de elevadores panorâmicos. Uma instalação de torres feitas com bambus muito fortes sustentando elevadores panorâmicos que levam pessoas a helicópteros que pairam no ar pra evitar engarrafamentos em helipontos na metrópole medieval. Paula, a Loura Filosofal, capataz de Humanistas, sobe num desses elevadores pra pegar um helicóptero e agilizar seu encontro com Júpiter. Tentar pelo menos. Subindo no elevador panorâmico no bambuzal de elevadores, ela olha a megalópole das megalópoles. Primeira Favelost à luz do dia quente, muito quente. O sol de baixo e o sol de cima. Milhares de residências e edifícios. O que é residência rápida e o que é escritório ligeiro? O que é mini-indústria escondida e o que é boate camuflada? The Queen of Maybe. A Majestade do Talvez que garante a humilhação do tempo em Favelost. Paula, a Eminência, olha lá de cima a Mancha Urbana pela manhã e diverga: "Favelost pegou o princípio ativo das grandes cidades, das metrópoles que se expandem, e explodiu para tudo que é lado sob o signo da Ciência muito aplicada e mercadologicamente direcionada pra pesquisas do cio consumista. Pra aniquilação do tempo, tarefa inglória, mas que está dando certo no território de disputopia. Entre a utopia de se conseguir nivelar todo mundo num super bem comum de justiça incrível, entre essa utopia e a distopia de nada dar certo, de sempre dar defeito, ou erro, ou catástrofe biológica, social, anatômica. Entre tudo isso funciona a disputopia Favelost. Turbinando os princípios ativos das grandes cidades, que são os seguintes: toda cidade não dá trégua, realizando todo tipo de conflito que anima o ser humano, toda cidade é camuflagem, a mais perfeita paisagem de comércio pros eixos de bandidagem, é uma Selva, e a fauna humana se renova incessantemente nessa Arca de Noé mutante, é um matadouro meio açougue, não tem jeito – a humanidade ainda tá crua, essa carne não é sua. É um Coliseu onde os humanos são jogados uns nos outros numa festa de batalha pela vida, é uma Vampira sorrateira, insinuante, suga o corpo, a alma, o sangue de quem for seu habitante. Toda cidade é uma Demência de excesso concentrado, guia-rex, GPS misturado, mapa-múndi acelerado em dígitos, toda cidade é um Labirinto escondendo encruzilhada de ninguém com todo mundo. Pode tudo, fica nada. Toda cidade é um monumento, uma esfinge esquartejada, sua alma coletiva nunca vai ser decifrada. A cidade é Catedral pra toda reza industrial, se alimenta de qualquer referência. Toda cidade é *Kitchenette*/celular/TV satélite, tá tudo muito perto na Genética Internet. Em Favelost, todos esses princípios ativos estão turbinados sem a intromissão de legislações, e principalmente do tempo. Não é Canudos. Não é Ferrabrás nem Los Alamos, e digo que é Favelost, isso é o que é". Às sete da manhã do dia do Chamado, Eminência Paula entra num helicóptero rumo a sete quilômetros adiante.

68
||||||||||||||||||

Júpiter Alighieri às sete e cinco da manhã do Chamado assassino toma nova dose de adrenalina do general Patton e, jogado na volúpia ambiental de Favelost, se defronta com betoneiras que, acopladas com tratores desmontados e banheiros químicos, formam condomínios de pesquisa e residência farmacológica junto a observatórios de profundidades celulares ou interestelares. Célula, átomos, teorias, especulações sobre antimatéria em corredores cheios de cortinas medicinais, cortinas feitas com comprimidos de anfetaminas, anti-histamínicos, remédios pra isso e pra aquilo pendurados. Cortinas antibióticas. Dez e vinte e cinco. Júpiter cruza a multidão eterna perto do condomínio farmacológico com filial da Bio-Ser. Por uma humanidade gostosa. O capataz de Humanistas atravessa a turba cheio de urgência. Tem que encontrar Eminência Paula e executar a foda restauradora de chip. Graças à insulina gregária, ele não parte pra cima das pessoas. Vai aliviando sua misantropia que pede guerra e desprezo e motiva sua mente pras missões: salvar atores da refilmagem de Lost-Favelost, tomar conta da corja e encontrar Paula. Daqui a pouco mais mensagem de amor no twitter especial. Em Favelost, a banda não é larga, a banda é arrombada, alargam-se os espectros a qualquer momento, já que os hackers, como se fossem telefonistas *full time*, funcionários de teleatendimento, ficam administrando, como *gamers* de trânsito, o tráfego de bandas largas. No Brasil, sempre foi lento o processo. Em Favelost, a banda é arrombada. Estupros constantes de vias digitais. Sete e nove. Júpiter vê a turma conhecida como Congressudos Perdidaços, parentes próximos dos intelectuais humanistas, dos cidadãos Humanistas Anônimos no quesito desespero diante de Favelost, do poder que migrou pra anarquia do endocapitalismo. Aprovação de leis para a formação, a implementação insidiosa das sociedades de saturação que se tornarão Sociedades Virais. A parceria indústria/comércio e ciência chega ao seu estágio máximo, e é chegada a hora de essa gente consumista / consumidora / fidelizada / usuária / interativa / enredada no social virtual, hora de essa gente codificada em senhas mostrar seu valor. Júpiter vê os Congressudos Perdidaços, senadores, deputados, vereadores ficha limpa ou ficha suja acompanhados por aqueles que sempre os seguiram em vigília crítica, ou seja, jornalistas e cientistas políticos, estudantes profissionais da empresa de imagem estudantil UNE etc. Eles berram nas ruelas de Favelost sob olhares da multidão em pique de empregos de três minutos, quinze dias, três horas etc. E eles berram a bula repetitiva das mudanças necessárias para o Brasil ser um grande país numa bela sociedade cheia da harmonia de responsabilidades calcadas num modo republicano de comportamento democrático cheio de plenitude constitucional, ou seja, leis igualitárias, estimuladoras e protetoras funcionando a contento, dando um norte pra todos. E eles berram a ladainha de recuperação ou afirmação, inserção definitiva do Brasil no cenário mundial, que agora recebe os Brics como pontas de lança de alguma coisa que ainda não se sabe o que é, mas as favelosts sabem. E eles berram antes de serem conduzidos pra experiências na Neurotaurus. Berram sabendo que clones deles, biônicos, estão em Brasília e noutros lugares, digamos, jurídicos e legislativos. Substituirão esses congressudos pra que não atrapalhem com ganância, ignorância ou, ao contrário, por excesso de pudor o projeto mundial Favelost. E os Congressudos Perdidaços ficha limpa gritam que é preciso uma reforma geral – política, fiscal, trabalhista e jurídica –, é preciso financiamento interno, turbinação das poupanças, não deixar, como sempre, o Estado inchar e crescer parasitariamente com burocracias que precisam ser reformuladas para que funcionem fazendo a mediação necessária dos serviços, dos atendimentos estatais, e não como ninho de serpentes sugadoras de grana e fomentadoras de atraso. E os Congressudos Perdidaços ficha suja berram que é preciso respeitar a constituição interna e os privilégios óbvios da rapaziada representativa. Os Congressudos ficha limpa com boas intenções berram que é preciso haver um choque de civilidade, é preciso educar, adestrar o povo com escolaridade e possibilidades intelectuais de inserção no hipermercado de trabalho muito qualificado que se avizinha como mola cruel da nossa vida. Como sempre, nenhuma novidade. Empreendimento é sentimento, dinheiro é amor de pagamento e aquisição gerando no coração um bolso profundo de acolhimento. E os Congressudos Perdidaços da ala cafajeste gritam que ninguém sabe de nada, e todos têm rabo preso. E os ficha limpa gritam que o Brasil caminha para se tornar a quarta, quinta economia do mundo, mas o país não honra de forma plena esse título, pois ainda precisa de infraestrutura, precisa formar profissionais em várias áreas estratégicas além de incrementar inovações tecnológicas para o mercado de patentes, precisa principalmente dar um trato nas regulamentações financeiras, facilitando empreendimentos, investimentos com regras simples, estáveis e sem corrupções predadoras. Reconstruir o Estado etc. Eles berram acompanhados por membros de torcidas organizadas, que só iam aos jogos pra berrar e sair na porrada e que foram capturados pra pesquisa em Favelost. Fundamentalismo esportivo. Congressudos ficha limpa e ficha suja acompanhados por Pastores Despirocados, alucinados, que fazem o que querem com a Bíblia. São os fundadores do Beco da Bíblia Bastarda, se acham refundadores de tudo. Como quem não quer nada, acompanhando os Congressudos, as Organizadas e os Pastores, uma nova categoria, que apareceu nos últimos anos antes do surgimento de Favelost e que dá bem a medida de uma mentalidade sedentário-estatal; são os Concurseiros Fundamentalistas, gente que vive fazendo concurso atrás da estabilidade sagrada. Nada contra, mas viver pra isso? Passar e ficar esperando ser chamado e às vezes nem ser chamado. O sonho da Estabilidade Sagrada no Abismo que Nunca Chega popularmente conhecido como Brasil. Os Concurseiros de certa forma são como os deputados que querem mamata de estabilidade na função política usando seu cargo como emprego vitalício cheio de privilégios e escudo contra punições para possíveis crimes que tenham cometido ou venham a cometer. Meio que descomprometidos de pensar juridicamente o país e traduzir anseios e necessidades da sociedade em leis. Poucos deveres, mas muitos direitos forjados. Concurseiros pensando de forma bem injusta e pervertida têm uma similaridade com os Congressudos ficha suja. Não pelas mamatas ou pelas falcatruas, mas pelo Fundamentalismo da Estabilidade, que, no caso deles (ao contrário dos congressudos cafajestes que não têm senso de serviço cidadão algum), é encarada como única missão cívica. Sem sonhos de empreendimento próprio que gerem ondas de movimentação lucrativa. Afinal, é do lucro que vem o conforto de todos nós. Do lucro e das experimentações de risco, de negócios de risco cheios de despojamento e desprendimento criativo que, num primeiro momento, não pensa em grana, só no prazer da realização de ideias. Lucro e experimentação. É do lucro que sai nosso conforto. Efeito colateral. Concurseiros vão nessa contramão. Escapar dos desafios, da precariedade comercial, via Estado. Concurseiros ou empreendedores? Concurseiros suficientes (funcionários públicos suficientes e necessários) e muito mais empreendedores, dizem os Congressudos Perdidaços ficha limpa batendo de frente com a estirpe cafajéstica dos Congressudos ficha suja. Mas ninguém pode culpar esses caras sozinhos. Eleitores ignorantes, encabrestados, desinformados, ameaçados estão aí mesmo ajudando no processo. Eternas dúvidas quanto ao sufrágio universal como arma real de mudança de alguma coisa diante de *lobbies* e labirintos de negociações que minam o poder estatal. Mas que dá uma dinamicazinha de vigilância, dá. Ou ilusão de vigilância e cidadania que, no Brasil, é fetiche, e não exatamente cumplicidade social de respeito à organização geral da manada através de Leis e do Estado. Júpiter observa essa turma às sete e dezoito da manhã. Faltam nove horas e tanto pro Chamado assassino se confirmar. Perseguindo ele e Eminência Paula.

69

Na volúpia ambiental da Mancha Urbana, Júpiter vai atravessando a multidão, Eterna Multidão, numa corrida que não era pra acontecer, pois ele tem mais o que fazer – tem que chegar junto de Paula, e os perseguidores com GPS apontando pro seu calor humano correm em meio à turba se aproximando dele. Júpiter observa gente verificando suas milhagens empregatícias. Se perdem a noção de quanto já trabalharam, o que é muito fácil na mega-megalópole, eles colocam seus olhos em contato com os olhos de robôs estacionados em esquinas e recebem um extrato com suas milhagens. Vinte minutos, quinze segundos, quinze horas, quinze dias, três meses no máximo. Sociedade da saturação. Júpiter passa pelos robôs fornecedores de milhagens empregatícias. Ele precisa superaquecer o corpo pra despistar os perseguidores e pegá-los de jeito no golpe mortal surpresa. É aí que ele vê o Jardim Sexológico local de encontro do sexo mais selvagem. Júpiter entra no estabelecimento, que funciona por duas ou três horas, depois vira mini-indústria computacional. Vai pra outro lugar. Migração frenética incessante em Favelost. Endocapitalismo. As empresas finalmente dentro das pessoas, do funcionamento orgânico das pessoas há muito necessitadas e sendo preparadas para isso. *Outdoor* sanguíneo no nanoartefato que circula em você. Fugindo pra armar uma emboscada pros perseguidores, Júpiter, dentro do Jardim Sexológico, passa o olhar no olhar da bela mulata muito Robôa que serve de máquina de pagamento via córnea. Pagamento por contato ótico. É tudo na íris, senha de íris. Pagamento feito. Júpiter procura a jaula das Siamesas Sessenta e Nove, duas gêmeas siamesas, só que cada uma pra um lado. Os frequentadores dessa jaula adoram beijar os peitos, a boca de uma, enquanto a outra chupa no jeitinho. São aborígines australianas e ficam num quarto cheio de móbiles que ajudam as duas na movimentação. Não fazem cirurgia reformadora porque não querem. Faturam alto com sua anatomia bizarra, e pra falar a verdade elas têm um dispositivo ósseo implantado que separa as duas, e Júpiter parte pra cima delas numa de sacanagem, pra aquecer tudo. Dá certo e, quando eles, os perseguidores, passam procurando pelo capataz, ele faz mais um carinho – tchauzinho nas

Siamesas – e se manda atrás dos caras, que acabam de virar uma esquina de corredor, e nessa, Júpiter, às sete e trinta e oito, arrebenta a cabeça de dois com marteladas inesperadas. Outros dois dançam no mesmo esquema, só que de forma frontal. Chama os lixeiros legistas, que botam os cadáveres nas lixeiras que vão dar em laboratórios biológicos, neurolaboratórios, e tome coxinhas necrotérias. Sete e quarenta. Quarenta e dois graus. Júpiter precisa reiniciar a corrida pra encontrar Paula. Faltam menos de três horas, e ele twitta a mensagem de amor, criptográfica cabala pra Loura Filosofal, no pandemônio maravilhoso de Favelost. "O teu verbo é o meu, o meu verbo é o teu, Eminência Paula. O suor da virilha, teu cheiro na virilha suada, o frescor da boca escovada, tua impaciência perigosa, teu pique de soldada universal da Intensidade Vital me deixam muito a fim de tudo com você no meio bem aberta pro amor que muda tudo. Sem você, a missão fica normal; com você, eu vou além da Intensidade Vital. Teu verbo é o meu, meu verbo é o teu, Eminência Paula". Câmbio cabalístico foi dado, e Júpiter, às sete e cinquenta e nove, pega outro metrô de popa rumo à antiga fronteira Rio-São Paulo. A bússola de Paula se agita mais um pouco.

70
||||||||||||||||||||

Oito e cinco. O chip vai paralisar todo o corpo de Júpiter. Eminência Paula, que já assinou Catarina Augusta, agora para ofegante na frente de uma infomercearia. Na frente dela, cachos de *kindles*, bibliotecas digitais, celulares enciclopédicos, dispositivos de armazenamento literário perto de uma penca de drives e quinquilharias, iPads etc. Passa o olho no olho da robótica chinesa responsável pelo pagamento na íris e apanha um kindle a fim de ler o texto de Webirene. A capataz de Humanistas resolve, arriscada, mas merecidamente, dar uns cinco minutos nas suas missões, a saber: cuidar da corja hamlética, auxiliar rapidamente gente com dificuldades técnicas ou clínicas – cruz vermelha e assistência técnica autorizada numa pessoa só –, resgatar atores de Lost--Favelost e partir batido ao encontro de Júpiter Alighieri, senão vai morrer.

Oito e quinze. Ela começa a ler o texto de Webirene, sua ex-colega da Intensidade Vital que monta TVs de plasma na laje de uma mini-indústria cosmética. Ela diz no kindle: "Oi, Paula, tô mostrando minha coxa veterana recentemente tatuada na telinha do celular pra um ficante virtual. Transmitida a tatuagem que oculta o dispositivo de recepção. Transmitindo na laje minha tatuagem escorpião. Sedução por celular. Comunidade Picadinho Amoroso. Só partes do corpo. Só partes do corpo disponíveis pro namoro. Ficante virtual. Só quero teu pescoço. Só quero tua boca. Vai dizendo alguma coisa. Aquecendo meu perfil. Comunidade Picadinho Amoroso. *You wanna a piece of me...* Pra tudo tem comunidade. Teu sentimento é teu mesmo ou é ficção de personalidade? Ficção, é claro. Há muito tempo é assim. O que você acha que você é. O que você acha que os outros acham que você é. O que os outros acham que você é, e o que você mais ou menos é mesmo. Perfil sobre perfil sobre perfil. Sem carteira. Agora é senha de identidade pra qualquer atividade. Animáquina de código. Consignado em todos nós. Pele. DNA. Tá cadastrado, meu amor? Tá cadastrado, meu senhor? Tá cadastrado, desgraçado? As pessoas sempre estiveram consignadas umas às outras. Pelo menos é o que dizem a psicologia, a psicanálise, a psiquiatria monitorando a bioquímica dessas consignações de pessoas e ambientes mentais, ambientes externos que se transformam em ambientes mentais habitados por faunas de desejos, ambições, medos, impulsos, sentimentos. Pessoas consignadas umas às outras. Todas as artes mostram isso esmiuçando as consequências e os efeitos colaterais de uma pessoa na outra. Emoções são drogas fortes. Venenos de poder e paixão, rejeição, ambição. Amizade e desejo. Ilusão de confiança e desencanto esclarecedor. Decepção que motiva. Amoródio. Rotina diluindo o amoródio. Sentimentos cabeça de chave. Gregário e desagregador. Bárbaro e civilizado. Rotina de automatismos cotidianos e dispersão. Oscilações de humor diluindo o amoródio. Inércia e bobeiras. Desencontros com a vida. Ignorâncias e burrices. Desencontros com a vida e foco numa concentração de simplesmente olhar o sinal de trânsito mudar de cor. Ou dar comida pro cachorro ou degustar o que for. Beijo de repente. Mas tem que registrar e enviar. Tem muita gente no mundo. Proliferação. Propagação. Poluição. Pornografia. Promiscuidade. Muita produção de tudo e de todos. Quantas vezes o mundo é gravado, reproduzido, agora digitalizado, a cada minuto? Quantos sentimentos, comportamentos, atividades, ocorrências biológicas, químicas, físicas, anatômicas, mecânicas, científicas, artes plásticas da música de literatura cantada no meio da dança? Quantas vezes registrada a vida por minuto? Um dia após o outro. Todo tipo de gente é gravado, todo tipo de vida é documentado, armazenado e tem seu mercado de consumo cinematográfico, literário, musical, televisivo – videogame de site garantido. Todo sentimento vira comunidade. Qualquer coisa pode gerar comunidade. Pro besteirol mais boçal ou pralguma produção científica, artística, acadêmica, política... Produção de tudo. Pedaços de sociedade antes espalhados, dispersos, quase secretos, agora são concentrados numa tecla enter. O que era sociedade secreta virou comunidade restrita. Maçonaria, como estás? Num clique abrem-se os portais da internet purgatória. Um beco com várias saídas, meu amor. Já se cadastrou? Tá enredado na rede? Então diz comigo Sandra Bullock me *password*. Uai Fai Minas Gerais. Bullock me *password*. Toda manifestação sentimental, emotiva, intelectual já tem sua versão audiovisual exposta à visitação no território digital. De fetiche audiovisual pra fetiche digital. Sociedade viral. Combo das letras, da imagem e do som. Algorítmico Exu sugando tudo como um Hermes sem Registrus. Poética matemática aplicada no supermercado. Na máquina que fabrica. Quântico computador quer ir além ou chegar perto da nossa eloquência de erros e pensamentos saídos de intuições, inconsciências, analogias, floresta de nervos e sinapses. Processamentos. Processamentos. Quântico computador. DNA computador. DNA computador. Processamentos biológicos, maquínicos e digitais se amalgamando. Computador de planta ou pele? Nascido de onde? Quântico computador chegando perto da nossa eloquência de erros, de abstrações, de deduções panorâmicas só num olhar? Processamento caótico e imponderável. Será que a robótica e a computação têm razões que a própria razão desconhece? Nós entendemos tudo sem ter que, obrigatoriamente, conferir os dados. Sentimos o prazer de funcionar. A tristeza de funcionar. O ódio de funcionar. A excitação da embriaguez de funcionar. Ânsia, mania de se querer o que não se pode. Senso trágico da vida. Isso os *computers* ainda não têm. Que patético ainda é o robô! Mas também somos tragicômicos e patéticos robôs comportamentais o tempo todo. Não é tanta vantagem ser o que somos. Macacos demiurgos. Primatas culturais. Animais inventores. É o que andam pensando por aí. Já não tem tanta vantagem. Tem que acelerar. Tem que turbinar. Tem que hibridizar. Tem que. Animais inventores, inventores compulsivos de ferramentas ou de estimuladores de sentimentos. Ferramentas do amor. Mas é o que temos, valorizando as imprevisibilidades. Os acasos. Conseguirão os neurotelemáticos cientistas transferir ou emular de vez nossas características com os computadores de quântico padrão? Dois sentimentos, duas funções ocupando o mesmo espaço físico, como acontece no coração e no cérebro? Zero e um superpostos detonando panorâmicas visões laterais. Multifacetadas, sinestésicas. O que era hermético e fechado, sociedade secreta, agora é comunidade a serviço de qualquer brincadeira contagiante ou carência patológica, necessidade séria ou piração fútil. O choque de tudo é que gera a beleza nervosa, violenta, estressante, urgente das atualidades se enfrentando. A solidão digitalizada parece que não é nada. Mundo portátil. A vida parece que fica mais fácil. Não preciso ficar com meu pensamento na cabeça. Besteirol, teoria ou comunicado importante. Besteirol pestalozzi das redes sociais (que apresentam nalguns momentos um brilhantismo agregador como nas situações de catástrofe, rebuliço sociopolítico ou motivações festivas) escancarando as, digamos, almas vazias, os zumbis que nos cercam, totalmente carentes de atenção num grau perigoso. Boçalidade patética das redes sociais. Com os tais momentos de brilhantismo agregador, é claro. A intermitente internet, através do seu braço armado na velocidade máxima de comunicação, o smartphone, parece dizer para os usuários consumidores de pensamentos e informações que eles, os pensamentos, não pertencem ao cérebro deles, pertencem a todos. Compartilhar, compartilhar, compartilhar de forma maníaca. Aquela história de que tudo está no ar e alguém tipo antena da raça vai captar, pegar, patentear (trabalhando muito pra chegar a essa eureka de antenação), e com alguma obra artística ou científica vai ressituar no mundo as pessoas através de uma peculiar visão das ocorrências humanas, bem, essa atitude mais solitária no panteão das aptidões mentais e que é realmente protagonista do que sempre aconteceu em termos de liderança e esclarecimento e avanço no mundo civilizado – ou seja, indivíduos, e não turmas, levaram essa porra pra frente (com colaboradores, é claro, sem ajuda e contatos nada acontece, liderando equipes ou sendo incitados por alguma competição com outro alguém brilhante) – hoje tem a concorrência dos coletivos colaboracionistas (diga-se de passagem que criação coletiva também é um papo bem antigo, só que agora tá incrementado digitalmente). Em vez de antenas, temos poderosas placas de armazenamento incrementando processos de edição e, principalmente, a tal nuvem computacional, espécie de almoxarifado digital, despensa da memória mundial à disposição de todos. Mas sempre haverá a ênfase no indivíduo diferenciado e brilhante acima da manada. Não um criador santificado superespecial que recebe mediunicamente a criação, mas aquele que, com muito trabalho, como um craque fora de série no futebol, pode dar um drible inesperado em tudo que se pensa e abrir uma clareira surpreendente na zaga do óbvio fazendo um golaço intelectual, emocional, que por instantes nos salva do niilismo onipresente. De repente, no turbilhão das ofertas de consumo estético, religioso, científico, uma pessoa dessas assinala com a marca de fantasia registrada do seu trabalho, com a sua coca-cola interior, um momento de luz negra, ofuscante ou reveladora na vida das pessoas, tornando-as mais inquietas, céticas, surpresas e estimuladas, motivadas a encarar com mais gana a roda viva e pesada deste mundo. Vira referência. Tudo bem, vão dizer que isso tudo foi criado, inventado e que já deu o que tinha que dar em oitocentos anos desde o Renascimento, mas não é assim que funciona, pois hoje tudo é junto e misturado. Nada some completamente. Na sociedade de riscos na qual vivemos, resíduos sorrateiros de tudo sempre se manifestam. O que tem de Idade Média por aí... Antes era captar e trabalhar a comunicação do seu pensamento, conseguir a distribuição dele através da intermediação de certos esquemas de negócios, tipo funil para o alcance do sucesso na comunicação. Agora parece que é só doar o que você pensa e faz pra grande rede a fim de que outros trabalhem ou comecem a mexer e remexer instantaneamente numa distribuição sem fim, sem a necessidade em primeira instância de um funil intermediário, o conteúdo oferecido. Mensagem na garrafa jogada no oceano web. Indivíduos brilhantes continuam mandando no mundo – apesar do politicamente correto, que adora a demagogia de que todo mundo tem potencialidades iguais e diferenças respeitáveis, e que não podem mais aparecer Da Vincis, pois tudo está emaranhado em colaborativismos –, mas agora não se apresentam apenas como patenteadores e detentores de ideias e *modus operandi,* inéditos ou muito particulares e peculiares. Também se apresentam como líderes diluídos no papel de eminência parda da grande ação coletiva que toma conta do planeta via internet. Não adianta, meu caro, Vinton Gray Cerf, Paul Baran, Jonathan Postel, Tim Berners-Lee, Steve Jobs, Steve Wozniak, Bill Gates, Shawn Fanning, Sergey Brin, Larry Page, Mark Zuckerberg, entre outros, são, sim, os Da Vincis desta época digital. E a Guerra Fria é a sua madrinha, pois foi como projeto militar que a Arpanet, primeira versão da internet, surgiu. Pra variar, sempre tem uma guerra adubando avanços tecnológicos. Qual será a próxima pra gerar novas tecnologias que ultrapassem todas as revoluções web? Biológica, genética, com certeza. Alguns entusiastas xiitas da internet gostam de dizer, com sotaque socialista, que existe em curso uma revolução feita de baixo pra cima (sem intermediários) na apropriação de tudo o que rola na web. Sem hierarquias. Anarquia web surgida do nada. Esquecem que tudo começou de cima pra baixo, como projeto militar universitário. Portanto, a hierarquia existe, e acontece o de sempre: a malta dá respostas criativas e inesperadas, inventa usos desviantes para o que lhes é ofertado por elites comandantes. Sem problemas, pois elites também se apropriam de criações populares pra trabalhá-las e devolvê-las devidamente remexidas. O que acontece é que essa guerra de hierarquias e contra-hierarquias não está mais tão nítida quanto noutros tempos devido às promiscuidades gerais. As elites podem agir de qualquer lugar, e não sabemos de onde surgirão as novas apropriações populares, pois tudo é nômade e mutante no vasto território das negociações web. Pensamentos pertencem a todos. Patentes, não. Patentes são negociáveis. Pelos donos. Pensamentos pertencem a todos. Favor doá-los imediatamente para o carrossel web a fim de que seja multiplicado, comercializado, acrescentado, fragmentado, destruído, deletado, questionado em tempo real. Teste instantâneo. Vem cair na rodinha da internet pra foca da interação compulsiva e compulsória bater palmas. Síndrome de download. Somos todos funcionários informais das empresas que capitaneiam a web. Podemos tudo nos nossos acessos, apropriações e processamentos de todas as informações, de toda a vida no planeta transformada em fantasma binário manipulável. Deliciosamente manipulável. Fliperamicamente manipulável. Lúdico irreversível. De cima pra baixo ou de baixo pra cima, quem é intermediário de quem? Hierarquias suspensas na leveza dos bites. Ou dos quarks. Hierarquias em guerra na festa cruel dos negócios de consumo-usuário-interativo-patrocinado. O dinheiro foi o primeiro a nivelar tudo, o trabalho remunerado, força de trabalho alugada, medida por tempo e grana, tornando ordinária qualquer atividade. Esse ordinário salvando muita gente da sua mediocridade, da sua insignificância, do fato de não servir pra nada exatamente nobre. Ou pra nada mesmo. Esse é um ponto que todos deixam de lado. Tem gente que não serve pra nada. Democratização cristã de todos são iguais via trabalho e grana? Trabalho é alívio pra falta de sentido da vida. Ralação pra transformar a natureza. Fabricar ambientes, cidades, gente. Transformar a nós mesmos. Nobreza do trabalho? Nada trágico, apenas medíocre. Na maioria dos casos, é claro. Nenhuma função especial. Depois do dinheiro se seguiram o revólver (Colt disse que os homens estavam desiguais na sua força quando inventou o seu produto, mas, a partir daquele momento, estavam todos, fortes e fracos, nivelados) e o consumo com suas massificações, que duraram até os anos 1990. Agora, completando o *quadrivium* das democratizações e banalizações, o nivelamento digitalizado, fragmentado em massa. Tudo isso podendo ser encarado como sinônimo de libertação, e não como mero emburrecimento ou vulgarização anuladora de qualidades. Homens sem qualidades protagonizando. Pessoas, obras de arte, ou científicas, ou tecnológicas, oceanos, subterrâneos, natureza, períodos históricos, doenças, tudo transmutado em códigos, tudo nivelado por zero um e passível de edição, montagem, dadaísmos a rodo. Nivelamento total. Humano e não humano, tanto faz. Todas as ocorrências humanas e não humanas no planeta acontecem sob a égide do entretenimento, que vai muito além da mera distração e lazer. É que todos os aspectos da vida podem e devem ser transformados em show de negócio e identificação de marca. Até mesmo o colaborativismo anárquico da web. Absolutismo do entretenimento, somos seus súditos. Anarquia do entretenimento. Somos também seus agentes. Ambiguidades, paradoxos, contradições. A sociedade do espetáculo evoluiu para a ininterrupta e avassaladora produção de shows de realidade patrocinada. Podemos tudo, mas tudo o que fazemos reforça o cadastro de nossas vidas nas empresas que capitaneiam a web. Nenhuma crítica. É só pra constar. Aliás, somos isso mesmo: críticos e cúmplices. Mão dupla e ambígua. Incessante exorcismo mental. Consignação e armazenamento. Fusão de memórias geográficas, históricas. Hackers inventaram o Alzheimer pra internet? Demência do supervírus algoz dos algoritmos? A imagem do feto binário será algum dia abortada? Bocada mística da internet como a grande irmandade será estourada? É claro. Vai rolar um *Mad Max* nas pistas de busca fragmentada. Fazendo a terra tremer de colapso e esquecimento. Hackers. Minha vida tá na bolsa digital de valores especulativos agregados a todas as comunidades. Não tem mais *outsider*. O fora da lei da gincana social, da responsabilidade cheia de algemas burrificantes, paralisantes, tipo couraça de caráter e jaula de ferro profissional-empregatícia aprisionando alguma pureza de liberdade e ambições de romântica realização de tudo na vida. Agora todo mundo sabe que na fauna humana que habita os Urbeomas cada pessoa é emaranhado de classes médias. Insidisaster. Outsidisaster. Insaidisaster. Outsaidisaster. Tá todo mundo dentro. Nos anos 1970, dizia-se, naquela linguagem engraçada de oposição punkhippierevolucionáriaesquerdistadoidona, que o Sistema (capitalista- -burguês-negociante racionalizador-científico armamentista-conservador- -classe média antiliberdade sonhada e sufocada pelo lucro selvagem) estava se aperfeiçoando no que diz respeito a absorver comercialmente, consumisticamente, qualquer obra artístico-filosófica criticamente aguda, qualquer comportamento e movimento politicamente desafiador, ousado ou terrível, transgressor, e que dali a pouco ele, o Sistema (o capitalismo total, os negócios da ciência tecnológica cheia de armamentos e curas surpreendentes e as classes médias movidas por uma liberdade de consumo e lucro rápido), é que seria ousado, criticamente agudo, desafiador e terrivelmente transgressor. É o que acontece. Não tem mais Sistema, e sim milhares de Sistemas cheios de derivações, de negociações, Sistemas de padrões e de patentes, de crimes e de mutações de influência social num quarteirão perto de você. Nada novo, apenas uma peculiar superposição de anarquias, absolutismos traficantes, democracias de mercado, corporocracias sorrateiras, autoritarismos e tiranias necessárias, pontualmente camufladas por aí. Consumações consumistas. Tanta liberdade de opções provoca, nos mais fracos de pensamento, fundamentalismos de heresias fascistas pra aliviar a pressão das incertezas. Contra o Caos e a Crise eternos, a patologia da convicção cega gerando fé desesperada. Caos e Crise também são convicções sustentadas por panorâmicas abrangências que flagram a constante luta de todos contra todos em termos de mentalidades e práticas de compreensão e adaptação de sobrevivência, e não apenas concentração ideológica engessadora das visões de mundo rumo à guerra de uns cheios de dogmas e razões definitivas, e outros pagãos, ou bárbaros, ou não abençoados, ou esperando pra serem salvos. Não existe relativismo. O que existe é guerra total no tudo ao mesmo tempo agora junto e misturado. E sobre tudo flana o Exu da Filosofia Sibilante com seus tópicos: Sinestesia, Sinergia, Simbiose, Saturação. Heresias fascistas são bem-vindas como pontuação gritada, desesperada. Gritos de mitologias religiosas e técnicas movidas por sonhos de honra purificante, que se transformaram num interessante esporte radical. Sem intolerância fica difícil a transparência do ódio genuíno. As religiões e os fundamentalismos étnicos são os geradores de intolerância mais famosos. E não adianta chiar, pois as estéticas criadas por eles e pelas heresias fascistas são fundamentais para a agitação das Panorâmicas Abrangentes do Caos e da Crise. Exu da Sibilação Filosófica. Chocalho sibilante da cascavel voadora. A cobra criada hoje em dia tem asas que Santos Dumont desconhecia. Heresias fascistas. Muita gente na internet. Ainda bem. Demanda ver. Humanidade lá dentro pensando alto. Circulando, circulando. Sentindo alto. Tenho várias vidas nesses circuitos sociais. Eu, eu mesma e Webirene. Meu nome / codinome / apelido de guerra. Webirene. Agora mesmo estou na laje das montadoras de plasma me mostrando pra um ficante virtual que eu arrumei pra me divertir um pouco. Mostrando pra ele a mais nova tatuagem escorpiã. Acumulando a vida no limbo da web nuvem. Leveza do armazenamento deixando os computadores pessoais livres da carga pesada de dados. Mas, a rigor, não tem nuvem nenhuma, e sim fazendas de computadores e mais ligação entre certos pontos do planeta--internet do que noutros. Quem tem mesmo banda larga arrombada pelo mundo? Existe mesmo inclusão digital? Não basta só acessar. Tem que inventar programações. Inventar processamentos. Domínio das matemáticas, funções via adaptação pro consumidor das máquinas. Qual o teu nível de inserção digital? A da garotada subdoze, que foi gerada com MP3 no útero da mãe? O verdadeiro PAC (paradoxos, ambiguidades e contradições) continua mandando no coração da humanidade, porque é apenas mais uma versão do erro contínuo, que é o nosso moto-perpétuo de produção, experimentação, reinvenção da vida, todos os dias, nas esferas biológicas, mentais, nervosas. É a história de vida da espécie que começou com criaturas longínquas no tempo de existência do planeta gerando olhos, sistemas nervosos, espinhas dorsais, aparelhos neurais, enfim, essas criaturas transformaram-se na nossa espécie, que inventou a aberração da autoconsciência, aquele um por cento genético que nos diferencia dos outros noventa e nove por cento, que também estão presentes em várias espécies. Das formigas aos chimpanzés. As criaturas que criaram embriões de espinhas dorsais, embriões de olho, começos de sistema nervoso, de membros etc., ainda estão fazendo gambiarras de DNA dentro de nós. E essas gambiarrices estão sofrendo aceleração ambiental e cibernosa. Aceleração dela mesma. Democratização nas conexões. Existe muito desequilíbrio de conexão neste mundo. Placas tectônicas da interação. Migração viral das interações. Brasil perde pra Europa, que perde pro Japão, que perde pros Estados Unidos, pai de tudo e de todos no que diz respeito às mitologias de comunicação, mitologia de efervescência tecnológica interferindo na vida de todos na forma de entretenimento e consciência mercantil. Existe o mito da total conexão. Atalhos de conexão, estes, sim, existem. Gambiarrismos de lan houses infestam o mundo. A esperança é uma imagem quântica. Mas delinquentes ainda querem fazer um megaestrago de hacker e derrubar o castelo de cartas da internet penetrando nos pontos de maior conexão. Armageddon digital. Hacker *dream*. Mexer nas placas tectônicas abaixo do oceano web e provocar o terremoto tsunami desarmando o mundo todo. Como vai pegar a aposentadoria? Como vai estudar? Como vai verificar o exame? E namorar a distância? E vigiar o parque? E trabalhar? Não se iluda. Tem gente por trás da web. E gente sabe como é que é. Velocidade e conforto são os mandamentos da tecnociência. Tecnociência é ciência aplicada. Aplicação de tecnologia na vida. Fazendas de computadores. Gráficos de dados consignados é o que somos. Pode crer. Ser ou não ser cadastrado é a questão. Ter crédito ou não. Feto binário. Perfil sobre perfil sobre perfil. Enredado na rede. Sandra Bullock me *password*. Bullock me *password*. Os fundamentalistas da vida conectada vão gritando poeticamente que somos fetos binários envolvidos por uma placenta digital. Alimentados por uma placenta digital. Organismo mundial de interação e comunicação e informação que vai gerar uma nova humanidade utopicamente, eticamente falando. Sensorialmente. Cognitivamente falando, tudo bem. Mudança de pele na percepção com novas tecnologias, é certo. Mas básicos instintos que compõem a ética, ou seja, vício em códigos sociais, necessidade civilizatória de comunhão, repressão e condução desses mesmos princípios instintivos traduzidos em milhares de tradições. Tradições de organização humana, de conflito humano. Desagregação básica. Dobermanns do irracional superior. Esses princípios instintivos não mudam revolucionariamente para outro estágio. Isso nunca aconteceu. A sua expressão é que sofre mutações, mudanças sorrateiras, insinuantes e... de repente, epa! Mudou. Uma nova moralidade. Novos padrões de tolerância social em relação a certos hábitos, costumes, comportamentos. Padrões traduzidos na esfera jurídica. Só isso. Mas lá na caixa-preta dos instintos, determinismos e tendências não rola mudança não... Tecnologia potencializa isso. Gera outras necessidades e adaptações, mas o quesito instintos de egoísmo e comunhão, rapina e coletiva direção, vácuo de rotina do tédio como dúvida do tipo o que eu estou fazendo comigo e qual é a do mundo, bem, isso não tem muito jeito. É como a tal da espinha dorsal de milhões de anos. Vai sendo puxadinha por turbinações. Princípios instintivos que impedem qualquer sonho de uma nova ética. Novo ser humano? Tem que aturar o seguinte: todo Jetson tem dentro de si um Flintstone. Cem por cento comportamental, cultural, construído, e cem por cento genético mais ou menos determinado. Novos seres humanos a partir de interações digitais de comunidades web coletivamente atuantes? Ética algorítmica? Placenta digital? Feto binário é uma boa imagem, mas o Midiasaurus Rex é mais penetrante como tradução da rapinagem de predação e criação constante de mídia, de aplicativos, interações, dispositivos, plataformas e brinquedinhos, quinquilharias, *gadgets* por aí. Midianfíbios. O que ainda estamos tentando ser. Animais de códigos é o que somos. Bicho turbinado, civilizado, alterado, adestrado, artificial por natureza. Inventor de sentimentos. Pra segurar o animal precisamos encarar os comportamentos como máquinas de disciplina, interação, embate, guerra. Guiando o organismo da ilusória personalidade movido por falhas, erros, sentimentos, desejos, paixões, analogias e configurações mentais cheias de simulações e imprevisibilidades emocionais, que afetam o prazer e o sofrimento da assim chamada vida. Essa vigília de autoconsciência. Essa aberração da evolução. A mente é uma máquina de teste experimentando a realidade. Uma máquina de testes e especulações e ilusões. Dizem os neurocientistas. Confirmando, emulando, acompanhando alguns filósofos desde sempre. Computadores e robôs ainda não fazem isso. Chegamos primeiro. Portanto, inventamos eles. Sem utopia de grande revelação da boa nova interativa, porque é tudo ensaio rumo a não se sabe o quê. Nem utopia nem distopia. Disputopia. Ter vastas emoções e pensamentos imperfeitos. Esquecendo todos os dias a perspectiva de que somos como uma, digamos, miraculosa conjunção bioquímica de nervosa eletricidade, única no cosmos conhecido. Inventado. E Leminski disse: "Distraídos venceremos". Porque não podemos pensar na morte da grande bezerra o tempo todo. Na óbvia conclusão de que somos um delírio entre dois nadas. Dois nadas – antes do nascimento e depois da morte. Distraídos venceremos, mas distraídos sempre perderemos. Seremos sempre surpreendidos pela cabeçada da insignificância e da indiferença cruel do Caos. Frágil milagre. Vastas emoções e pensamentos deliciosamente, produtivamente, imperfeitos. Distraídos quanto a isso, achamos que não é vantagem sermos o que somos. A perversão da invenção que nos move. Como se cada um de nós fosse um Jason Bourne, personagem da franquia de filmes *O ultimato*, *A identidade* e *A supremacia Bourne*. A saga gira em torno de um soldado que tem sua, digamos, identidade apagada e seu corpo e mente aparelhados com dispositivos de cognição, aprendizado tecnológico e disciplina de foco emocional, visando apenas às missões para as quais é programado, treinado. Um soldado sem questionamentos. Máquina de matar. Outro velho sonho reincidente no cinema americano. Jason Bourne dá alteração e volta-se contra si próprio. Contra o que ele é: máquina de matar. Contra seus criadores. Ele é o Frankenstein da utopia militarista. Piração do cara treinado para agir sem vacilação. O general Kurtz, em *Apocalypse Now*, e Jack Bauer, no seriado *24 horas*, também têm similaridades com Bourne. Sem falar no Capitão América, talvez o mais antigo deles. Os departamentos militares e governamentais perdem o controle sobre o seu Frankenstein inoculado com tecnologia ou simplesmente com convicções patrióticas, ou seja lá o que for. Como Jasons Bournes da rebeldia biológica e cognitiva, queremos usar a tecnociência para anular essa identidade *sapiens* aprisionante e partir pra outra aventura de humanidade. Como Prometeu, pegamos o fogo dos deuses há muito tempo. Como Fausto, já vendemos o diabo como mercadoria de terceira há muito. E, como Jason Bourne, descobrimos que temos que meter agressivamente a mão na massa biológica pra descobrir outro rumo, o rumo que necessitamos agora. Vastas emoções e pensamentos imperfeitos. Não é mais vantagem, pois eficiência e gozo são as bases do sonho atual. Nosso estágio atual. Turbinar máquina e animal através de senhas biodigitais. Mas somos errados e imperfeitos, e tudo vira gambiarra. Apenas traquitana de quinquilharia. Apenas traquitana. Deliciosa e agitadora ferramenta com várias e conflitantes utilizações. Tudo sob a vigilância da Eternidade tem a marca da obsolescência. Tudo vira buginganga digital. Mundo como quintal de próteses. Hoje em dia está mais confortável. Está mais veloz. Está mais urgente. Urgência, emergência são os novos vícios da Humanidade. Emergência social. Emergência neurológica. Urgência afetiva. Urgência de engenharia molecular ou de aparelhagens, de habitação. Urgência, emergência são os novos vícios no superestressódromo onde vivemos. O cérebro não é um computador. É uma floresta de estímulos elétricos contendo processamentos peculiares. Afetados pelo hormônio do imponderável. Floresta de estímulos elétricos com velocidade muito abaixo da alcançada pelas máquinas. É tudo puxadinho genético. Animáquina de códigos. Internet é a humanidade pensando alto. Exorcizada em portais, sites e programações. Caixa de Pandora. Sandra Bullock me *password*. Enredada na rede. Viciada em códigos de senha cadastrada. Não tem volta a turbinagem no tal ser humano. Revolução ética não dá. Aparar arestas nos excessos do animal, sim. Leis, focinheiras e chicotes de estímulo. Será sempre amoródio, inveja, compaixão, carência, ignorância de desejo. Amoródio e rotinas diluidoras. Sísifo rolando sua pedra. Cobra mordendo o próprio rabo. Ainda presos ao animal, queremos transcendências digitais. A tal da transcendência, que sempre foi uma dor por algo maior, uma certeza de que existem hierarquias de superioridade em relação a essa vida de dois goles de uísque religioso abaixo. O mundo não é o bastante, e as religiões, deuses e Deus único foram inventados (o Deus único, então, é o placebo-mor: onipresente, onisciente, onipotente) pra gente aguentar as agruras da falta de sentido da vida, que nos massacra todos os dias – disfarçamos bem – e denominar nossa ignorância e limitação atávicas. Inventaram a transcendência, ânsia de algo acima de nossas vidas gerando honras, convicções, certezas totalitárias de proselitismos, elitismos excludentes e estigmatizantes típicos do modo religioso de ser (apesar de ecumenismos e compaixões etc.), do modo ideológico, étnico de ser. Atitude maníaca cheia de proselitismo, arrogância no convencimento do outro, na tentativa de trazer na marra ou na maciota da sedução o outro pro seu lado. Esteticamente gera liturgias, pastores, sacerdotes, rituais e falações maravilhosas ou tediosas, e não esqueçamos que todos os Humanistas especuladores esquerdofrênicos também foram religiosos das convicções totalitárias. Assim como os direitísicos, que são a versão pseudoconservadora dos esquerdofrênicos. Carolas pervertidos imbuídos de um distorcido pensamento conservador, noutras palavras, militarismo patriótico conjugado com religiosidade rútila, olhos injetados por repressões e medos ou ódios anticientíficos, antimodernos. Direitísicos são fetichistas da intolerância calcada em tópicos como aborto, homossexualidade, beligerância militar internacional, beligerância contra os outros em geral visando proteger alguma coisa mais ou menos parecida com democracia, mercado. Liberdade responsável do individualismo empreendedor com pouco Estado se metendo na vida das pessoas. O homem é um decaído, um condenado à infelicidade, que precisa se esforçar corajosamente pra se livrar da sua miséria primordial. Impossível não ser de direita, pois ela, desde os tempos da Revolução Francesa, sempre respeitou a fragilidade, a ignorância e a bestialidade do ser humano, ao contrário dos jacobinos inventores da esquerdofrenia, que engendrou a mais cruel das invenções humanas: a utopia a ser realizada a qualquer preço. Utopia é sinônimo de sangue. Mas a direita virou caricatura disso tudo no *show business* da política atual. Outro fetiche intolerante muito gritado por ela é a vitimização dos pobres. O que interessa é a iniciativa de vencer pelo próprio esforço de ralação sagrada, naturalizando os pobres, que são encarados não como meras vítimas da sociedade (e nisso eles têm até certa razão), mas como responsáveis pela própria desgraça, *losers* ontológicos, seres mergulhados na danação dos incompetentes para a vida e nada de ajeitar a sociedade pra esses caras, pois oportunidade não se dá, oportunidade se cava. Nada de assistência social. Jansenismos e calvinismos na veia. As pessoas só precisam de leis que não atrapalhem a tal da cavação, criação de oportunidades num ritmo de iniciativa individual, e isso nem chega a ser um fetiche reducionista, pois está de acordo com qualquer manual de sociedade capitalista liberal normal. O problema são os reducionismos dogmáticos que fecham as perspectivas num mau humor de ignorância e obscurantismo agressivos. Ao mesmo tempo, os reducionismos dogmáticos são um grande barato, porque eles são o grito da maluquice conservadora (não da sensatez conservadora que guia todos nós) sacudindo o coro dos politicamente corretos, contentes ou despreocupados com a eterna crise dos costumes e o eterno caos das mentalidades e pragas ongoloides dando colos assistenciais, passando a mão na cabeça de gente sem fibra empreendedora. Direitísicos e seus fetiches. Dos absolutismos religiosos aos flertes com os fascismos e os chamados neoliberalismos pergunta-se: O que sobrou das mitológicas direitas conservadoras totalmente engolidas, como tudo neste mundo, pelo comércio dos negócios do comércio do consumo das negociatas do comércio do consumo...? O que sobrou? Fetiches de intolerância. O que sobrou das esquerdas? Fetiches de utopias intolerantes. Fetiche do progressismo socialista utópico, que era a versão materialista histórica, pseudocientífica, do "todos somos irmãos, filhos de Deus, iguais na saída de bola existencial" pregado pelo cristianismo e pela intolerância da Revolução Socialista com tentáculos sindicalistas e em movimentos de base. Peleguismos. Tradição, família e propriedade. Fetichistas direitísicos e esquerdofrênicos. No Brasil, os dois tiveram um papel fundamental no emburrecimento e na tapação de boa parte da população. Até hoje se manifestam. Tem mercado, demanda para as suas fantasias ideológicas totalmente caricatas. Escancarar os fetiches da intolerância. Esse é o número que eles apresentam no *gran* circo midiático. É o show deles neste mundo transformado em espetáculo contínuo. Esquerdofrênicos e Direitísicos. Fracos que não conseguem surfar na onda de brutalidade democrática promovida por promiscuidades, pornografias, sinestesias, saturações, proliferações, choques de interesses motivados por caos eterno, crise eterna vitaminando os ainda chamados humanos. Pensamento conservador. Visão negativa do ser humano, que deve ser guiado na ponta do laço, pois é um traste errado jogado nesta dimensão e movido prioritariamente por tendências egoístas e criminosas. Essa visão do Grande Negativo Operante premia o esforço pra se livrar da selvageria como mote da existência afirmando que a História é movida por mudanças paulatinas, não precisando de revoluções ou grandes confusões sociais pra seguir em frente no seu calvário pontuado por felicidades esparsas. Negativo Operante. O que vier de conforto na aspereza do dia a dia é lucro. Só isso. E não adianta chiar porque o pessoal dos livros primordiais, dos canônicos livros religiosos, ainda manda muito no departamento das jurisprudências filosóficas. Das mitologias entranhadas nas pessoas. Principalmente a rapaziada da Cruz, pois pra onde se olha tem Cristianismo – e que tem na outra cruz eterna, a Suástica, ao mesmo tempo, uma identificação, já que ela sempre representou bonanças e plenitude iluminada em várias civilizações e uma rivalidade, pois com os nazistas virou símbolo do poder perverso de ação destrutiva. Essas duas cruzes são os pilares de tudo o que se possa pensar sobre a condição trágica da Humanidade – com links na estrela de David, nos gregos, esses Onassis da riqueza filosófica, e em vários preceitos seculares dos Humanistas Modernos. Honra de existirmos por algo maior encarnado nas convicções e nas certezas cravadas nos corações. A real é que essas grandezas sentimentais viraram meros sintomas, ou melhor, violentos sintomas, já humanizados e democratizados, existindo sob a égide de todo desencanto, de toda desconfiança, de toda a psicologia, psicanálise, psiquiatria, de toda a vulgarização comercial de trezentos anos. Todas essas influências transformaram as grandezas místicas em patologias poderosas, e as grandezas ideológicas seculares do mundo melhor, religiões da Humanidade, do novo homem, viraram caricaturas da transcendência secular. Patologias com poder de fogo psicológico menor em relação às religiosas transcendentais. Mas beligerantes todas sempre foram. Me Tarzan, you dane-se. Chafurdamos no pântano onde vive o monstro de Psiqueness, e qualquer coisa é fado adquirido. Não existe essência. Só nos perfumes, meu amor. Âmago misterioso. Digo que na barriga do âmago o carma do mistério me guia. E sem mistério, como é que fica? Fica na boa, porque temos limitações e jamais vamos conseguir compreender tudo totalmente. Muda a máquina, muda a compreensão. É como a função do gozo na reprodução: dar um prazer pra passagem dos genes adiante. Mistério, Deus, transcendência, infinito, sentimento oceânico, grande absoluto são apelidos pra alguma função neurológica que nos joga na voracidade do conhecimento e autoengano deliciosos? Acho que não. Talvez sejam apenas um reflexo do desespero pela falta de sentido que nos atormenta todos os dias nos detalhes da luta pela vida. Só isso. Os céus estão explorados, mas vazios. Depende dos instrumentos que você usa pra saber. Sentimentos também são *commodities*. Essência, só no perfume. Cobra mordendo o próprio rabo. Depois das utopias divinas e das utopias de regimes igualitários ou de modernidade do novo homem futurista, étnico ou econômico, queremos agora mais do que somos. Mas na marra tecnocientífica. Mexendo no hardware dos organismos. Onde começa o *hard* e termina o *soft*? Podemos pelo menos turbinar, aumentar a capacidade. De quê? Vamos ter uma caixa-preta cerebral e dispensar o corpo como macumbeiros cartesianos dizendo pro pensamento "sai deste corpo que ele não te pertence, pensamento fantasmático, cheio de espiritualidade. Sai deste corpo"? Como feirantes cognitivos vendendo quilos de tomates do despojamento corporal. Mas como pensar sem cérebro conectado aos nervos?

Nervos. Esta é a palavra. Conexões nervosas poderão ter uma caixa-preta, uma *nécessaire* neurológica que você enfia em qualquer lugar. O cérebro circulando por aí. Pochete de sinapses? Pode ser. Sandra Bullock me *password*. Você tem quantas vidas na internet? O que é o que não é real? Eu, eu mesma e Webirene. O que eu acho que eu sou, o que os outros acham que eu sou, o que eu acho que os outros acham que eu sou e o que eu sou mais ou menos mesmo. Perfil sobre perfil sobre perfil. DNA, retina. Retira DNA. Pupila me ajuda a passar mais tempo na rede? Sandra Bullock me *password*. Introspecção ainda bate um bolão no seu coração? Claro, ela é a base de teste do ambiente onde se vive. Por enquanto. Como um sinal de morcego vendo onde vai bater. Como bater. Satisfação imediata ou seu desejo de volta. Estou na mesma praça, no mesmo banco, no mesmo jardim, esperando a banda alargar. Não consigo mais usar a palavra sentimento. Só uso arquivo afetivo. Imortalidade. Nossa vida cerebral, esse biofluxo de impulsos elétricos afetados pelos sentimentos, pelos habitantes do espaço mental, pode ser capturada e transferida? Imortalidade vem aí? Vampiros e Highlanders? O contrário da vida não é a morte, é a imortalidade. A introspecção ainda bate forte no seu coração? Sim. Mas já perdeu prestígio humanista nesses dias de pancadão psiquiátrico, ou seja, sentimentos e emoções passíveis de serem tratados como sintomas, como patologias leves, transtornos amiúde. Desde drogas pra depressão, sexo, tristeza simples, melancolia boba até drogas pra aguentar aniversário de criança, reunião de condomínio, engarrafamento no trânsito, fila, discussão de relação etc. Dinheiro já é uma espécie de amor. Arquivos afetivos. Transferências de caráter já são possíveis. Com quantos caracteres você fica numa boa? Gambiarra genética. Corpo ninado, mimado, minado por nanochips. Modifica víscera, modifica o osso, modifica o coração, modifica. Só pra turbinar, porque amoródio, isso nunca vai acabar. São próteses difusas entranhadas pela necessidade gregária e pela agonia da Injustiça Mortal Desagregadora, que puxa tragicamente o tapete das nossas ambições, esperanças, perspectivas, crenças, sejam elas científicas, esportivas, amorosas, produtivas, religiosas, científicas, tecnológicas, sociais. Não vai acabar nem mesmo a rotina diluidora, destruidora, dissecadora do ego jogado nas dinâmicas oscilações de humor em vários ambientes repletos de pessoas diversas. E todos na web. De alguma forma. Através da web. De alguma forma. Inventar o computador quântico e o DNA *computer* pra chegar perto do erro orgânico, intuitivo, analógico, emotivo e erótico? Visão panorâmica em segundos nas sinapses do obsoleto cérebro. Ele mesmo uma gambiarra da evolução. Zero e um superpostos. Gambiarra, traquitana, ferramenta, bugiganga, *gadget*. Animal se junta com a máquina através de codificações. Matemática no corpo. Tudo isso é material de processamento, e não pieguice de essência humana, privilégio do dito ser humano. Não é o ápice da evolução. É a aberração da evolução. Internet não é comunicação ou o máximo da comunicação. A comunicação é feita pelas pessoas. Internet é como fonte de energia. Luz ou água, calor sofrendo interferência de ação humana. Ainda estamos numa transição, ainda tem muita gente usando a palavra internet, a palavra computador. Mas isso vai acabar, porque vai naturalizar, vai parar o deslumbramento e a fascinação e vai rolar a incorporação total das aparelhagens no cotidiano das pessoas, como já fazem as crianças da terceira geração webcelular. Midianfíbio. Nova ética? Impossível. Mas o estressódromo está vitorioso com os seus apocalipses de revelações o tempo todo. Na internet, a Humanidade pensa alto. Fala alto. Todas as manifestações possíveis. Antes espalhadas, agora concentradas numa tecla enter. Vai fazer o que depois da orgia? Perguntou o sociólogo. Já fizemos de tudo e somos zumbis trafegando entre ruínas recicladas? Sempre inquietos, insatisfeitos. Querendo segurança, mas apaixonados pelo perigo, querendo conhecimento, mas com medo do que pode advir da dúvida. Irascíveis e barraqueiros, mas muito a fim de criar conforto, paz, tranquilidade e estabilidade. Tudo muito frágil, à beira do abismo. Os filhos são ao mesmo tempo pontas de lança da esperança e meras carnes fomentadoras da frustração cotidiana. Mas a reprodução vai mudar. Speed Darwin chegou. Papo cabeça cortada pela fibra ótica. Laser no lobo frontal. Na laje, a tatuagem escorpiã enviada pro ficante virtual. Eu, eu mesma e Webirene. Eu pros outros. Eu com os outros, pelos outros, para os outros. Eu mesma solitária entre ecos de todos dentro de mim e das minhas introspecções. Mas quem leva vantagem é a Webirene, passeando, flanando pelos *books* de insidespace. Jogando nas redes sociais digitais o pôquer das comunidades virtuais. Eu, eu mesma e Webirene. Transmitida em celular, minha coxa tatuada na laje é só um detalhe de circuito. Como as nossas vidas. Webirene. Sandra Bullock me *password*...". Paula acaba de ler o bife filosófico sangrando da peixeira da vida de Webirene, que já foi professora. Dá pra notar. E se manda.

71
||||||||||||||||||||

Oito e vinte. Chega uma monção musical capitaneada por sons de blues e de percussões orientais, como comissão de frente de uma enxurrada sonora. Como nuvens de gafanhotos, as músicas entrelaçadas passam rasantes pelos quarteirões de Favelost de meia em meia hora aumentando ainda mais o burburinho, a azáfama da Mancha Urbana. No ombro, a câmera 360°. No estômago rola uma música. Os Concertos de Brandemburgo do nosso querido Johann Sebastian Bach tomam conta do corpo de Eminência Paula, que acaba de ler o bife filosófico de Webirene cortado pela peixeira da vida observada. Eminência Paula olha pra bússola de Júpiter e vê que ainda está longe. Está fraca a pulsação. Ela resolve pegar um metrô de popa. Desce pro ambiente do sol de baixo. Pega a embarcação. São centenas delas fazendo a passagem pelas entranhas da Mancha Urbana. No metrô, Eminência Paula se entrega a um *flashback* de quando assinava Dallas Melrose: "Luas ordinárias explodem ortodoxas num clube de subúrbio do interior brasileiro. Qualquer nota de subúrbio do interior brasileiro. Uma televisão obsoleta em absurdo preto e branco passa um documentário feito por garotos de cinema bizarro passando o fim da lua, o ortodoxo satélite. Terreno baldio da NASA. A dor do meu pai morto e da minha mãe enlouquecida por tramoias de golpe financeiro, assim, sócio filho da puta e impune por artimanha advogada. Essa dor vai batendo na minha cabeça enquanto vou olhando num clube de subúrbio o fim da lua filmada por garotos do cineminha celular bizarro. A Lua de Blair, por assim dizer. Eu resolvi assinar Dallas Melrose desde que meus pais se foram. Ele pra debaixo da terra, e ela pra dentro de uma paisagem alienada dentro da mente. Sentimentalmente deletada pelas faíscas veementes da perda da referência afetiva desde a adolescência. Grande amor da vida e tal. E eu, com o nome-senha de identificação de dois seriados em que ninguém vale nada, parti pra cima do mundo abandonando a vida boêmia e amizade hedonista de curtições macumbeiras e feiticeiras, bem putinhas de vez em quando, com minhas duas amigas: Amanda Carnevalli e Sheila Veiga, além do Sandino, que inventou esse nome porque gostava do disco triplo do Clash, *Sandinista!*, e dos movimentos esquerdofrênicos na Nicarágua, e ficou Sandino. E a turma era uma delícia de fraternidade semissecreta frequentando a Paulista e a Augusta como se fossem o que Carlos Castaneda, ou melhor, o que D. Juan, feiticeiro mexicano pesquisado pelo antropólogo Carlos Castaneda nos idos dos anos 1960, denominou lugar de poder. Nosso lugar de poder, de plenitude, de entendimento da nossa vida. Augusta com Paulista. Mas da tragédia em diante deixei de assinar Catarina Augusta, rasputinha, quiçá czarina, e me tornei Dallas Melrose, me assumindo como loura seriada americana misturada com entidade encruzilhada urbana. Adorava estudar com Amanda e Veiga as entidades que aplicam xeque-mate na humanidade, suas mitologias e métodos de atuação. Éramos as bitchniks, as *bad charmed girls* curtidoras vuduzoides e marrentas dessas entidades que iluminam galhofeiramente, sarcasticamente, a tragicomédia da vida. Maquiavélicos Exus de Poltergeist Shiva. Hécate, Loki, Mefistófeles. Me tornei universitária de programa bem-sucedida. No primeiro período comprei um carrão, no segundo comprei uma cobertura, no terceiro já tinha grana lá fora em paraísos fiscais, e no quarto já tinha importantes figurões empresariais, políticos, diretores de empresas de comunicação comendo na minha mão. Cadeia de contatos trancada com chave de boceta. Mas a direção da intenção era virar advogada de todos os diabos. Pegar de jeito aqueles que acabaram com a minha família. E eu agora estou aqui ao léu pra comemorar meu Halloween Jurídico. Todos dizem que, quando entro num tribunal, quando pego uma causa, provoco um Halloween Jurídico, porque os monstros pessoais, as monstruosidades legislativas surgem como doces venenosos forjados em travessuras de despachos na encruzilhada forense. Agora estou nesse clube, olhando o fim da lua no meio de um clube de subúrbio qualquer nota. Vou comemorar com minhas amigas o suicídio do sócio do meu pai e o assassinato do advogado dele. Desembargadores, clientes meus; empresários, clientes meus, no estalo da chantagem me-ajuda-senão-eu-boto-a-boca-no--mundo me ajudaram mexendo seus pauzinhos e pauzões, e consegui acabar com a carreira do filho da puta. Ele se suicidou saltando do edifício Itália. E eu tava lá pra dar um último sorriso pra ele. A última coisa que ele olhou, pois ainda ficou um minuto vivo o desgraçado arrebentado. Viu a face bonita de uma loura vingativa e seu sorriso de satisfação, aquele sentimento alemão de júbilo pela desgraça alheia. Merecida ou não. E o meu coração de loura-fodeu gritou de novo Schadenfreude! Schadenfreude! Eu vim nesse clube porque os donos são meus clientes jurídicos. Jesus de Barrabás e Madalena Chaparral. Os dois reeditaram Lampião e Maria Bonita numas de piração absurda. Puxaram uma cadeia legal. Mas muito menos do que deveriam graças à minha competência. Os caras mataram muito, armaram muito, e eu consegui condenação mínima. Cinco anos de cadeia pros dois. Estão de volta ao seu clube Paraíso Nordestino, onde se ouve o grande barato, que é o forró pé de serra elétrica – que consiste na interpretação sanfonosa, triangolante e zabumbenta (pra usar o idioma de Odorico Paraguaçu, o Bem Amado) de músicas compostas por bandas como Slayer, Metallica, Iron Maiden e Anthrax, a carnívora flor do heavy metal. As músicas são tocadas sem os vocais guturais tradicionais desse tipo de música. Só o instrumental devidamente suingado com andamento forrozante. Forró pé de serra elétrica. Concursos de dança pra ver quem arrebenta no acompanhamento corporal das sanfonas, zabumbas e triângulos em transe de batida pesada. Uma delícia o forró pé de serra elétrica. Jesus de Barrabás e Madalena Chaparral. Sempre andando de braços dados. Hoje vamos comemorar, eles voltaram ao seu clube e eu tive a minha vingança. Mas vou continuar a advogar de forma encurralante. Ainda tô com gosto de sangue na boca e conto com Hécate e tantas deusas do submundo me iluminando com a luz negra de boate infinita. Jesus de Barrabás e Madalena Chaparral chefiavam o Comando Carcará e pretendiam unificar o Nordeste pra desafiar o Sudeste. Alagoas não seria mais Alagoas, Ceará não seria mais Ceará, Pernambuco, Paraíba, Bahia, Sergipe, Rio Grande do Norte... idem. A sombra de Antônio Conselheiro tava voltando, a sombra de um novo Lampião tava se movendo. Cercados pela polícia de todos os estados, ameaçavam dizendo que tinham muita bomba escondida em tudo o que é lugar. O que era verdade. "Não vem encurralar o Carcará porque a gente tem bomba escondida em tudo o que é lugar. Não nos obrigue a soltar o grito de TNT", eles diziam. O casal foi preso, e eu fui lá amainar as acusações, e só pegaram cinco anos de cadeia os dois. Bela grana no bolso e a promessa de que eles matariam o sócio do meu pai. Não podia mais exercer minha profissão de programa, mas mantinha uma rede de duas, três cafetinas, que de forma suave mantinham a rédea curta com empresários, políticos etc. O poder ainda estava comigo. Dallas Melrose era como eu assinava. Loura seriada americana misturada com entidade encruzilhada urbana. Criadora do Halloween Jurídico. Alma perdida é alma vendida, e com esse lema me dei bem. Jesus de Barrabás e Madalena Chaparral fundaram outro Comando Carcará já no Sudeste em clima de infiltração. Comando Carcará II dedicado à ciência mundo cão, reforçando o corpo, a mente de quem se sente morto-vivo social. Chega de reclamação, pois do fundo da ciência mundo cão vai surgir a Swat Robocop, ressuscitando a consciência, a autoestima do lázaro cidadão. É o que eles diziam. E me deram de presente a morte do sócio filho da puta. Morte bem matada. Sócio filho da puta. Aconteceu assim: colocaram uma gostosa no encalço dele em noite de bebedeira. Ela levou o cara pra casa e, quando a garota já estava com ele dentro da boceta dela, aplicou-lhe um golpe sufocante. O cara apagou e, quando acordou, estava com o corpo sendo recapeado numa estrada. Asfalto cobrindo o corpo só com a cabeça de fora cheia de carne velha pra atrair carcarás famintos que seriam soltos logo após o término do recapeamento. Morreu assim, recapeado com a cabeça toda bicada, sangrada por carcarás rasantes. Numa estrada. Tiveram que mandar uma britadeira policial pra tirar o cadáver do cara. E eu estava lá com meu sorriso de loura vingativa. Assinatura: Dallas Melrose. Vim aqui cumprimentar Jesus de Barrabás e Madalena Chaparral. Quando minhas amigas chegarem, vamos pra uma festa de convenção de bruxas cibernéticas. É assim que elas se intitulam. Usam magia cinza. Nem negra, nem branca. Magia cinza. Mistura eletrônica de ciência com mediunidade. Antenas parabólicas em bacias com sangue de menstruação. Miniantenas parabólicas e OBs mediúnicos flutuam na bacia sanguinolenta. Eletrônica de ciência, poções mandinguentas, e é tudo uma babaquice. Não acredito nem me importo com sobrenatural de qualquer tipo, religioso ou seja lá o que for. Mas gosto muito das estéticas surgidas a partir dele, dos medos, das taras transcendentes da humanidade, das vontades de poder acima de nossas possibilidades orgânicas, gosto dos lugares de punição, dos lugares de júbilo ou purgação, dos sacerdotes pirados. Não acredito na ética guiada por instâncias sobrenaturais, mas gosto de me divertir com a estética dos rituais, com as lendas e fantasias, gosto de me embrenhar nisso. Ainda mais que tem bebida e conhaque, e o pastor é meu guia e nada me cirrosirá. Vai ser no Morro da Macumba. Vai ter feiticeira irlandesa, bruxa inglesa, feiticeira australiana, bruxa chinesa. Vão pegar o superbonde do espírito sangue abençoado por um samba detonado. Vamos dar tiro em galinha, dar facada em porco, deixar o sangue falar, deixar o sangue jorrar cantando Samba Bloody Samba. No fundo do coração, no fundo do abismo coração. Adulto urbano. Coração abismo. No fundo dele bate a vibração de duas palavras sarcásticas, céticas, realistas; Dallas Melrose. Bem-vindo à humanidade perigosa, rara, escrota, mas charmosa e linda. Dallas Melrose é minha assinatura, e minhas amigas chegaram. Fui". Às oito e trinta e um, Eminência Paula dá uma desligada no *flashback* de quando assinava Dallas Melrose, volta logo e continua a sua peregrinação rumo à foda amorosa com Júpiter Alighieri.

72

Gente se esvaindo em dores porque um implante intestinal saiu do lugar, gente se beijando de felicidade porque o tratamento ótico do mal de Alzheimer funcionou na mãe ou no avô, e eles podem ficar em Favelost trabalhando e se entregando às oportunidades, à imortalidade, aos coquetéis antioxidantes, que garantem continuações eficientes pros neoidosos e pra qualquer um em qualquer idade. Vampiros e Highlanders. É muita gente na rua estudando máquinas. Postes impregnados com circuitos. Aplicativos em qualquer lugar. Esbarra-se numa parede e aparece um menu, uma tela sensível ao toque. Tudo ficou sensível ao toque em Favelost. Nos pratos, nos ventiladores. O wi-fi é total. Banda arrombada e novos tipos de processamento. Novos tipos de computadores com ligações de DNA, computadores orgânicos, quânticos. Máquinas mais velozes, mais precisas, a partir de procedimentos de criação instrumental, matemática, algorítmica, que, tanto quanto as moléculas, as bactérias, as células, os quarks, os bósons, os vírus, os fungos, os metais mais profundos, os bits, as nanofaunas de milésimos de milímetros, também são manipuladas em qualquer quarteirão de Favelost. Tanto quanto as biologias, as neurociências e engenharias moleculares, as ciências da computação estão no bolo de alquimia transmutante em voga total na Mancha Urbana. Gente se contorcendo de dor, gente alegre pela plenitude ou por, pelo menos, algum brilho de vida ser possível apesar de ter uma doença barra pesada. Pelo menos revezar, uns dias saudável, outros recaído. Espaços suficientes pra não deixar a tristeza do fracasso bater definitivamente. Espaços entre ficar doente de novo e poder fazer tudo normalmente. Gente pesquisando nas esquinas, gente simplesmente se dedicando a algum trabalho. Gazista de laboratório, bombeiro neurológico, eletricista biológico, microencanador corporal, vendedor de GPS, que só tem autonomia pra um quarteirão, pois não tem como dar conta de todos os labirintos de ruelas e becos e... Assim como tem isqueiros pendurados em banca de jornal no Rio de Janeiro, em Favelost tem carregadores de crédito na retina. É só encostar o olho ali por cinco segundos e recarregar o crédito. Júpiter Alighieri vai se lembrando da sua estada na Intensidade Vital quando vê gente se contorcendo em dores e se aproxima. Ajuda ao próximo gera endorfina de benevolência. Veterano da Intensidade Vital. Lembra das Áfricas e territórios de dor social violenta sem a menor chance de perspectiva de virar alguma coisa parecida com o grande sonho democrático industrial de consumo e comércio e escolaridade e alguma fantasia de participar do mundo fora do circuito / estado falido entregue às desovas de armamentos e de contrabandos. Mas com música e alguma alegria festeira desconcertante além de consumo criativo de quinquilharias digitais, bem, com isso aparece incólume a dignidade de um drible nas tais impossibilidades do estado falido. Isso ele também viu nas Áfricas. Na verdade, tem que ter lugares assim. Faz parte da ecologia dos negócios. É o tal lado das patas peludas das clandestinidades mafiosas que zombam das soberanias e das legislações e das tentativas de cravar alguma universalidade de direitos e conduta vigiada num ambiente democrático. Júpiter vai lembrando enquanto auxilia, auxilia, ajuda, dá uma força, resolve problemas, solta a endorfina da benevolência dando assistência autorizada às pessoas. Missão do capataz de Humanistas. Atravessando a Eterna Multidão da Mancha Urbana. Para dez segundos pra ajudar as pessoas um pouco enroladas com wi-fi generalizado, com circuitos instalados em torneiras ou nos próprios corpos. Lembra dos cursos de imersão em ciências computacionais, biofísicas, genômicas e neuronais. Júpiter Alighieri às oito e quarenta e sete vai se lembrando da Intensidade Vital. Isolamento em deserto e serviços espermáticos e sexuais pra Speed Darwin. Voluntariado barra pesada em todos os continentes pra cuidar de refugiados, flagelados e doentes mais do que terminais, ou com doenças raras, e tome mutilados e desesperados de dor, e ser carne-de-consolo-segura-na-minha-mão não era fácil, mas extremamente necessário pra ascese dos soldados universais. Tanto quanto as imersões em clubes de tantrismo pra aumentar, esticar, regular o gozo, modular o prazer pra durar mais, fazer da sacanagem um barato muito além da catarse de foda. E tome doação de esperma pra congelamento e utilização geral, além de manter relações familiares com outra garota soldada da Intensidade e ter filhos com ela, que passou por tratamento de aceleração da gravidez. Três meses no máximo. Ter dez filhos de uma vez, aprender como fazer parto normal sem dor utilizando técnicas de pompoarismo, que são ensinadas por aquelas tailandesas que fumam com a boceta, lançam bolas a distância com a racha primordial. Mulheres fazendo pompoarismo ontológico jogando, em cestas, bebês que saem perfeitos em três meses no máximo. Júpiter Alighieri já forneceu muitas crianças para as utilizações sociais de Favelost. Família normalzinha, cobaias para a Neurotaurus e pra

Bio-Ser. Espalhadas nas conexões dos institutos de coração e biomedicina. Agilização dos partos e dos nascimentos. Speed Darwin de olho no início da vida. Mulheres e homens iguais na disposição podendo ter quantos filhos quiserem, a hora que quiserem, pois a reprodução a partir de células-tronco adultas também passou a ser possível. Mecanismos da reprodução foram alterados pra não atrapalhar a mulher nos seus trabalhos e agitações de Favelost. Mãecdonald's, *fast-food mother*. O que gerou estranho comportamento de perda da aura sagrada da maternidade e da paternidade, apesar da boa e velha tradição de o nascimento ser encarado como um milagre. Todos os dias, no mundo todo, milagres a rodo. Muita vida em Favelost. Entropia do amor incondicional. Chamou meu filho de criança? Não entendi a metáfora? As faixas etárias se dissolvem aos poucos em Favelost. Todos ao trabalho, aos estudos, ao frenesi da azáfama empregatícia, de serviços, sibilação filosófica e erotismo compulsório. Sinergia, sinestesia, saturação, simbiose. Júpiter Alighieri vai correndo pegar o helicóptero. Pega e vai rumo a Paula. A bússola ainda perdida com a agulha do sinal tremendo sem estacionar. O helicóptero sobrevoa a Favelost Arena, uma das poucas construções gigantes da Mancha Urbana. De dia, de tarde, de noite, de madrugada, tem espetáculo de futebol. Mistura de rugby com futebol. O detalhe é que os times são clonados, ressurgidos de células embrionárias e DNAs obtidos *post mortem*. Isso porque antigas escalações de times memoráveis como Botafogo, Cruzeiro, Santos, Palmeiras da década de 1960 e começo de 1970, o expresso da vitória vascaíno, a seleção de 1962, a seleção de 1970 ou de 1958, o time do Fluminense da década de 1980, o Internacional da década de 1970, a Holanda e a Alemanha de 1974, o Fluminense da máquina de 1975/76, o escrete húngaro de 1954, o time reza a lenda, turbinado da Alemanha de 1954, o Flamengo de Zico, o Grêmio de 1983, o São Paulo de Telê, o Corinthians da democracia corintiana, o time do Uruguai de 1930, enfim, escalações memoráveis que tocam fundo nos corações torcedores são atrações máximas na Favelost Arena. Pedaços dos atletas mortos ou vivos geram clones que são preparados e, claro, a inteligência e o talento não se reproduzem tão facilmente, mas, com reforçadores musculares, corações e pulmões capacitados acima do normal, os jogadores clonados dão um show de Futebol Força Estranha que os leva a jogar rútilos de fúria rumo ao gol. Desabalada correria. Desabalados dribles. Desabalados lançamentos em profundidade e uma novidade: as Batedoras de Tiro Livre. Meninas jogadoras de futebol, chefes de torcida, modelo/manequim, atriz e empresária de projeto social, muito bonitas e gostosas, que entram pra bater pênaltis, que são marcados depois de dez faltas, ou seja, toda hora, pois as partidas são tensas no aspecto contato de porrada corporal. Elas têm torcidas à parte, campeonato à parte na contagem dos seus pênaltis convertidos. Shortinho e bustiê na marca do pênalti. A torcida adora, pois não há momentos mornos nos jogos. No momento em que o helicóptero sobrevoa a Favelost Arena estão jogando Bangu de 1966 (Ubirajara, Fidélis, Mario Tito e Luís Clemente, Jaime e Ocimar, Paulo Borges, Ladeira, Cabralzinho e Aladim) e a Portuguesa, campeã do torneio Rio / São Paulo de 1955 (Cabeção, Djalma Santos, Floriano, Nena, Brandãozinho, Zinho, Julinho, Airton, Ipojucan, Edmur e Ortega). É importante ressaltar que, na beira do campo, em vez de médicos, são biólogos e pesquisadores que cuidam dos jogadores caso apresentem alguma alteração ou defeito. Qualquer coisa, o jogador vai pra pesquisa, como tudo em Favelost. Todos recebem direito de clonagem, e as famílias se dão bem, pois toda a grana de Favelost é livre e é muita. Mas tem um preço. Essas partidas são preliminares das partidas de rugball, em que o barato é ver o que titânio, aço e ferro amalgamados fazem pelo corpo dos atletas turbinados. Algo que vai acontecer com Alighieri e Paula, se reverterem o processo do chip no corpo deles. Futebol e rugby praticados por atletas devidamente preparados com tecidos e músculos e ossos implantados neles desde pequenos. Crânios envernizados são as bolas desse jogo. Deixando o Bangu no ataque, Júpiter Alighieri vai sobrevoando seis quilômetros. Os helicópteros têm pouca autonomia em Favelost devido ao intenso trânsito aéreo. É de seis em seis quilômetros. O capataz de Humanistas vai sobrevoando a bela Mancha Urbana. No fundo da cabeça, a Nona de Beethoven, ribombando e fazendo com que a adrenalina do general Patton pulse com mais força nos circuitos nervosos de Júpiter. Ele desce do helicóptero. Será Resende, Barra Mansa? Não importa, porque todas foram engolidas pela pororoca Rio Paulo de Janeiro São. Nove e um. Faltam pouco mais de doze horas. Júpiter atravessa a multidão rumo à fronteira, antiga fronteira Rio-São Paulo em Queluz. Só pode ser lá o ponto de encontro.

73

Paula sai do metrô, e a direção da fronteira assinala a aproximação do espectro de Alighieri. Ela twitta na bússola cabalista: "Meu corpo já rateia em mínimas paralisias, mas tô indo ao teu encontro na camuflada fronteira arcaica. Clichê inevitável de fogo da paixão com certezas de alma gêmea, tipo amor da minha vida, promessa do destino ou providência de arremate do que desejamos, do que já está por aí reservado para nós, e eu digo que o teu verbo é o meu, e o meu verbo é o teu, oh Júpiter da Intensidade Vital, capataz Alighieri. A adrenalina do general Patton me guia reforçando a gana de conquista e batalha pela manutenção do nosso poder de concentração pragmática. Que a adrenalina do general nos abençoe enquanto eu estou chegando a você, pra nossa foda redentora nos livrar do chip, que já começa a me paralisar. Meu verbo é o teu, teu verbo é o meu *following you*". Eminência Paula no território do tempo humilhado vai em direção à fronteira arcaica totalmente camuflada.

74

Monções musicais como tempestades de gafanhotos melódicos, rítmicos, monções musicais como chuvaradas de músicas fonográficas varrem Favelost capitaneadas por vozes operísticas enquanto Júpiter Alighieri cruza a multidão eterna da megalópole rumo à fronteira. A paralisia vai se manifestando. A adrenalina do general Patton mantém acesa a gana por vitória e conquista da pele blindada com Eminência Paula. Foda antiga de amizade profunda calcada na atração das misantropias que os levaram a transformar-se em soldados veteranos da Intensidade Vital. A proximidade do que um dia foi Queluz, a emoção de Júpiter diante do trabalho da Speed Darwin é total. Ver os cenozoicos, os jurássicos, as eras de evolução superpostas em todos os cantos de laboratórios em Favelost visando gerar produtos e estudos da simbiose, mistura de carbono e silício, carbono e qualquer outra coisa. Alquimias *prêt-à-porter* da manipulação das moléculas no mundo invisível, no mundo quântico. A frase do poeta inglês William Blake: "Se as portas da percepção fossem abertas, veríamos o universo em toda a sua majestade infinita". Isso já não tem misticismo algum. É realidade patente em Favelost. As frases de William Blake e a do físico Richard Feynman, "A cabeça de um alfinete abrigará a enciclopédia britânica", são *slogans* chulos na Mancha Urbana, e Júpiter, no meio da multidão eterna, olha pra uma palafita num lago fabricado onde funciona Parasitania, empresa que pesquisa o fator parasita no planeta visando dominar os metabolismos dessas criaturas e direcioná-los para utilização bélica. Mais uma firma ligada ao projeto Speed Darwin, que tem a Bio-Ser e a Neurotaurus espalhadas em convênios com ITAs, USPs, Fiocruzes, Embrapas, Senais, máfias techno... Existe no planeta uma população no mínimo quatro vezes maior do que a humana de fungos, protozoários, vírus, bactérias se esgueirando pelos organismos terrestres, se aproveitando de várias criaturas. Quem não é hospedeiro de algum micróbio oportunista? Pegar os mecanismos dos vírus e fungos e trabalhá-los para usos pacíficos e bélicos. Como sempre. Afinal, vacinas e outros artefatos já circulam por aí há muito tempo. A novidade é reproduzir em forma de chip os vírus, parasitas variados. Larvas como armas definitivas. Parasitania fica num lago artificial perto da fronteira, e Júpiter Alighieri vai cruzando a multidão eterna. Poluição humana, proliferação, propagação, pornografia das vidas se emaranhando umas nas outras. Orgia biológica de simbioses, sinergias, sinestesias e saturação. Geosfera, oceanosfera, atmosfera, noosfera. Esferas da dimensão vital. Camadas terrestres, profundidades oceânicas, internets de vários calibres. Esferas gerando produtos, gerando, gerando. Júpiter Alighieri envolvido com a volúpia ambiental de Favelost, com a voracidade de consumo e pesquisa das firmas espalhadas nas ruas e explicitadas em robôs efêmeros movidos por sopro ou semipesquisado soro, unhas transistorizadas, doenças erradicadas e outras aparecendo. Arquitetura desengonçada, de ocupação desordenada. Mancha Urbana. Favelost. Não é Canudos, não é Los Alamos ou Las Vegas, não é Contestado, não é. É muito mais. É Favelost. E Júpiter twitta na bússola cabalista: "Tô chegando, minha Eminência. Teu abraço, tua boca, tuas coxas, os peitinhos apontando pro infinito do meu amor por você. Paula, palavra que derrete satélites anunciando que há coisas melhores do que um mundo melhor, e que os vínculos primitivos pulsam violentos sacudindo a máquina do amor em tempos agitados. Minha Eminência, o mundo vem comer nas tuas mãos. Já sinto paralisias localizadas, mas tô correndo pra te pegar, e a gente vai se livrar dessa revertendo a função do chip na onda do amor em foda de confirmação de que teu verbo é o meu, meu verbo é o teu. Minha Paula Eminência, veterana da Intensidade Vital".

    Júpiter atravessa a eterna multidão.

75

Paula vai chegando à fronteira e sabe disso, porque a única referência que ficou depois da avalanche demográfica, industrial, imobiliária, que anulou todas as cidades do Vale do Paraíba, às margens da Via Dutra, a única referência estava em Queluz, na fronteira Rio-São Paulo. O que eles chamam de Torres Cartesianas, imensas torres de escritórios das computações. O centro nervoso de todos os cálculos de manutenção, de alerta na Mancha Urbana. O centro nervoso da Pan Game, empresa que transforma tudo o que acontece em Favelost num jogo gigantesco sendo transmitido pra fora da hiper Canaã. E no centro dessas transmissões, as sagas dos capatazes de Humanistas, avatares da tensão necessária. Monges das simulações, eremitas da virtualidade, campeões de olimpíadas matemáticas e campeonatos de games, hackers de todas as gigasseitas enchem as salas enormes das Torres concentrando suas mentes em telas simultâneas. Sente-se no ambiente uma grande nerdose entranhada em todos. Ninjas cognitivos, rápidos no gatilho das senhas e das modulações algorítmicas. Garotas e garotos contratados, encerrados nas Torres Cartesianas digitando a vida captada em Favelost. Big Brow. Também foram cobaias da Neurotaurus. As Torres são milimetricamente giratórias. Ninguém dentro das suas instalações percebe, mas elas giram. Torres giratórias pra pegar o sol e sua energia de sempre. Mas uma bizarra fonte de movimentação também acontece no subsolo das torres. Nicotina e outras substâncias cancerígenas são manipuladas para a obtenção de energia. Entropia da sustentabilidade. Metástase do sustentável. Fumantes inveterados que fumam dois tipos de cigarros; os nicotinosos e os antienfisemas, cigarros que, tragados, levam substâncias diluidoras de substâncias nocivas que habitam a víscera, o território pulmonar. Às vezes os pulmões estouram devido ao revezamento de tragadas diferenciais, mas pelo menos a nicotina foi salva da demonização. Entropia da sustentabilidade. Paula, Eminência Paula, já sentindo paralisações, mas excitada pelo amor e pela adrenalina do general Patton. Ela atravessa a multidão da Mancha Urbana Rio Paulo de Janeiro São. De repente vê o de sempre. Um senhor enfiando e tomando porrada dos próprios filhos. Uma garota e um garoto subdezesseis. Paula não ia se meter, mas o cara dos seus quarenta anos berrava: "Vocês são os culpados e vão embora comigo! Vão embora comigo!", e os garotos respondendo: "Para com isso! Que vergonha pai, que merda! Você mesmo fez a nossa cabeça dizendo que a vida tinha que mudar radicalmente saindo do interior de tudo em Mato Grosso pra tentar a sorte definitiva em Favelost, e é o que nós fizemos. Não precisamos esperar por nada. Está tudo à mão: empregos, entretenimento, sexo, amor, doenças raras e sem cura que são domadas e não impedem a vida, no máximo ficam indo e voltando, vertigem que satisfaz a gente. Pai, que papo é esse de sair daqui? Não há como ir embora e não ficar maluco num lugar com agitação grau dois comparado à Mancha Urbana. O senhor está doente, está com crise hamlética. Vamos procurar um quarteirão de retíficas emocionais pro senhor se readaptar. Não quero que o senhor comece a berrar que precisa sair desse estado sólido, não vou aguentar ver o senhor sulfurizado, vamos!". E a menina: "Não pode ter ataque hamlético, pai. É a comprovação de que os nervos estão inflamados de dúvida, somatizada pelo limbo emocional, e é assim que o senhor está, pai. Vamos pra retífica psiquiátrica, pro regulador de alterações afetivas. Vamos lá, pai". E o pai: "Me deixem em paz, quer dizer, não podem saber o que é isto. Paz. As mentes contemporâneas são mentes de fuzileiros rútilos se sentindo à vontade numa guerra infinita. Mente de Marine Marrento. São todos fuzileiros informais num estressante combate diário. Mas adoram esse estresse. Já faz parte da carga e recarga motivacional em Favelost. Mas eu vim pra Mancha Urbana provar que tudo aqui é uma palhaçada de empresas e de gente desesperada. Eu sou do interior assim como meu pai, minha mãe era do subúrbio carioca, avessa a essas modernidades, a esses falsos brilhantes. Sempre teve mentalidade de suburbanismo xiita, fundamentalista da conversa no portão e dos noivados e regras rígidas, religiosamente amorosas pra tudo. Não tinha dúvidas porque tudo já está escrito nos céus primordiais, e carregamos essas escrituras nos nossos sentimentos básicos e não tem progresso de estrangeirismo tecnológico modificador dos costumes que altere isso. Subúrbio do interior, e não centros superpopulosos e promíscuos e barulhentos e concupiscentes perturbando as certezas da nossa fragilidade, que precisa é de força afirmativa e trincheiras de transcendência contra as intempéries emocionais. Fundamentalismo do sentimento suburbano contra a brutal realidade do tudo ao mesmo tempo agora junto e misturado cheio de ambiguidades, paradoxos, contradições, dúvidas céticas e cínicas que nos obrigam a agir, a pesquisar, a revirar todos os aspectos da mente e da matéria pra saciar a vocação de inquietude crônica entranhada em todos nós. Essa é a Lei do Sapiens incrementada pelo Zapiens. Tudo bem que aqui em Favelost o conforto, a velocidade e a velocidade do conforto pras nossas agruras via tecnologia médica, ou arquitetônica, ou neurocientífica, genética, robótica, aplicativa nos dão a impressão de estarmos mais desenvoltos existencialmente. Tudo bem que existem tratamentos variados pras doenças, tudo bem alguma grana de alcance fácil, mas na ininterrupta demanda de quinze em quinze minutos, de cinco em cinco minutos, às vezes de três em três minutos, é tudo a mesma coisa: entretenimento, trabalho, sexo, amor, crime, inorgânico, orgânico, sustentável, insustentável. A vida chapou. Nivelaram as ocorrências da vida, e eu sou das antigas suburbanas do interior, quer dizer, pra mim as coisas têm que ser claras, e sou chegado num certo e errado nítidos, família, mulherzinha, filhos, trabalhinho normal, uma cervejinha. Tudo tinha a simpatia do bem viver, que já é muito. Eu sei que pra vocês esse papo reto de suburbano do interior é papo de avestruz com a cabeça enterrada num buraco da singeleza e da tapada ilusão de coisas certas e erradas sem ambiguidades modernosas, buraco da pseudopureza de um bom selvagem suburbano que, na verdade, já teve a bocada dos seus sentimentos fundamentalistas estourada pelas peças e textos de Nelson Rodrigues. Eu sei, mas mesmo assim, meus filhos, digo pra vocês que já é tão difícil ser simplesmente humano. Vocês agora querem ser mais do que somos há duzentos mil anos. Os favelosts olham o que somos – *sapiens* – e veem nisso um atraso, como nazistas e comunistas viam. Só que ali havia uma megalomania delirante de ideologia modernista querendo criar um novo homem acima de uma mediocridade burguesa, ou sei lá de que tipo de mediocridade, que tipo de bode expiatório de delírio paranoico era pra ser combatido. Mas todo mundo é burguês, todo mundo é classe média, todo mundo é. Megalomania catastrófica, perversa e delirante de nazistas e comunistas comungados com várias grandezas perversas e delirantes de gente inglesa, ou americana, ou espanhola, ou portuguesa, ou africana. Coqueluche do começo do século XX, fim do XIX, as eugenias e sonhos de construção de uma nova humanidade. Nazistas e comunistas, principalmente os primeiros, não estavam sozinhos nessa, mas botaram o vórtice pra quebrar geral. E a suástica, símbolo hindu, símbolo universal de energia, digamos, positiva, suástica amarela sobre um fundo preto e sem inclinações. Bem, essa foi substituída pela nazi negra sobre fundo branco cercada por vermelho e ligeiramente inclinada para a direita. O que para os místicos representou uma mudança de eixo em forças ocultas. De símbolo da energia positiva para símbolo da eterna perversão totalitária. Nazistas e comunistas. Tinham que matar pra purgar o ambiente social daqueles classificados como seus inimigos. Como se fossem religiões radicais. É a mesma coisa: Me Tarzan, you dane-se. Mas agora vocês nem se preocupam, olhando o *sapiens* com desprezo. Vocês não querem matar religiosamente, nazistamente, comunistamente como há um século ou séculos atrás. Vocês vão, na maciota, no calcanhar de Aquiles das doenças e da grana e da ambição e das rações de afetos mal digeridos ou não digeridos, e é aí que Favelost entra. Meus filhos, vocês já não sentem necessidades básicas de tempo pra maturar alguma coisa, pra amar, pra sofrer alguma coisa com carinho de perspectiva e esperança e reflexão de introspecção profunda. Pra vocês, isso é o quê?". "Isso não é nada, pai. Sentimos tudo ao mesmo tempo agora. Sem esse papo burro, fraco e incompetente disfarçado de crítica profunda". E a menina: "Chega! Vamos nessa, pois sinto dizer que 'The Zapiens will kill the Sapiens', essa é a camiseta, meu caro progenitor. Te darei netos em quinze dias. Dois, três, pra você se divertir com os tamagotchis e amá-los na medida certa, e depois terei outros três que doarei pras pesquisas. Depois terei mais três, que vou criar com alguém durante um tempo. As faixas etárias são de mão dupla em Favelost. Mão de obra aberta à visitação é a humanidade na Mancha Urbana, oh hamlético *father*. Sai dessa e vamos pra retífica". E o pai: "Adoro as ofertas de tudo em Favelost, mas não consigo deixar de pensar que essa azáfama é uma heresia fascista do totalitarismo democrático, assoberbado, turbinado por ciência aplicada a tudo. Não quero tanta ciência. Eu só quero ser feliz e...". BUM! Eminência Paula chega com tudo e pega o pai hamlético pela gola da camisa, depois de paralisar os filhos com toques nas artérias, e ela diz pro pai: "Hey, hamlético, você tem a chance de ir pra retífica, ou tu não queres fazer nada? Podes ficar sem fazer nada. Qual é o problema? Vai ficar perturbando com falsa rebeldia de senso crítico vago a dinâmica da Mancha Urbana, que é a dinâmica que anima muito bem favelosts como os seus filhos? Não estou com tempo pra brincadeira. Aliás, nunca se está com tempo, esse aspone da morte que vai ser domado pela nossa catástrofe de tentativa ambiciosa. Nanocréu, Bio-Ser, Neurotaurus, Robonança, Torres Cartesianas, todo tipo de gente. O que você quer, hamlético? Vai ou fica? Porque eu tô com pressa além da conta". E o cara diz: "Não conseguirei voltar para o interior de Mato Grosso nem pra subúrbios singelos, que não existem mais, e o desespero toma conta dos meus nervos. Estou no limbo fascinado pelo que já rola aqui, mas não consigo gostar do purgatório incessante, infinito. Daí que meus filhos estão completamente integrados nos apocalipses diários, e eu não aguento mais a dor do limbo. Dá um beijo neles e me tira desse estado sólido", que assim seja, e Paula cospe na cara do homem com ataque hamlético, pra anestesiar, depois injeta súlfura profunda, e o cara vira pasta de gente. Depois pega o celular equipado com sugador de miasmas e pronto. Lá vai o vapor do hamlético pra pesquisa. Os filhos choram conformadamente e vão pra um helicóptero de voo vertical, que leva parentes e amigos pra chorar e se despedir dos seus queridos entes sulfurizados. Parte da fumaça é doada para parentes numa caixa. Ninguém enterra ninguém em Favelost, porque vai tudo pra pesquisa, e muitos são lazarizados, ressuscitados na Mancha Urbana. Lavoisier chupando, beijando os mamilos de Megan Fox. Outra camiseta muito adquirida na mega megalópole. Nada se cria, nada se perde, tudo se *Transformer*. Paula com alguma paralisia no ombro mostra sua insígnia de capataz de Humanistas e veterana da Intensidade Vital. Do alto dos seus 45 anos bem gostosos e vividos. Se manda pra trás das Torres Cartesianas pra trepar com Júpiter Alighieri e reverter a função do chip. Mas ainda falta chão, ainda tem quarenta minutos pra atravessar a multidão.

76

Robôs efêmeros nas vielas da metrópole medieval. Júpiter Alighieri avista as Torres Cartesianas que marcam a fronteira arcaica, fronteira Rio-São Paulo. Já sente uma paralisia no ombro e vai em direção à divisa camuflada com a adrenalina do general Patton segurando sua onda de conquista e concentração de capataz. Beijos do amor sublime amor, de corpos se revigorando pra sempre. Tudo ao mesmo tempo agora junto e misturado pelo sarcástico Exu da Vulgarização Híbrida. Hermes sem Registros da alquimia-sem-noção-de-individuação da tecnociência provedora de próteses e gambiarras, quinquilharias dispositivas pra tudo e pra todos. Robôs efêmeros inundam as vielas da supermetrópole medieval sacudida por monções musicais capitaneadas por boleros, fados e axé, que depois serão varridos pela ventania quente da euforia africana dos *grooves*, das levadas de batuques digitais cozinhando ritmos árabes na Festa Eterna, que toma de assalto as ruelas de Favelost. Júpiter Alighieri atravessa a multidão eterna da Mancha Urbana e quase chegando dá uma última olhada num BBB, Beco das Bíblias Bastardas, perto das Torres Cartesianas de Queluz. Lá estão os Fods, Fanáticos Obcecados por Dogmas. Rapaziada que acha uma merda a democracia, acha que sempre deve haver monarquia e aristocracia sem republiquices intermediárias. Outros acham que vivemos tempos fracos. Pensam que mergulhamos numa degenerescência, na vitória de todas as fraquezas, da derrocada de todas as transcendências em face das miscigenações comerciais, existencialismos, hamletices e relativismos. Sem honra de ideal a ser defendido ou algo maior a ser compreendido. Alguns contra a Ciência, contra o deboche tecnocientífico ou mercadológico. São fundamentalistas adoradores de dogmas e fantasias de honra e laços afetivos de hierarquia. Inimigos de Freuds, Marx, Nietzsches, Sades, Darwins, Plancks, Einsteins, dos mestres de todas as suspeitas modernas, suspeitas quanto ao ser humano, quanto à matéria que o cerca. Eles não querem saber. É preciso ter Fé, ter transcendência de alguma forma. Convicção contra a Crise e a Catástrofe. Contra as ambiguidades, os paradoxos, as contradições, interstícios, entrelinhas e muita psicologia. Daí os dogmas e as convicções. Inimigos da dúvida, do ceticismo, do cinismo. Não aguentam o tranco da vitamina mestiça de todos os hibridismos reforçadores de tudo. Mas são ótimos, porque são rútilos, e muito a fim de confrontos. Eles vivem nos Becos da Bíblia Bastarda, que tem esse nome porque várias facções de adoradores de dogmas, fundamentalistas de convicções sagradas, inventam clubes da luta por alguma honra de visão de mundo pela qual valha a pena viver e morrer. Demonizam a psicologia e suas modernices psicanalíticas e psiquiátricas, uma situação esplendidamente traduzida pelo escritor romeno Cioran, que disse: "A sorte dos modernos é haver localizado o inferno em nós; se tivéssemos conservado sua figura antiga, o medo, sustentado por dois mil anos de ameaças, nos teria petrificado. Não há pavores que não estejam transpostos para o subjetivo: a psicologia é nossa salvação, nosso subterfúgio. Antigamente se pensou que este mundo havia surgido de um bocejo do diabo: hoje é só erro dos sentidos, preconceito do espírito, vício do sentimento". Os adeptos do fanatismo mais rútilo se encontram ali pra combinar ataques contra os favelosts de raiz, ou seja, sem nenhuma raiz, os Exus da Saturação. Gente que, como o apelido diz, quer mais é abrir caminhos e sabe que o que leva o mundo pra frente é a Dúvida que gera ação de averiguação e experimentação de padrões pra se obter modificações ambientais na mente e fora dela. Não a dúvida hamlética e paralisante, mas aquela advinda da força cética, que mexe com todas as ocorrências humanas e não humanas. Sem medo de nada. Intersecção com a fé religiosa, considerada motor pra vida? Motor pra vida, a fé pode até ser considerada (quando a religião dominava o mundo explicitamente – hoje domina sub-repticiamente – era uma ferramenta paralisadora, emburrecedora do ser humano inoculando medos de ignorância, que anulavam as mentes de forma cafajeste), mas sob a tal perspectiva neurológica evolutiva, ou seja, cenourinha de estímulo pra planejamentos ou adrenalinas de esperança motivadora, que todos têm e precisam. Sem precisar embrulhar pra presente com religiosidades. Sem precisar envolvê-la em transcendências sobrenaturais. Essa é a disposição neurológica apelidada de Fé. O Gre-Nal mais animado e interessante da Mancha Urbana se dá entre os Exus da Saturação Complexa e os Fanáticos Adoradores de Dogmas, os adoradores do trinômio Mistério, Milagre e Autoridade, adoradores de qualquer coisa monolítica para a qual possam entregar seu sentimento mais forte de pertencimento, de ter um time espiritual e desprezar, afrontar, os que não são da sua turma assumindo o mote Me Tarzan, you dane-se. Sem ambiguidades, sem contradições, sem paradoxos. Monólitos de honra e dever ligados à transcendência. Eles enfrentam a toda hora os Exus da Saturação Complexa. Os dois usam como símbolos máximos das suas contendas as figuras do casal vinte da Idade Média, casal não, parceiros estranhos na Idade Média: Joana D'Arc e Gilles de Rais. Ela, a virgem que ouvia vozes, se vestia masculinamente e pretendia a reunificação monárquica da França abençoada pelos céus. Ele, o maior *serial killer* da época e, segundo a historiadora Elisabeth Roudinesco, um dos quatro cabeças de chave da perversão na história da humanidade, juntamente com Jack, o Estripador, o Vampiro de Dusseldorf e Erzsébeth Báthory. Os dois lutaram juntos na Guerra dos Cem Anos. Intersecção entre a religião da perdição e a religião da salvação. A guerra uniu os dois, que precisavam um do outro por vários motivos. Além do mais, Gilles, talvez animado pelas próprias perversões e pelo ambiente de degenerescência da cavalaria naquela época, mostrou-se um excelente guerreiro. Soldado Fatal aguçado pela vontade de matar divertidamente. Depois Joana foi traída pela turma que ela defendia. Como todos sabem, foi queimada, xingada de herege, e disseram que as vozes que ela ouvia eram do diabo e blá-blá-blá. Gilles, depois de excomungado, foi desexcomungado, pois pediu perdão e disse que deveria servir de exemplo para todos, que deveriam cuidar de seus filhos para que eles não se tornassem um alucinado como ele. Cínico e tranquilo, ganhou morte e funeral mais dignos do que a virgem católica. Os adoradores de dogmas assumem Joana como exemplo de honra, dedicação e fé, os exus assumem a cooperação dos dois e as condenações de ambos como exemplo de ambiguidade, de complexidade das relações sociais e dos sentimentos. Joana D'Arc e Gilles de Rais. Casal vinte medieval. Igrejas de todos os naipes vão pro Beco da Bíblia Bastarda. Pelo menos não são bundões hamléticos pedindo eutanásia. São a versão fundamentalista religiosa e *power* daqueles que se revoltam contra Favelost. Mas, paradoxo de contradição ambígua, eles adoram a Mancha Urbana porque só aqui podem botar pra quebrar e contribuir para as pesquisas. Pastores insanos, estudiosos do paganismo universal, teólogos assassinos, eruditos encrenqueiros, prostitutas muito bem-sucedidas em toda a extensão do pacífico, adeptas da seita Madalenas Havaianas, pesquisadores do fenômeno gerencial de marketing militar--comportamental conhecido como Deus Único, tecnognósticos tentando fugir deste mundo criado por um deus maléfico através de gambiarras digitais, tentando transferir seus cérebros para outro mundo, flanelinhas budistas deixando tudo solto na mente, desfazendo as armadilhas da consciência, freiras e monges de parque temático medieval, exorcistas de boneco de posto, pastores berrando apocalipses, manicures milenaristas, profetas de esquina, DJs especializados em *scratches* de ladainha à procura do funk oculto na cabala, bailes de ortodoxias, realejos muçulmanos com o corpo tatuado com arabescos impressionantes tocando intermináveis ladainhas envolventes, pesquisadores da ferocidade da reza encarada como macumba de falação, ponto de verborragia gerando poético transe de alucinação, assinalando a magnitude extravagante da imaginação na mente humana, a tara da bactéria que incutiu a linguagem que o ser humano tem na reza, oração-chamamento, o seu ápice de atuação, benzedeiras eróticas que sussurram pertinho dos corpos nus totalmente adoentados e perturbados, orações de todas as tribos e religiões, arautos do ecumenismo chulo misturando mitologias de tradição solene com mitologias de tradição volúvel. Toda essa rapaziada e mais algumas fazem ponto nos Becos das Bíblias Bastardas, pontos dos dogmas mais esdrúxulos. E a porrada come solta entre os Fods de todas as estirpes e linhagens tanto quanto com os Exus da Saturação Complexa. Mas é divertido e terrível. Intolerância é um esporte radical em Favelost, e Júpiter Alighieri se manda. Já deu uma olhada no BBB. Deixa o Beco das Bíblias Bastardas rumo ao território atrás das Torres Cartesianas.

77

Quarteirões de resumo arquitetônico de Favelost são cruzados por Eminência Paula rumo ao terreno cheio de baldes gigantes que escondem amantes baldios debaixo da grande instalação aracnídea. Teias gigantes feitas por aranhas, que não param de tecer. O terreno dos baldes gigantescos repletos de amantes baldios. O terreno dos amantes baldios sob a oca aracnídea. Os dois já estão em processo de paralisação. Tem que ser logo, e eles twittam na bússola cabalística: "Meu verbo é o teu, teu verbo é o meu, e a paralisia já está tentando me pegar, mas faltam quarenta minutos, e eu estou chegando, meu querido capataz de Humanistas". E ele: "Minha Eminência Loura. A adrenalina do general Patton nos mantém na grande Intensidade Vital, e eu tô chegando pra te amar na fodeção dos baldes gigantescos sob a oca aracnídea. Meu verbo é o teu, teu verbo é o meu". Eminência Paula cruza um resumo da arquitetura de ocupação muito bem desordenada de Favelost. Ela atravessa vielas industriais sob minizeppelins publicitários anunciando de tudo. Tudo que só dura um dia. Ele atravessa labirintos de feiras emendadas, amontoados imobiliários, varais, torres de marfim, fundos de poço, embalagens imensas, catedrais criadas a partir da conjunção de betoneiras e engradados, condomínios só de cozinhas planejadas, ladeiras de fórmica. E a multidão, eterna multidão entre cortiços, lavanderias, vendinhas, biroscas, ruínas de almoxarifados, residências improvisadas dentro de máquinas, mirantes, casamatas, ruínas de submarinos, masmorras de estandes de lançamentos pelas ruas, ruelas, alamedas da supermetrópole medieval. Mancha Urbana Rio Paulo de Janeiro São, às margens do Vale do Paraíba, nas beiradas da Via Dutra. BR 116. Eminência Paula, capataz de Humanistas, vai rumo ao terreno dos amantes baldios e, passando pelo perímetro das Torres Cartesianas, ela dá de cara com uma *rave* às nove da manhã. Festa em ritmo máximo. Paula flagra casais, cachos de gente trepando, se chupando, se amando em ritmo de orgia concentrada. Paula flagra porções amorosas cercadas por pancadaria generalizada organizada pelas gangues de ódio à toa muito comuns em Favelost. São as *raves* de sexo e sangue movidas a hormônio de búfalo encurralado misturado com soro feito com a última gota de suor do condenado à pena de morte. Tudo amalgamado com muito *ecstasy*. É o *ecstasy* do búfalo letal nas *raves* de sexo e sangue organizadas pelas gangues de ódio à toa muito comuns em Favelost. As raves funcionam assim: enquanto você tá sarrando, trepando, fodendo, beijando, lambendo, amando, ninguém te toca, ninguém te porra, ninguém te mata, ninguém te decepa nem degola, mas depois que gozar vai ter que alcançar outro cacho de gente. Vai ter que atravessar a pancadaria. Alguns casais, alguns amantes, acabam se entregando ao prazer da dança beligerante, se entregam ao prazer do Ultimate Kung Fu Fighting. Outros ficam pra sempre no meio da pancadaria. Na verdade, todos ouvem o chamado da serra elétrica massacrando os outros atrás da porta verde e, por isso, têm consciência de que jogos mortais arrancam gritos e sussurros de gargantas profundas, enquanto invasores de corpos sempre desafiam o império dos sentidos na noite das taras. Alguém mais tá apaixonado ou parou no Shakespeare? Paula vê violência, mas também muita sacanagem de ternura. Vai em frente, tá chegando a hora, e ela chegando perto do terreno dos amantes baldios.

78

Na entrada do terreno dos amantes baldios, olhando enigmático pras caranguejeiras tecendo a oca aracnídea, um mendigo erudito adepto do esculachar das cinco. Talvez um congressudo perdidão, ou um concurseiro jogado, ou um pastor da bíblia bastarda, ou participante de piração de torcida... Paula e Júpiter finalmente se encontram num dos baldes gigantescos que, aliás, estão cheios de amantes baldios na multidão da Mancha Urbana. Teu verbo é o meu, meu verbo é o teu.

A língua solta no céu da boca beijante fazendo link com a umidade reativa da buça chamando a pica pra chegada do carinho de foda vem cá meu amor pra trepação que muda chip e concentra a ligação de amante cúmplice da Intensidade Vital. Apenas homem-pilão-piroca socando a fenda-boceta--mãe de tudo e de todos entregue à salvação da transmutação em foda solta debaixo da oca aracnídea. Paula e Júpiter trepam. Gozam o que tem pra gozar desarmando o chip assassino, que reverte a sua função paralisante. Adrenalina de Patton. Mancha Urbana. Com a blindagem sob a pele, os dois permanecem abraçados. Um longo beijo sacramenta o Caos.

1ª **edição** julho de 2012 | **Diagramação** Orange Editorial
Fonte Perpetua | **Papel** Chamois 80g/m^2
Impressão e acabamento Yangraf